卡瓦格博系列丛书

德钦民间故事

斯那农布 等 搜集整理
德钦县文联 德钦县文物管理所 编

民族出版社

抚今追昔,放眼未来,用心用情讲好梅里雪山动人故事。

中共迪庆州委副书记、德钦县委书记张卫东 2017.9

卡瓦格博系列丛书编委会

顾　　问：张卫东　　格桑朗杰　和金铧

编　　委：马彩花　　鲁茸此理　韦国栋　　农布
　　　　　扎西尼玛　余海灵　　斯郎伦布　白央

主　　编：马彩花

目　录

前言（原书前言）	001
神话传说	001
人类起源的传说	003
英雄拉龙·博吉都杰	005
部琼·伶格达拉	011
江萨翁妮的传说	013
雅隆王与草原公主	016
藏刀的传说	024
鹦鹉为什么会说话	026
神马王与牛魔王	033
头上长角的人	036
盲人的奇遇	040
难转生的活佛	043
多杰仁青的故事	045
卓瓦力士	053
伦布米匕博	056
羊尾巴的故事	058
大海取宝	061
烧土罐的儿子	070
山洞里的秘密	073
智斗妖怪	076
秤盘、秤砣和秤杆	078

十二属相的来源	083

生活故事 085
哑巴和聪明人	087
夜明珠与金炒盘	089
卓玛与南瓜	093
复活的伙伴	096
憨厚的二姑娘	099
两兄弟的故事（一）	103
两兄弟的故事（二）	107
断手姑娘	111
太阳金山	126
诚实能使沙变金	128
一盘金磨	130
阿克主通发了财	132
吉劳英娜和阿尖拉吉	135
三兄弟的故事	141
真假老爷	144
傻子的故事	146
聪本农布茸姆	148
卖草姑娘	152
壁巴的故事	155
跳　锚	160
梦　卜	162
憨兄弟与好朋友	164

爱情故事 167
一只靴子的姻缘	169

王子与贫女	182
格桑洛顶和东鲁祝玛	185
祥巴和龙女	190
白蛇姑娘	199
龙　女	203
白天鹅的故事	208

阿古顿巴的故事　211

机智的法官	213
将计就计	216
灵丹妙药	219
智惩财主	221
四不会	223
天上着火了	225
狗咬佛锅	226
七天活佛	227

动物故事　229

蝙蝠为王	231
小山羊比智	233
兔子尾巴的故事	237
画眉鸟和斑鸠	240
贪心的老鼠	244
老山羊和狼	247
负心的青蛙	249
跳蚤和虱子的故事	251
猫头鹰讲经	252
公鸡和虱子	254

猴子和蝗虫	256
狐狸狩猎	257
爱浮夸的母鸡	259
乌龟与狐狸	260
乌鸦羽毛变黑的缘由	261
为孤儿娶亲	262
智斗老熊（一）	267
智斗老熊（二）	270
老虎与"驾驾"	273
教　训	275
"钦差大臣"	278
打　赌	281
自食其果	283
狐狸的报应	285
大象和老鼠	287

编后记　288

前言（原书前言）

在洁白如银、神秘幻化的太子雪山和雄伟壮丽、充满诗情画意的白芒雪山脚下；在汹涌澎湃、以跳荡的音符催人奋进的澜沧江和缓缓流淌、以悠扬的旋律使人心旷神怡、浮想联翩的金沙江畔，有一个美丽的地方，叫"德钦"。这里居住着一个勤劳勇敢、能歌善舞的民族——藏族。

德钦是个吉祥升平、美丽神奇的地方，拥有悠久的历史文化传统。据考证，早在战国初期，这片土地上就出现了青铜文化与洱海文化。世代生息繁衍在这片土地上的藏族人民，在漫长的社会进程中，创造了光辉灿烂、丰富多彩的民间文学艺术。这些宝贵的精神财富，渗透在生活的每一个角落，处处闪现出藏族人民热爱生活、向往吉祥和追求幸福的美好情感，同时又体现了他们笃诚上进和嫉恶抗暴的大无畏的斗争精神。本书所选的80多篇作品，就是我们从五彩缤纷的民间文学原野中采撷的一朵朵小花，从不同的角度展示德钦人民豪放的性格、虔诚的信仰和高尚的追求，处处洋溢着一种奔放的热情。作品中丰富的想象、抒情婉转的语言和鲜明的喻理性，透视出这个高原民族传统文学的气质和古朴之美。

本书从概念上划分为五个部分，即神话传说、生活故事、爱情故事、阿古顿巴的故事和动物故事。

神话与传说是最早的口头文学之一。神话是人类在认识自然和改造自然的过程与特定环境中原始思维的产物。它往往与宗教信仰，特别是原始宗教与信仰结为一体，通过大跨度的想象或借助于想象来表达人的意志，很多作品集人神于一身，或半人半兽，或人神一体两者不可截然分割。神的意志也即人的意志。它集中体现了人类与自然的善与恶、美与丑以及人类战争邪恶的美好愿望和斗争精神。

在传统文化中，宗教文化是一个重要的组成部分。因而在民间文学作品中，特别是神话作品中，更带有浓厚的宗教色彩。

生活故事与爱情故事，更多的是通过对人类本身的生产生活中具体的人物或事件的描写，热情歌颂了藏族人民勤劳勇敢、诚实忠贞的高尚品质，刻画了他们坚强的性格、道德信仰、爱情追求和理想愿望，揭示出他们所遵从的生活哲理。

在这类故事中，有的作品是同母异体变异而成的，某些情节出现相似或相近的地方，如《山洞里的秘密》《秤盘、秤砣和秤杆》等作品。但仔细品味，又发现这些作品各具特色，因此一并选入，意在比较研究，更好地鉴别它的资料价值。爱情故事中的《祥巴和龙女》《龙女》《白蛇姑娘》《白天鹅的故事》四篇作品也属此范畴。这些作品语言生动，情节感人，结构严谨，使人油然而生兴趣。

机智人物阿古顿巴的故事在德钦藏区广为流传。阿古顿巴像阿一旦和阿凡提一样，被视为智者的化身。"阿克"本属尊称，德钦藏语意为"叔叔"。阿古顿巴即顿巴叔叔。阿古顿巴的传说语言诙谐幽默，独具特色，故事妙趣横生，以斗智为主线，集智慧于一人之身，集中表现了劳动人民不畏权势和不懈斗争精神，辛辣地讽刺了统治阶级的残暴和愚昧。

动物故事中有关白兔的作品很多。藏族民间常常把白兔视为聪明的象征。从有限的笔墨中表现出来一些深奥的哲学，篇幅短小精悍，具有鲜明的喻理性。如《老虎与"驾驾"》《钦差大臣》《教训》等作品。

在动物故事中还有几篇寓言故事。这组作品与其他民族的成语故事同属一类。但作为流传在德钦藏族地区的寓言故事，不论形式结构和语言风格上都具有浓郁的藏族特色。如《自食其果》《狐狸的报应》《大象和老鼠》等，通过对某一件事或某物的描写，揭示了论与理、道与德、贪与欲、公与私之间的某种微妙哲理，教育人们要行善积德，并总结出一条条精辟的谚语，以省后人，从而形成独具风格的一个完整作品。当然，也不难看出，这些故事不同程度地表现了某些宗教的伦理观念，尤为明显地表露了藏传佛教中因果报应这一思想意识。

在本书中，还有数篇关于聪本的作品。由于德钦过去曾是内地通往康藏的交通要道，有许多赶马经商者常常往来于此间，进行物资交流。藏民称赶马经商的商人叫"聪本"，对他们十分崇敬。于是便应运产生了一些关于聪本的故事与传说。只因篇目较少，有的形于零乱，故仅把它列于生活与爱情故事一类，并在此做一提示，以助大家鉴别欣赏。

德钦县境分别与西藏芒康、四川德荣、云南怒江贡山等县相毗连。县城升平镇，原名阿墩子，地处滇、川、藏三省交界的中心点，是内地进入康藏以至印度、尼泊尔的必经之路，加之县城西南部有座名扬藏族地区的八大神山之一——卡瓦格博雪山，因此，无数笃诚的佛教善男信女，无数赶马经商的聪本阿吾南来北往，络绎不绝。如此长期频繁的交往，使德钦藏族人民广泛地接触和了解到了其他藏区文化和内地其他民族的文化，使得其民间文学作品得到不断的丰富和发展，既吸收了其他民族文化的先进因素，又保持了自己传统特色，给人以粗犷豪放的美感。

总之，跌宕跳跃的艺术想象，抒情流畅的语言，鲜明的喻理性与哲学性，粗犷豪放的高原气质与温馨和美的草原气息融于一体。这是构成德钦民间故事艺术风格的基础。

这本民间故事的编选工作，是按民间文学集成的编辑体例和有关细则进行的。所选入的作品都经过反复的充实与鉴别，以科学性、代表性和全面性为原则。首先，力求忠实于第一手资料，除对于作品本身进行了文字上的理顺和校正外，没有做更多的改动，并尽可能把与作品有关的人物、事件和名词做了注释，把有关的资料写成了附记。其次，在全面收集的基础上，着重选编了本地区、本民族在内容、形式、风格与类型上都具有一定代表性并较为完整的作品，尽力体现民间文学的立体感及其多功能的作用。

当然，进行民间故事的编纂，对我们来说还是第一次，在编辑过程中，我们无不怀着一种尝试与探索的心理。因而此卷中大部分作品只限于流传于民间、为广大德钦人民所熟知的故事，而丰富多彩的德钦民间故事作品，也绝非仅此一卷就能容括的。对于更多真正具有研究价值的有关民俗、风物和宗教仪式的故事作品，我们将在不断学习和提高的过程中作为重点再行编纂。

在此特作说明。

  民间文学集成是一项复杂，涉及面广，集多学科知识于一体的综合性比较研究工作。由于我们还缺乏有关理论知识与实践经验，在编辑过程中疏漏与失误一定在所难免，敬请读者与专家们给予批评和指正。

李力能

1988 年 9 月于昆明

神话传说

人类起源的传说

几百万年前的一天,帕珠吾项秋①爬到高高的岩石上盖窝棚。这时,玛扎生姆②来向帕珠吾项秋求婚,她说:"如果我俩结为夫妻,那么地球上将会出现人类。否则,我将会生出成千上万个妖怪,把地球上的生灵吃光,不让他们繁衍生存。到那时别说人类,就是一切有生命的动物都不复存在了。"帕珠吾项秋听后却摇头没有同意。玛扎生姆又说:"你同意也好,不同意也好,反正我俩应结为夫妻,这是神的旨意。"帕珠吾项秋只好向东方神山达理圣康卜卦。达理圣康的帕巴·洛格仙仁③替帕珠吾项秋算了卦,结果是帕珠吾项秋应该和玛扎生姆结为夫妻,这样才会繁衍出很多猿猴。这些猿猴便是人类的祖先,这比玛扎生姆生妖怪好多了。

于是,帕珠吾项秋便与玛扎生姆结为夫妻。他们生了500只猿猴。而这500只猿猴又生出更多的后代,这些猿猴便成了地球上人类的祖先。

有一天,帕珠吾项秋在吃山神达理圣康赐给的仙果,5000只猿猴都围着他,看他吃仙果。他把仙果放在嘴上,众猴也抬起头望着他的嘴,他把仙果放在地上,众猴子纷纷把目光集中在地上的仙果。

看着这一大群子孙,帕珠吾项秋心里想:我原来不想和玛扎生姆做夫妻,可又不能违背神的旨意,现在有了那么多子孙,个个饿得怪可怜的,可我无法找食来给他们吃,难道就眼睁睁地望着他们饿死?后来,他向山神达理圣康倾诉了这一苦衷。达理圣康告诉他不必忧愁,便拿出许多青稞、大麦、小麦、豌豆和荞子五种粮食给了帕珠吾项秋,他又把这些粮食均匀地分给了

---

① 帕珠吾项秋:公猿猴,藏族民间传说中的人类始祖之一。
② 玛扎生姆:妖婆,藏族民间传说中的人类始祖之一。
③ 帕巴·洛格仙仁:此句为梵语,即观音菩萨。

5000只猿猴。

  一半猿猴把分得的粮食全吃光了。一半猿猴却没有那样做，他们只吃了一半，把剩下的全种在地里，不久便长出了粮食作物。可是，当作物成熟的时候，那些没留下种子的猿猴也来分享。那些种粮食的猿猴气愤地说："当时你们把分得的粮食全吃光了，而我们想到今后，想到世世代代的活路，把粮食一粒粒省下种在了地里，今天你们却想来占便宜，那是做梦！"于是，两伙猿猴产生矛盾，为争夺粮食发生了冲突，双方都伤亡很多。

  这事被一只年纪较大名叫"磨归"的猿猴知道了，前来相劝，它对那些种粮食的猿猴说："你们省下种子，为来年着想是对的，但那些没有种子的伙伴也是我们的兄弟姐妹，我想今年的收成就让大家共同分享吧。明年，你们把种植的经验传授给他们，大家一起来种植，这样大家就会有吃不完的粮食了。"

  猿猴们按磨归说的那样去做了，于是，大家一起种植粮食作物。猿猴们想到磨归智慧超群，能统领猴群，便选它为头领。就这样，老猿猴磨归成了原始群体的第一个首领。

  搜集整理：斯那农布
  流传地区：燕门乡

英雄拉龙·博吉都杰

很久很久以前，有一个养鸡的老阿妈，她有四个儿子：老大是牧马的，老二是牧牛的，老三是放猪的，最小的老四放牧着一群绵羊。一家人靠放牧牲畜过日子，生活很艰难。老阿妈是个善良而又有志向的人，她想：人活在世上，不能碌碌无为地度过一生，要为后世留下一个不朽的业绩。她便决定省吃俭用，勤奋劳动，积蓄一份财产，然后带领四个儿子，建造一座宝塔。

可是，建造一座宝塔，并不是轻而易举的事，这要花费很多的人力和财力。她一个养鸡的老妇人，能承担得了这么艰巨的工程吗？四个儿子都劝她放弃这个想法。可是老阿妈的决心没有变，她说："你们没见草坝上的蚂蚁窝，小小的蚂蚁靠自己的力气，坚持不懈，把碎叶细草抬来垒成多大的窝吗？以后，不许你们再说这种没骨气的话。"儿子们再也不敢说话了。

要建宝塔还得请求国王允许才能动工。于是老阿妈去请求国王准许实现自己的愿望。国王不假思索就答应了。谁知那些贵族大臣们却极力反对，他们说："一个养鸡的老婆子，要造一座宝塔，真是异想天开，狂妄至极，这不是有意要跟我们作对吗？要她真把塔造起来，那将把我们这些王公贵族置于何地呢？我们还有什么威望来治理臣民呢？决不能让她这样干。"可是，国王已经答应了她，而国王说过的话是收不回来的。那么就只好让她去建造了。

老阿妈得到国王的准许，就带领四个儿子和家里的一头公牛、一匹毛驴，在一个高坡上开始动起工来。他们每天背石挖土，起早贪黑地勤苦劳动，不久就把宝塔建造起来了。当宝塔将要竣工的时候，四个儿子就向天祷告。有的说："我为后世建造这座宝塔，尽了大力，愿我来生成为维护佛法的圣人。"有的说："我为建造这座宝塔，出了大力，愿我来生成为治理这一带百姓的贵族。"

四个儿子的祷告被公牛听见了，公牛心里想：他们都为自己祷告，我也为建造这座宝塔驮石头，拉木料，累脱了一层皮，累伤了筋骨，可是他们却不为我祷告，好事情被他们占完了，那我要祷告什么呢？它想了想，祷告道："我为建造宝塔出了大力，可我最恨为后世人造福，愿我来生变成一个毁坏这座宝塔的魔王。"

老牛的这个祷告被毛驴听见了，心里很不高兴。它想：建塔是为后世造福的好事，它要变成魔王毁掉宝塔，这不仅是毁掉我们的功劳，而且是要给后世造下罪孽么？好吧，我也来祷告。于是，毛驴祷告道："我要向上天祷告，愿我来生成为镇伏魔王、为民除害的英雄。"

隔了不知多少年，那老牛就转世成为一个国王，他的名字就叫"朗达玛"。他一登上王位，就下令毁掉全国所有的佛寺宝塔和文物古迹，烧毁一切书籍经典，杀掉信奉佛法和所有识字的人。他的暴虐行为害苦了善良的人们。他还不满足，下令每天要派一名属龙的姑娘给他梳头。每天去给他梳头的姑娘，梳完头就被他杀掉吃了。不久，国里属龙的姑娘快要被他杀绝了。

有一天，轮到一位属龙的姑娘要去给国王梳头了。阿妈为女儿将要和自己永别而伤心，她想："我不能就这样让孩子无缘无故送掉年轻的生命，应该想办法救她。"于是，当女儿临走的时候，她用最甜的蜂蜜和最香的牛奶拌和糌粑，捏了一个糌粑团，递给女儿说："孩子，你揣上这个糌粑团去吧，当你为国王梳头的时候，你就把它拿出来吃。"阿妈又教给她怎样对付国王的办法。

姑娘离别了阿妈，带着糌粑团来到王府里。国王见她长得十分美丽，不免产生了一点怜爱的感情。姑娘见了国王，一点也不害怕，不管那国王长得怎样丑恶可怕，她也像没有看见似的，走上前去给他梳头。当她一解开国王的头发，突然发现国王头上长着一对牛角，她吃了一惊，想起阿妈的嘱咐，一边梳头，一边拿出糌粑团来吃。自己吃一点、掰一点，装作失手把糌粑撒落在国王怀里。国王无意拣起一点放进嘴里，觉得这东西又甜又香，便问姑娘道："你在吃什么？"姑娘回答说：

"我在吃糌粑团。"

"你的糌粑团怎么就这样好吃啊？"

"那是用我阿妈的奶捏成的缘故啊！"

国王沉思了一下，万分感慨地说："啊嘖！俗话说：'父子之亲是骨肉，母子之亲是奶汁。'今天我吃了你阿妈用奶汁捏成的糌粑，我不就成了你阿妈的儿子吗？我和你不就是同母的亲兄妹吗？我不能杀掉你，放你回家去吧。可是你不能把我头上有角的事情传扬出去，你要是说了，不管你飞上天还是钻进地，我也有办法杀了你。"

姑娘答应了他的要求，保证不向任何人泄露，国王就把她放回去了。姑娘回到家，母女相会真是悲喜交集。可是姑娘不敢向母亲说出自己心里想说的话，她郁闷而又焦躁，她想，国王头上长角，这真是千古奇事。这国王害了多少人，做了多少坏事？原来却是个人间魔王，我不把这件事说出来，那就是保护了他，继续让他杀人，让世上所有的人都蒙受苦难。可我说了，就要遭到他的残害。这可怎么办呢？她实在憋不住了，向西曲河跑去。河边长着一大片芦苇，它那细长的枝叶在风中摇摆着。她用那光滑笔直的苇秆做了一只芦笛。她拿起笛子对着哗哗流淌的河水吹奏起来，把心里郁积的话，通过笛子的声音倾吐出来：

不敢说啊，不敢讲，
国王朗达玛头上长了角哟！
不敢说啊，不敢讲，
我年轻的生命要葬送哟！

这悠扬的笛声奏出来的歌儿，随着河水的涛声向远方飘荡，传到了一座万丈悬崖的山洞里。这洞里住着一个修法的隐士，他名叫拉龙·博吉都杰。正在静坐修法的拉龙·博吉都杰忽然听到伴随着遥远的水声传来的笛音，不禁惊讶地仔细倾听。啊！多么骇人听闻的消息啊！他再也不能静坐修法了。他想：世间上生出了吃人的妖魔，芸芸众生可要遭难了。我怎能为自己超脱凡尘而避世修法，隐居在这深山悬崖之上？于是他穿了一身的白衣，外面罩上了黑甲,把一匹白马用木炭末涂成了黑马;在他那黑衣的宽袖里藏好一副弓箭;骑上马,飞驰到王宫门前。

这一天,正值七月大庆的日子,王宫门前的广场上,聚集着来自各方的人们,正在为欢庆盛会表演各种歌舞。国王朗达玛也从宫殿走出来,坐在阳台上面向广场观看表演。突然,有一穿黑袍、骑黑马的人来到场内参加表演。只见他在广场上驱马飞驶,绕场几周,表演了极其精彩的跑马绝技,观众都高声为他赞扬喝彩,正在这群情欢腾的时候,那黑人黑马的表演者,突然立马站在广场中央、面向王宫阳台,唱出了这样一支歌:

像雄鹰展翅绕天边,
那是轻盈欢腾的舞姿。
像明镜般光滑平坦,
那是阿嘎土①抹成的舞场。

我亲爱的父老兄弟们啊!
没料想今天会相聚一堂。
天赐良缘欢聚在草场上,
请让我唱支歌儿诉衷肠。

欢乐的歌声你们为谁唱?
颂歌里为啥含辛酸?
轻盈的舞步你们为谁旋?
舞步里为啥露悲凉?

你们的命运就像野草长路边,
任人践踏难以自由生长。
要活命的就得有胆量,

---

① 黏性极强的黏土。

认清仇敌大伙起来干。

我仓巴①拉龙·博吉都杰,
修法静坐在山崖上。
忽听水声送来笛声响,
悲愤的歌声把消息传。

我仓巴拉龙·博吉都杰,
避世隐居在深山,
不为拯救众生不下崖,
不为灭妖不出山。

只因那王宫之上黑云漫,
长角的魔王原是野牛变,
自从牛妖转世来人间,
生灵涂炭犹如洪水淹。

请看我黑人黑马怎施展,
犀骨的强弓拉满弦。
不射飞鸟不射山中狼,
雕翎神箭要把魔头穿。

那黑人黑马的表演者唱完歌,便从褂中取出弓箭,拉满弦,朝着阳台"嗖"地射去一箭,那支箭不偏不倚正射中了国王的额头,国王大叫一声,从阳台上倒了下去。全场人看到这情景,立刻哄闹起来,人们又惊又喜,欢呼着涌向王府,去看长角的国王是什么样子。

那黑人黑马冲出人群,朝西曲河边飞驶而去。

---

① 仓巴:修法隐士。

王宫里的大臣们见国王被射死了,立刻派兵追捕射杀国王的凶手。追兵朝黑人黑马逃跑的方向追去,来到河水边,不见黑人黑马,就渡过河去,一路向人们询问:"见到一个骑黑马穿黑袍的人没有?"人们回答说:"黑人黑马的可没见着,白人骑白马的却见着一个。"

原来,拉龙·博吉都杰在渡河的时候,脱下黑衣黑甲丢进河里,露出里面穿着的白衣白袍;他的马涉过河时,河水把马身上涂的黑炭冲刷干净,变成白马了。

追兵们很奇怪,这黑人黑马怎么却变成白人白马呢?他们看那地上的马蹄印,正是刚刚过去的马留下的,于是就顺着蹄印继续追去。

拉龙·博吉都杰来到一座山下,看见崖上有个岩洞,便走进洞去躲避。

追兵们到山洞口,马蹄印就不见了。他们看见那洞口被蜘蛛网遮得严严的,好像这洞里从来就没有什么东西进去过。他们有人要进洞去看,有的人说:"谁知道这蜘蛛网是从哪年哪月结成的,要是逃犯刚刚进去,怎么能不把这网弄破?走吧,他一定不会躲在这洞里。"于是追兵们都返回王宫去了。

后来,人们想起拉龙·博吉都杰英勇灭妖的事迹,都怀念着这个了不起的英雄。他关心人民的痛苦生活,为人民杀妖除害。人们都盼着能找到他,于是便四出寻找。最后,人们顺着马蹄印来到洞口,这时密密麻麻的蜘蛛网自动向两边收缩,露出洞口,灿烂的阳光照进洞里。拉龙·博吉都杰从洞里走出来,人们涌上去,把他扶上马,簇拥着来到王宫里。大家推举他为国王。从此,这个国家的人民,在拉龙·博吉都杰的治理下,过着安居乐业的生活。

讲　　述:阿图

整　　理:泽旺仁争

部琼·伶格达拉

从前,年堆村里有个小伙子,生得浓眉大眼,鼻直口方,那脸色更是白里透红,像一个快熟透了的花红果。远近的人们都知道年堆村有这样一个英俊的青年,称他为"部琼·伶格达拉"①。后来,他与村里那位娴静勤快的牧羊姑娘卓玛琼宗相爱并成了亲,为了庆贺这郎才女貌的美满姻缘,长辈们给新娘赐名"次珠·卓玛琼宗"②。

这一年冬天,雪下得特别大,那雪团简直像是一簇簇的绵羊毛往下落。部琼·伶格达拉背起装着货物和出门必带的装有茶叶、盐巴、酥油、糌粑的皮囊,告别了次珠·卓玛琼宗,跟着伙伴们一起走了。翻过雪山之后,当他们进入女妖出没的莽莽的大森林时,女妖们并没有发觉美男子部琼·伶格达拉就在这群行人之中。

到了做买卖的地方,同伴们都嫌他的脸又黑又脏,个个都劝他把脸洗干净,不然,走在一起大伙感到丢脸。在大伙的劝逼之下,部琼·伶格达拉不得不把脸洗了。

当他们做完买卖返回家乡途经大森林的时候,那七个女妖正在古木参天的森林中玩耍。她们很快就发现了英俊出众、容光焕发的部琼·伶格达拉。转眼间,女妖们都变作美女的模样围住了他。为首的一个对他说:"如果你愿意在这里住上三年,我们不但可以保全你的性命,还可以给你数不清的财富。"面对着这群女妖,部琼·伶格达拉悔之莫及,他更加想念着贤淑善良的妻子次珠·卓玛琼宗。他哪里肯留下来!这时,又一个女妖用花言巧语迷惑他,劝他留下三个月。部琼·伶格达拉还是不肯留下。第三个女妖比前两个

---

① 部琼·伶格达拉:藏语。意为像花红果一样漂亮的小伙子。
② 次珠·卓玛琼宗:藏语。意为可以信赖的妻子。

还说得漂亮，说只要他留下三天。可是他还是坚决不答应。女妖们见他连三天也不愿留下，气得现出了原形，个个披头散发，张开血盆大嘴，把他撕裂，一瞬间便把他吃了。只有那根戴着次珠·卓玛琼宗在分别时给他套上绿松石戒指的手指落在了草丛里。

再说次珠·卓玛琼宗在家等了九天九夜，部琼·伶格达拉的同伴都陆续回到了村里，唯独不见她的部琼·伶格达拉回来，她十分伤心。又过了三七二十一天，还是不见部琼·伶格达拉回来。

这一天，次珠·卓玛琼宗正在自家的土楼上晒青稞，准备磨好糌粑去找部琼·伶格达拉时，一只喜鹊在飞过她家房顶时，把衔在嘴里的一件东西丢到了她的面前。次珠·卓玛琼宗拾起来一看，是根戴着绿松石戒指的手指，这是部琼·伶格达拉的手指，她伤心极了。次珠·卓玛琼宗痛哭一场，然后用一条洁白的哈达把那根手指裹起来，珍重地放在自己枕头里。说也奇怪，两三个月过去了，部琼·伶格达拉的手指却仍然好好的，一点也没有变。

一天晚上，次珠·卓玛琼宗做了一个梦，梦见一位满头银发、和蔼慈祥的老奶奶对她说：只要做一个有床大的木箱，把部琼·伶格达拉的手指放到木箱里，过上十五天后再把它打开，就可以见到部琼·伶格达拉了。次珠·卓玛琼宗一觉醒来，马上按照梦中老奶奶教的那样用檀香木做了一个箱子，把部琼·伶格达拉的手指放了进去。一天，两天，三天过去了，十天过去了，人在心急的时候，日子好像特别的长。等呀等，到了第十四天傍晚，她再沉不住气了，打开檀木箱一看，部琼·伶格达拉还真在里面呢！还是那样：浓眉大眼，鼻直口方，脸色白里透红，像一个快要成熟了的花红果，还望着次珠·卓玛琼宗甜甜地笑着。遗憾的是因为她还没等足十五天便打开了木箱，所以部琼·伶格达拉的下巴比过去短了一些。

部琼·伶格达拉和次珠·卓玛琼宗二人对爱情忠贞不渝，重新过上了幸福的生活，从此他俩再也没有分离过。

搜集整理：洛桑永平

江萨翁妮①的传说

从滇川藏三省交界（区）处的德钦县羊拉乡出发，翻过一座大雪山，就进入了西藏境内。从海拔5000多米的雪山丫口，经过一段怪石嶙峋的山腰便道，穿过一片参天蔽日的原始森林，就到了坐落在徐中河畔的西藏芒康县徐中村。在这个村的东面山脚下，有一块风景秀丽的小平地，那里树荫婆娑，鲜花绽放，山泉潺潺，空气清新。林荫中立有一座清幽的小庙，紧靠庙宇处有一座高高的古坟堆。坟前献着洁白的哈达，坟的周围竖立着各种玛尼旗②，络绎不绝的人在这里参拜上香，致使坟墓前后，油灯明亮，异香扑鼻。

相传在很早以前，鲁布干拉去甲域（汉地）向江萨翁妮求婚。鲁布干拉在出发之前，选了雄狮一样得力的人作随员，挑了雄鹰一样快的宝马为坐骑，还请了明智灵验的仄巴③来卜算启程的吉祥日子。

就在雪山冰雪消融、草原花香弥漫的季节，鲁布干拉一行迎着光芒四射的朝霞，穿过层层的欢送人群，接过条条吉祥的哈达，开始了向甲域的行程。

鲁布干拉一行到达甲域后，江萨翁妮的父母看到鲁布干拉是个体壮力大、年轻英俊、才略超人的英雄，心里十分满意，就答应把女儿嫁给鲁布干拉。江萨翁妮是个如花似玉的美丽姑娘，她那洁白似新月的面颊，多情如彩虹的双眼，娜婀像凤凰的身姿，使鲁布干拉深深地爱上了她。于是他俩在甲域举行了隆重的婚礼。二人相亲相爱，像草原上多情的一对春燕，亲密无间，形影不离。

就在布谷催春、燕舞莺啼的时节，江萨翁妮带着随行工匠，满载金银珠

---

① 江萨翁妮：传说江萨翁妮就是文成公主。
② 玛尼旗：印有经文的布幡。
③ 仄巴：卦师。

宝、经文佛像、五谷良种，辞别父母乡亲，和鲁布干拉一行，向着遥远的高原出发了。他们经过了秀美的洱海之滨，似海的中甸草原，来到了尼西。在这个村里江萨翁妮教会了男女青年"冲雄"（即情舞）后，江萨翁妮一行又来到了滚滚东去的金沙江边。江萨翁妮看着远去的江水，更加思念在东方的父母，当晚她又梦见父母患病去世，第二天她痛哭流涕，十分伤心，便戴起了黑色长带，围上了白色围裙。从此，奔子栏的藏族妇女经常头缠黑色长带子，穿着褶条带须的洁白裤子。

江萨翁妮一行翻过银装素裹的白茫山丫口，来到了阿东河畔。阿东河水流湍急，河岸岩石嶙峋，河上没有桥梁。在这进退两难之际，江萨翁妮向天起誓，她要誓死向前，而决不后退一步。江萨翁妮的决心深深感动了随行的工匠们，他们建议在河上搭桥，于是他们进山砍来杉树，拉到河边，架起了一座彩虹般的木桥。江萨翁妮站在桥上，往河中撒下了从甲域带来的青松籽。从此，阿东河两岸便青松叠翠，四季常青。

他们又翻过一座座高高的雪山，穿过一片片茂密的原始森林，历尽艰辛，来到了一个四面雪峰竞秀的村中，受到了村民们盛情款待。村民们家家把江萨翁妮和鲁布干拉请去做客，用浓浓的酥油茶和清清的青梨酒招待远道而来的贵客。到夜晚，村里的男女青年们，在绿绒似的草坝上烧起熊熊篝火，邀请江萨翁妮和鲁布干拉一行跳锅庄，他们携手围成圈，翩翩起舞。江萨翁妮那轻盈的身姿，婆娑的舞姿，清脆的歌喉，把全村的男女老幼都吸引过来了。他们请江萨翁妮唱了一支又一支的歌，跳了一遍又一遍的舞。老阿爸举起斟满美酒的银碗，请江萨翁妮饮美酒滋润歌喉；老阿妈把洁白的哈达挂在江萨翁妮的脖子上，祝她吉祥如意；小姑娘、小伙子则把一束束邦锦花送给江萨翁妮，祝福她幸福快乐。寂静的小村庄沸腾了，人们沉浸在欢声笑语中。就在这个村子里，江萨翁妮怀孕了。为了纪念江萨翁妮一行经过这里时的幸福日子，人们把这个村子命名为"甲功"，意为怀孕的地方。

江萨翁妮一行又涉过静静的中玉河水，翻过雾蒙蒙的中坡山，到了一个山青青、水涓涓、花烂漫的小村庄。在这个村子里，江萨翁妮生了一个美丽可爱的小女孩，村民们家家拿出新的酥油和鸡蛋来贺喜，户户给小姑娘赶做羔皮婴儿服。人们的体贴关照，使江萨翁妮很快恢复了体力。江萨翁妮和鲁布干拉感动得热泪盈眶。为了永远不忘怀人民的恩德，江萨翁妮把这个村子起名为"南木贡"，意为女儿出生的地方。

江萨翁妮一行到妮格村的时候，小女孩患了重病，当地人民把自己家里珍藏着的珍珠丹都拿出来给小女孩治病，小女孩的病很快治好了。为了报答当地人民的帮助，江萨翁妮叫随行工匠们在这个村的要道上，修建一座塔子。以后人们又把妮格村改名为"南格"，意思是小女孩生病的地方。

离开南格村以后，江萨翁妮一行又登上了娜拉雪山，由于山上风大雪深，空气稀薄，小姑娘又病了。到了西藏境内的石中村，小姑娘长眠不起。人们万分悲痛，为了使小姑娘来世成仙，请来100个有德行的喇嘛，念了三天三夜经，并选了一块鲜花盛开、甘泉流过的地方，安葬了小姑娘。鲁布干拉和江萨翁妮在坟前栽下了常青松，在坟周围播下了花卉种，以示他们的心永远留在这里。

江萨翁妮一行离开石中村以后，这里的人民用甘泉来浇灌青松，用新鲜的酥油和圣洁的香木在坟前点灯烧香，并在坟旁修建了庙子，周围又种上了许多奇花异木，让江萨翁妮的孩子永远安卧在鲜花丛林中。为了让更多的人知道这里是江萨翁妮的孩子安息的地方，当地人民把石中村改名为"徐中村"，意为小女孩长眠的地方。从此以后，这里每年都有从各地来的藏民拜墓。墓被堆得愈来愈高，显得更加庄严、肃穆。有的还从自己家乡背来最甜的甘泉水，浇灌在常青松上，使它万古长青。一些婚后不育的夫妇，要在这里住上几天几夜，拜墓叩头，以求得小姑娘英灵显圣恩赐儿女。还有的夫妇，不辞长途跋涉，风餐露宿，把自己的小宝宝领来一同拜祭，希望孩子能像鲁布干拉一样英勇、江萨翁妮一样美丽。

搜集整理：小托丁

流传地区：羊拉乡

雅隆王与草原公主

赞普德肖来时代的雅隆河畔，有一个古老的王国（部落），叫雅隆王国。王国里有三个美丽的姑娘：一个是神山白雪太子的女儿，一个是神水珠清公主的女儿，另一个是雅隆草原的女儿。神山的女儿叫色洛卓玛，是金子仙女的化身；神水的女儿叫恩洛卓玛，是银子仙女的化身；草原的女儿叫依洛卓玛，是绿松石仙女的化身。

雅隆王国有一个年轻英俊的国王，名叫色格朗琼，被人们称为雪山的精英，草原的灵魂。色格朗琼打算在这三个如花似玉的姑娘中选一个做王后，可她们的长相一样，都那么娇艳动人，只好决定选其中最聪明的一个。于是，他招来三个姑娘进行面试。他先对神山白雪太子的女儿说："色洛卓玛，你是金子仙女的化身，是我们王国最美丽、最聪明的姑娘，你能回答我提出的问题吗？"

骄傲的色洛卓玛很自信地说："尊敬的大王啊，草原上数百灵鸟最聪明，雅隆王国只有金子仙女能回答大王的提问，请大王说吧！"

国王问道："你说一粒青稞籽够我们大家吃吗？一张牦牛皮够我们大家穿吗？姑娘，回答吧！"

色洛卓玛认为国王的提问太荒谬了，就轻率地回答说："大王啊！一粒青稞怎么够我们大家吃？一张牦牛皮怎么够我们大家穿？"

国王又问："那么你说我最喜爱什么？最需要什么？"

色洛卓玛认为国王的提问太简单了，不假思索地答道："大王最喜爱天下漂亮的姑娘，最需要神山九十九层冰川下的蓝宝石护身符。"

听了色洛卓玛的两个回答，国王就用嘲讽的语调对她说："你这闪着金光的仙女，原来肚子里都是干草，你不配做我的王后。"

国王接着问神水珠清的女儿:"恩洛卓玛,你是银子仙女的化身,银光闪闪,那是智慧的象征,你能回答我刚才的问题吗?"

站在下面的恩洛卓玛想啊想,终于说:"尊敬的大王,一粒青稞够我们大家吃,一张牛皮够我们大家穿。"

"哦,那么你说怎么够我们大家吃,怎么够我们大家穿?"银子仙女一时哑口无言。

"哈哈……"色格朗琼一阵大笑。

"尊贵的大王,请饶恕我,让我回答下一个问题吧?"

"好,你说吧!"

"大王最喜爱你的金丝雪青马,最需要用九十九个玛瑙、九十九个珊瑚、九十九个翡翠、九十九颗宝石做成的马鞍。"

色格朗琼王很不满意地说:"你这闪着银光的仙女,原来是个蠢货,也不配做王后。"

最后轮到草原的女儿绿松石仙女了。她从容地上前施礼,对几乎失望的国王说:"尊贵的大王,一粒青稞种下去,可以收获一大把。再把这一把种下去,收成就会得一斗。再把这一斗种下去,收获就会有几十石。如此反反复复,就会种出大家都够吃的粮食。"她稍停片刻又说:"一张牛皮剪成许多很细很细的皮线,用这些线就可以缝出够大家穿的皮袍。"

国王脸上露出了喜色,迫不及待地说:"那么你能回答我最爱什么,最需要什么吗?"

依洛卓玛谦恭地答道:"大王最喜爱的是雅隆草原的一草一木,最需要的是继承王位的王子。"

"好,聪明的姑娘,你真是绿松石仙女的化身。你同你的名字一样美丽动人,你的心胸像草原一样广阔无垠。只有你配做雅隆王国的王后。"色格朗琼王非常满意地说道。

当下,色格朗琼王就让草原的女儿坐上了王后的宝座,金子仙女和银子仙女当了宫女。

绿松石仙女被选上王后,金子仙女和银子仙女极为不满,嫉妒的火焰在她俩心中越烧越旺，总想寻机除掉绿松石仙女。

第二年春天，国王盼望已久的喜事终于到来了——草原的女儿为国王生下了一男一女，一对小天使。可是，这时国王和往常一样去远方的草原狩猎未归，王后身边只有色洛卓玛和恩洛卓玛在侍候。见时机已到，金子仙女就神色诡谲地对银子仙女说："恩洛卓玛大姐，我们如囚禁在圈里的羊儿，这是谁种下的苦果？谁酿成的苦酒？不就是王后吗？雪山上骄傲的应该是雪莲，雅隆草原的王后应该是我们。与其过宫女生活，不如除了这祸患。"

银子仙女听了，也感到这口气非出不可，就出谋划策："我们何不来个猪崽换子，让这王子和公主见鬼去？"

就这样，她们用两只刚生的猪崽换下了国王的两个孩子，然后把两个孩子装在大瓦罐里扔进了浪涛滚滚的雅隆河。

色洛卓玛和恩洛卓玛做完一切之后，一面请宫中的御医达瓦江楚来验证绿松石仙女所生的"妖儿"，一面派人去禀报国王。

达瓦江楚是个正直善良的人，他看到这个情景，心里顿生疑窦。他肯定绿松石仙女是不会生猪崽来的，其中必有阴谋。

当天夜里，色格朗琼闻讯赶来，当他看见自己心爱的人生下了两只小畜生时，气得差点昏了过去。他想：这是老天爷降灾的前兆，若要消灾避邪，唯一的办法是将王后依洛卓玛丢到江里送鬼。

就这样，隆重而庄严的送鬼仪式在雅隆河边举行了。国王不听达瓦江楚和一些忠臣的善言相劝，把善良无辜的依洛卓玛绑在画有妖怪的木筏上，推进了滚滚的雅隆河。

再说孩子被丢下河后，被神水珠清发现了。他不忍心让雅隆王国的两个小生命葬入水底，施用法术托住土瓦罐，让它漂在水面。土瓦罐漂了三天三夜，一直漂到了下游，被一对打鱼的汉族夫妇捡到收养，在他们的抚养下长到 18 岁。两位老人年迈体弱，将不久于人世。老阿爸在临终前向两个苦难的孩子说："孩子，今天我要告诉你们：你们不是我们的亲生儿女。"

"噢！"王子和公主惊叫起来。

"你们是 18 年前我从河里捡来的。捡到你们之后几天，我们家来了一个陌生人，他说他来自遥远的雅隆王国，我们就热情地款待了他。当他看到你们两兄妹躺在床上安睡时，惊奇地问道：'尊贵的主人，请原谅我的问话，他们是你们的小孙孙吗？'我们回答说不是。他更加疑惑地问：'那么是你们的亲生儿女？怎么长得一样大？难道是孪生的？'我们没办法，就照实告诉他。那个客人听说你们是几天前从河里捡来的，竟惊喜地说：'啊！善良的人总会得到神的保佑。好心的主人，感谢你们为雅隆王国做了一件好事！'说着他就给我们跪下施礼。我们扶起他，奇怪地问这是怎么回事。他就对我们讲述了事情的经过：'尊贵的主人，我以雅隆王国御医的身份把这件千古奇冤告诉你们，你们搭救的这两个孩子，就是王后绿松石仙女一胎所生的骨肉，只因宫中两个妖妇心生嫉妒，蒙骗国王，把孩子换成猪崽，国王在盛怒之下，把王后当做恶鬼绑在木筏上推下河去。两个幼小的生命几乎葬入鱼肚，幸亏得到你们的相救。'客人沉思一会儿说：'尊贵的主人，我也因为这件事对国王讲了几句忠言，反遭妖女排挤，不得不弃职出走。此次云游异乡，也是为了寻找这两个幼儿和王后的下落。我毕竟在这里找到了他们，只要求你们把他们抚养成人，到他们懂事时告诉他们这一切，让他们去报仇雪耻。'客人临走时还赐了名字：哥哥叫黎珠，妹妹叫黎西。"

"阿爸，这位老爷爷叫什么名字？"

"叫达瓦江楚。"

老阿爸讲完这些，就像完成了一项神圣的使命，安然去世了。兄妹俩悲痛万分，哭成泪人。他们埋葬了老人，收拾行装，踏上了去雅隆王国复仇的路。

话说王后依洛卓玛被投下江后，色格朗琼也很悲痛，但过了一段时间，渐渐把这件事忘了，整天沉醉在金子仙女和银子仙女的柔情蜜意之中，不问国事，弄得外虏入侵，王国衰竭，民不聊生。一天，国王正在宫中欣赏宫女跳舞，侍卫领来了两个年轻人。这两个年轻人跪在国王面前施礼道："雅隆王国王子黎珠和公主黎西兄妹拜见父王。"

色格朗琼愣住了，好一会儿才问："什么？你们是什么人？从何而来？敢称我为父王！"

"父王，我们是你的亲生儿女，从雅隆河下游千里迢迢来到这里，就是为了认亲的啊！"聪明的黎西回答说。

色格朗琼用怀疑的目光审视着这位美丽娴静的姑娘，啊？这不是18年前自己心爱的依洛卓玛吗？难道她没有死？莫非是妖怪所变？想到这里，他大笑着说："哪来的野小子，不准你们在这里胡说八道，是人是妖快快说出来？"

"哈哈……"黎珠大声笑了起来，他从容不迫地说："尊敬的父王，你没想到吧？18年后的今天你的亲生儿女会来到你的面前！我们不是鬼，也不是妖，我们是堂堂皇皇的雅隆王国的王子和公主。这里就是我们出生的地方，可我们没有住过一天；父王就是我们的亲生阿爸，可我们从来没得到过你的一丝疼爱；可怜的依洛卓玛阿妈，就是我们的亲生母亲，可我们从没吃过她的一滴奶汁。我们就像雅隆草原上的野鸡，一生下来就失去了我们应该得到的一切……"

色格朗琼更加糊涂了，他用迷惑不解的神色对身边的金子仙女和银子仙女问："他在说什么？我哪有什么孩子？这……这是怎么回事？"

坐在右边的色洛卓玛一直用她那闪着魔光的眼睛盯着面前的两个年轻人，他们一出现，她就有一种不祥的预兆。一听国王的话，她立即掩饰着紧张的神色，淡然一笑说道："大王呀！请不要相信那含着毒汁的鬼话，谁知道他们是哪来的孤儿，竟敢蒙骗大王。大王你可千万不能上当啊！"

一旁的恩洛卓玛也附和："是啊，大王，王后明明生了猪崽，哪有什么孩子，大胆妄徒，竟敢无中生有，冒充大王子女。我看他们定是妖孽所变，闯进王宫，阴谋作乱。大王何不杀了他们，碎尸万段，香祭天公。"

霎时，王宫内一片混乱。

"安静！"国王烦躁起来。等大家静下来，他又对黎珠和黎西说："你们既然声称是我的儿女，就把这缘由说清楚。"

"尊敬的父王，你并不是没有继承王业的子女，我们也不是没有父母的幽灵。只可恨，您被迷住了眼，我们可怜的阿妈恐怕早已含冤死去……"说到这里，黎西再也说不下去了，不禁放声痛哭起来。

黎珠一面安慰妹妹，一面对国王说："18年啊！这风风雨雨的18年！这漫长的岁月……"他用激昂的语调向人们诉说着他们兄妹的苦难经历。宫廷内一片寂静，喧哗的笑语没有了，讥笑和嘲谑消失了，只有黎西姑娘轻轻的抽泣声。

国王听了黎珠的诉说，脸色煞白，心里像一团理不出头的毵毵线，不知该怎么办。正在他犹豫不决的时候，阴险毒辣的恩洛卓玛说："大王，看来我们说得再多也没有用了，世上只有大鹏神鸟是最公平的，就让他们去请大鹏来作证吧？"

银子仙女说这番话的用意，金子仙女非常明白，因为要去神山请大鹏神鸟，绝非易事，单是翻那120座雪山，过那240条河，就能把他们折磨死。即便到了，父亲神山白雪太子也不会放出大鹏神鸟。想到这些，她不禁暗暗高兴。

就这样，国王又一次听信了两个妖女的谗言，让王子和公主去请神山的精灵——大鹏神鸟。

王子和公主又一次踏上了艰难的路途。他们走啊走，翻了120座险恶的雪山，涉过了240条汹涌的河水。翻过一座雪山，就在山顶上煨一次茶；每跨过一条河，就往河里撒一把糌粑，向山河的神灵诉说他们的不幸。他们走了九九八十一天，终于来到了古松环抱着的雄伟的白雪太子山下。见到神山，黎珠便高声诉说道："最圣洁、最伟大的神山啊，矗立在世上最高处，人间的善良与丑恶尽收你的眼底，我们千里迢迢来寻你，历尽了千辛万苦，你可看见我们兄妹的不幸遭遇？你可知道我们可怜的阿妈蒙受的不白之冤？你是人间正义的化身，主持公道是你的美德，扶正压邪是你的职责。神山啊！请你打开山门，快快放出神鸟大鹏吧！"

神山白雪太子静静地听着，他同情王子和公主的不幸遭遇，憎恶自己女儿的所作所为。正当他要打开山门放大鹏神鸟时，急性的王子等待不住了，他以为神山在为自己的女儿辩护。他像一头狂怒的狮子，拉开弓，搭上箭，射向神山。神山闪过一道银光，霎时，黎珠变成了一座冰峰。这是神对他粗暴行为的惩罚。

黎西看到哥哥变成的冰峰，惊吓得伤心地大哭起来。她悲痛欲绝，向雪山唱起了凄凉的苦情歌：

雅隆草原上的乌云啊，
为什么茫茫无际不消散？
雅隆河奔腾的河水啊，
为什么日夜恸哭呐喊？

无边的苦难压草原，
辛酸的泪水流不完。
失去亲人的王子和公主啊，
就像没有妈妈的羊羔一般。

我踏遍草原哀告神山，
请根除人间的灾难；
我寻遍峡谷祈求神灵，
请解救孤儿惩恶扬善……

  黎西的歌在山间峡谷回荡，震动了神山白雪太子。神山流下了眼泪，眼泪变成了清清的泯龙河水。突然，神山顶上升起了一缕青烟，青烟升到半空中又往下飘散，把站立不动的黎珠笼罩起来。一会儿，烟消云散，黎珠恢复了原形，就像刚从沉睡中醒来一般。
  "轰隆隆……"
  一声巨响，神山白雪太子开了一道山门，随着一道强烈的银光，一只全身闪着金光的巨鸟鸣叫着从山门里飞出。它扇动着比毡房还大的翅膀，飞向黎珠和黎西，站在他们面前。
  大鹏驮着王子和公主，飞呀飞，飞到了雅隆王国。大鹏证实了黎珠和黎西是国王的亲生儿女。神山白雪太子为了镇邪扶善，把金子仙女和银子仙女变成两条污水：一条是公猪龙河，一条是母猪龙河，让这两条河永远横卧在没有人烟的荒原。
  国王和亲生儿女终于团圆了，雅隆草原上的乌云消散了，人们跳起欢乐的舞蹈,欢庆人间吉祥如意。

正在这时,一个白发苍苍的老人出现在大家面前,他身后站着一位漂亮的女人。国王一看惊呆了:那老者不正是出走的御医达瓦江楚吗?那女人不正是自己心爱的王后依洛卓玛吗?

原来,王后被绑在筏上推下河,过了七天七夜,也被下游的人家搭救。她痛恨国王听信谗言,不愿回宫辩白,隐姓埋名独自生活了18年,直到达瓦江楚把她找到。

事情真相大白,国王十分懊丧,悔不该听信妖言,使得忠臣、王后和儿女受尽艰辛。面对御医老人和心爱的王后,他第一次感动地哭了。

黎珠兄妹一头扑向母后,抱头痛哭一阵,又大笑一阵;所有的人都为他们哭了,又为他们笑了。

从此,雅隆王国日益昌盛,百姓安居乐业。

搜集整理:和德康　泽旺仁增
流传地区:云岭乡

藏刀的传说

很早以前,汉地的阿妈和印度的阿爸在藏地生了一个叫当坚取扎的儿子。当坚取扎18岁时,成了藏地有名的铁匠。他收了个徒弟叫推让边根,据说是个三头六臂的大力士。

师徒俩为了打制藏刀,含辛茹苦地从汉地寻来阴性的钢材,又从印度找来阳性的钢材。于是,他们先把汉地的阴性钢材、印度的阳性钢材和藏地的中性钢材熔合锻炼,融为一体,冶炼了打制藏刀的钢材。然后把打铁用的风箱放在雪山顶上,风管像一条巨蟒缠绕在山腰茂密的森林间,铁砧像一头大象安放在波涛汹涌的澜沧江边,才开始打制起藏刀来。

打制的第一把藏刀约三寸长,是用来淬火试钢的,其结果钢性适中,刀身屈而不断,刀刃剁而不卷。传说这就是现在藏族女子佩戴在腰际的牛角弯刀。

打制的第二把藏刀约七寸长,刀子的质地优良,割肉就如切凉粉,剁骨头就像砍蔓菁。这刀就是现在的藏族男子佩戴在腰间的七寸银刀。

打制的第三把藏刀约一尺五寸长,刀子威力无比。向上挥去,仿佛是一道闪电能光耀乾坤;向下砍去,犹如一声响雷能震撼宇宙;刀尖指向恶狗和仇人,没有不立即丧生的。这就是现在藏族男子佩戴在腹前的印度长刀。

(附记)

藏族群众无论男女老少都喜欢佩带腰刀。藏刀有小巧玲珑的牛角弯刀,有雕龙刻兽的七寸腰刀,有系在身前的印度长刀。藏刀用钢材锻制而成,刀刃锋利,能砍能剁。刀把和刀鞘极为讲究,都包有银皮或铜皮,并刻有花卉飞龙的图案,有的还在刀把或刀鞘上嵌有珠宝。因此,藏刀既是生产生活和自卫的工具,又是一种装饰品。

传说在燕门、云岭一带还流传着藏刀的歌谣,名称为《刀赞》。

讲　　述:羊拉昂奔
翻译整理:斯那农布
流传地区:羊拉甲功乡

鹦鹉为什么会说话

鹦鹉是鸟类中最有灵性的动物之一，它能模仿人说话，与人进行简单的对话。鹦鹉为什么会说话呢？传说鹦鹉是一个善良人的化身。

据说在藏区的一个小村庄里，有两个年轻人：一个家里富裕些的，叫桑珠；另一个是穷人家的儿子，名叫扎西。他们结伴出门做生意，远离家乡，到了拉萨。几个月后，扎西的生意很顺利，赚得一笔钱；而桑珠生意却赔了本，连回家的路费也没有了。扎西不愿丢下自己的朋友在异乡受苦，于是便约桑珠一同回家。

他们来到一个村子住宿。奇怪的是，这村里处处传来悲痛的哭泣声，路上很少见到行人。他们问一位老阿妈，为什么村里的人都在哭泣？老阿妈说："这几年，我们这地方的山头上，有条大蟒蛇盘踞着，山头上流向村里的大河山溪全被这条蟒蛇吸去，村里没了浇地的水，庄稼枯死在田里，得病死去的人也一天比一天多了。村里的小伙子们为了除掉这祸根，不知送了多少条命，几乎每家都死了人，所以人们才这样悲伤痛苦啊！"

扎西听了老阿妈的诉说，心里很同情他们的遭遇，决心要为村民除掉这条蟒蛇，让他们过上安定的日子。他对桑珠说："咱们去帮助他们把那条蛇除掉吧？"桑珠摇摇头说："不，我们两个人怎能斗得过大蟒蛇？算了吧。"扎西很坚决地说："咱们不能眼看着人们受难不管，应同情别人的苦难，帮助别人解除忧患，这样做才是一个有良心的人。你用不着害怕，我自有斗蛇的方法，你只要陪我，帮点忙就行了。"

桑珠只好答应了。他们来到村后的那座山下，果然发现一条巨大的蟒蛇缠绕着那座山，它把头放在河沟里，正在吸着河里的水，河沟下游已干得见了底。扎西对伙伴说："要除掉这条巨蟒，我必须在这里躺七天，请你守住我的身体，别让野兽接近。第七天晚上，我就会醒来。你能做得到吗？"

桑珠说："这事好办，我就守你七天吧！"

扎西说："那你得认真守着，不要离开我的身边。"说着，他就躺在地上，一躺下，就像死去一样一动不动。其实，他的躯体虽然躺在地上，但是他的灵魂却早已飞进蟒蛇的肚里去了。他在蟒蛇肚里进行着艰辛的搏斗。到了第七天，桑珠想："扎西在此躺了七天，马上就会醒来了，这次我们出门做生意，他赚了那么多钱，可我却亏了本，回去的话，家里的人一定会责备我，就连村里人也会笑话我，说我没有本事。他呢，不仅家里人会高兴，而且还会受到人们的称赞。"桑珠想到这里，心生毒计。自语道：不下狠心，哪能成事？于是抽出腰刀把扎西的脑袋砍下，挖了一个深坑把尸体埋了之后，便独自一人回到了村里。

那个村的人见他独自一人回来，便问他那蟒蛇怎么样了？为什么只有他一个人回来？他装作很难过的样子说："唉！蟒蛇已经除掉了，可我朋友却被蟒蛇吞吃了，为了你们全村人的平安，葬送了朋友的生命，叫我怎样向他家里的人交代呢？"

人们听说蟒蛇已被除掉，十分高兴，为了报答他们为民除害的功绩，并哀悼为此献出生命的扎西，村民们决定举办一个盛大的庆祝会和一个隆重的悼念仪式，颂扬他们高尚的品德和英勇的行为。他们请了许多喇嘛，为超度死者大办法事。然后大摆宴席招待桑珠。各家各户给桑珠送来许多珍贵的礼品，并托付他向死者的家里致意，请他带去许多酬谢死者亲人的礼品。

桑珠得到许多贵重的东西，又受到人们的称颂，而且扎西的大批货物和骡马现在也属他所有了，他感到满心的欢喜，赶着驮满货物的牲口回家了。

桑珠回到家后，扎西的母亲闻讯赶来探问："我的儿子怎么没有同你一起回来？"桑珠装作很悲痛的样子说："老阿妈，阿吾扎西他……他被蟒蛇吞吃了……"

"什么？我的儿子怎么会被蟒蛇吞吃掉啊？"扎西的母亲吃惊地问。

桑珠早已编好谎话，他对老阿妈说："是这样，我们到拉萨后，阿吾扎西把生意做糟了，贴了本，幸亏我还赚了点钱。回来时是我一再劝说，才把他带回来的。不料在半路上,被蟒蛇吞吃掉了。阿妈,你可别再为他伤心了,他就是这个命,你再为他伤心哭泣,他也不会活回来。不如为他多念些嘛呢①,超度他的灵魂,让他在天之灵早日转世吧。"

自扎西死后,老阿妈每天早晚和三顿饭前,都要念一次嘛呢经,这样坚持不断地念了一年。在扎西祭日那天,她还为儿子立了一座石板嘛呢堆。

一天傍晚,阿妈在儿子灵位前点上酥油灯,正虔诚地念着嘛呢经的时候,突然听到门外有人喊叫:"阿妈,阿妈",这声音多么熟悉,就像他儿子在呼喊。她惊奇地想:"莫非我的儿子回来了?"她连忙把门打开,却不见一个人。

第二天,母亲照样在念嘛呢经,又听到门外喊阿妈的声音,她又开门去看,还是不见人影。她回到儿子灵位前,双手合十,诚心祈祷道:"嗡嘛呢叭咪吽,儿子,阿妈不该让你去外地做生意,阿妈对不起你,现在你已经离开人世。愿你的在天之灵,早日超脱转世吧!"从此以后,她再也没有听到儿子的喊叫声了。

几天之后的一个早晨,阿妈正在家里烧香,忽然又听到门外喊阿妈的声音,她开门一看,只见一只小鹦鹉停在门槛上。见她开门,鹦鹉一下子就扑到她的怀里,还连声叫着:"阿妈,阿妈!"那声音竟和儿子一模一样。阿妈又惊又喜,就对鹦鹉说:"小鹦哥,你从哪里来?为什么要叫我阿妈?"

鹦鹉说:"阿妈,我是你的儿子。"

"我的儿子?我的儿子早已死了,怎么会变成你这样的鸟呢?"

小鹦鹉详细说了它的前世扎西怎样被桑珠杀害的经过,并劝慰阿妈说:"阿妈,我在生前没有尽过做儿子的孝心,现在我已经转世成了鹦鹉,我还要报答您对我前世养育之恩。桑珠是我们的仇人,虽然我们没有力量报仇,但坏人作恶天理难容,总有一天会有报应的。"

从此鹦鹉就伴着阿妈过日子,它能预料未来将发生的事情,它告诉母亲什么事该怎么办,事前应该怎样准备,使母亲把任何事情都办得顺利,成为母亲很好的助手。

有一天,鹦鹉对母亲说:"阿妈,明天有一位好心的聪本要到家里来了,

---

① 即"嗡嘛呢叭咪吽",六字陀罗尼咒,观音六字真言。

你要好好招待他。那聪本见了我会要求你把我卖给他，那你就答应他的要求，把我卖给他吧！他会给您很多钱财，够您一辈子享用，这样我也才能报答你的恩情。你一定要卖掉我，不要舍不得，不然，我就没别的办法让你得到幸福啊！"

第二天，果然不出鹦鹉所料，有一队马帮来到门口，在屋外草坪上搭起帐篷住下了。腊都们正忙着烧茶，喂牲口，聪本坐在帐篷里休息。忽然，不远处有人在喊："远来的客人，你们好，你们辛苦了。"

聪本走出帐篷往喊的方向望去，见不远处有一户人家，可是不见一个人在门外面。却听见有人仍在喊着："尊贵的聪本，你辛苦了，快进屋喝茶吧！"聪本觉得奇怪，顺着喊声走近那房屋，这才发现屋檐上停着一只鹦鹉，正在向他喊着。他惊奇地望着鹦鹉，又听鹦鹉向屋里叫道："阿妈阿妈，赶马的聪本来了，快出门迎接吧！"

这时，阿妈出现在门口，请聪本进屋休息。

聪本走进屋，对阿妈说："老阿妈，您有这样一只聪明的鹦鹉，它会说这样动听的话，我太喜欢了，但不知您能不能把它卖给我吗？"阿妈带着忧伤的神色说："聪本啦，你有所不知，它是我儿子转世的鸟儿，有它在我身旁，就像我死去的儿子活在我身边一样。我怎舍得把它卖掉？"她说罢，呜呜地哭起来。

"阿妈，我亲爱的阿妈，你不要伤心，你就把我卖给这位聪本吧！他是好心人，不会亏待你。我跟着聪本去，他也会疼爱我的。我要跟他到拉萨去，到印度、尼泊尔去。"

聪本高兴地说："老阿妈，您听，鹦鹉也愿意跟着我去，你就答应把它卖给我吧！我不会亏待您的。"

母亲只好点头答应了。于是聪本叫他的腊都把他的几驮货物抬进家里，那些货物里有绸缎、布匹、金银器皿以及各种生活用品。聪本安慰阿妈不要伤心，他会好好爱护鹦鹉，以后路过这里，还会来看望她。聪本把鹦鹉放在肩膀上，高兴地走了。

从此，鹦鹉跟着马帮走南闯北，从拉萨到内地，从印度到尼泊尔，不知转了多少个地方。自从鹦鹉跟随聪本以来，一路上从来没有丢失过一匹牲口，也没发生过跌死牲口以及损失货物等事故。这是为什么呢？原来这是因为鹦鹉能预先知道未来将会发生的事情，它把每一件预料到的事都告诉给聪本，让他事先做好准备，尽量避免事故的发生。

有一次，在回家的途中，聪本一路上心事重重。他想：我出门那么多年，妻子在家不知对我是否忠贞相守，要是她另有所爱，那我又将怎样对待她？他的心事早被坐在马背上的鹦鹉知道了。

"聪本啦，你不要悲伤，你的妻子是否忠贞现在还不知道，以后你出门，我就留在家里，伴着女主人，好让你放心远行。"

聪本觉得鹦鹉的话正合自己的心意，便说："那好，以后我出门，你就在家同女主人做伴吧！你要时常注意她的行为，她要是同别的男人来往，你就劝劝她；如果她不听，等我回来时，你就告诉我好了。"

聪本在家几天后又出门去了。

有一天晚上，鹦鹉看见一个男人悄悄走进女主人的卧房。便高声叫道："喂！先生，那是女主人的卧房，请你不要进去。"又向女主人叫道："太太，不要让野男人进您的房里，快把门关上。"

那男人以为有人看见他的举动，吓得转身就往外逃去了。

这下子可把女主人惹气了，她想：这鹦鹉真可恶，坏了我的好事。留着它是个祸害，得想办法把它除掉。白天，它能飞，我抓不住它，也打不着它，要等晚上它歇下来，才好收拾它。便问鹦鹉道："小鹦哥，今晚你要歇在哪里？"

鹦鹉说："今晚我要歇在聪本的银碗上。"

到了晚上，它没有歇在聪本的银碗上，却歇在糌粑盒上。半夜里，女主人把早已准备好的铅砣砸了过去，不偏不倚正好砸在聪本的银碗上，把银碗砸烂了。鹦鹉惊叫一声："啊！太太，你在干吗呀？"

"啊呀！我梦见有人偷聪本的银碗，我就用铅砣打了过去，不知伤着你了没有？"

"没有，没有，我还好好地活着呢！"

第二天，女主人又问："小鹦哥，今晚你要歇在哪儿？"

鹦鹉说:"今晚我歇在楷粑盒上。"

到了晚上,它没有歇在楷粑盒上,却歇在聪本的毡氆楚巴上。半夜里,女主人又拿起铅砣砸了过去,把楷粑盒砸烂了。鹦鹉惊叫,女主人问:"不知砸伤了你没有?"

"没有,没有,我还好好地活着呢!"

第三天,女主人又问:"鹦鹉,今晚你又在哪里歇呀?"

鹦鹉说:"今晚我要歇在聪本的火枪上。"其实它睡在毡氆楚巴上,到了半夜,女主人又拿起一根铁棒打去,正好把火枪打成两截。鹦鹉惊叫一声问道:"啊!太太,你又梦见什么事了?"

"啊呀!我梦见有人偷聪本的火枪,我用铁棒打了过去,不知打伤你没有?"

"没有,没有,太太,我还好好活着呢!"

连续三个晚上,女主人没把鹦鹉打死,反把聪本三件珍贵的用品全给砸烂了,她再也不敢去惹鹦鹉了。

一天晚上,那男人又到聪本家来了。他怕鹦鹉发现,不敢走正门,从屋外搭了梯子爬上屋顶,用绳子从天窗里吊下去。哪知鹦鹉早已预料到了,它悄悄飞上屋顶躲着,等那人一下去,就把绳子一刀割断了,那人摔在地上,脑浆迸裂惨死在地上。女主人一见这情景,吓得直哆嗦。鹦鹉从天窗飞到女主人面前,小声说:"太太,您不必害怕,趁人不知道,快把他埋在门槛底下。"女主人听了鹦鹉的话,忙把死者埋在门槛底下了。

几天后,死者家里人不见死者回来,就请卜卦的人卜了一卦,结果算出埋在聪本家的门槛底下。鹦鹉预知他们的卜卦结果,连忙叫人把尸体挖出来,转移到屋后桃树下埋了。死者家派人到主人家门槛前来挖尸体,几个人挖了大半天也没挖到。死者家又请了一位更高明的卜卦人算了一卦,算出尸体埋在聪本家屋后桃树下。鹦鹉知道他们算出来了,连忙叫女主人把尸体移到一个人官员的园子里。那些人在桃树下没挖到尸体,又请了几个卜卦比较准的人占了一卦,结果卜着尸体是埋在官家园子里了。那些挖尸的人谁都不敢到官家园子里去挖。

鹦鹉同那些人巧妙地周旋了一阵，总算没让死者的家人找到杀人的把柄，但女主人仍然想找个机会害死鹦鹉。鹦鹉知道她的心机，便说："太太，我知道你是非把我弄死不可的，我也没有办法逃脱，但我有个要求，请你不要把我直接打死，你把我关在黑屋子里吧！你给我放上一大盆米和一大盆青稞，到时我的羽毛堆满一屋子时，我自然会死的。"

女主人照鹦鹉的话去办了，并且在墙壁上留了一个洞，常常看它的毛堆满了没有。日子长了，鹦鹉正在换毛，它把换下来的毛全堆在洞口，女主人见洞口堆满了羽毛，以为鹦鹉已经死了，才放下心来。

过了几个月，聪本的马帮回来了，聪本一进门就问妻子鹦鹉哪里去了？妻子说："你走后不久它就死了，我还把它的遗体藏在黑屋子里呢。"她刚说完话，鹦鹉就从屋里喊出声音来："聪本回来了，我还没有死呢！"聪本高兴地跑进黑屋，把鹦鹉放在自己的肩膀上。鹦鹉把女主人的所作所为全告诉给了聪本，但要求聪本宽恕她，让她今后改过自新。聪本听从了鹦鹉的劝告，也就原谅了妻子的过错。

从此，他的妻子再也不同别的男人勾搭了，他们夫妻之间的感情也逐渐加深，过着相亲相爱、幸福美满的生活。

讲　　述：平金安
整　　理：赵四九
流传地区：升平镇

神马王与牛魔王

几千年前,据说天宫中有许多天兵天将,也有许多不同的神。有的是给人间带来灾难的魔鬼,也有的是给人间消除灾难的善神。在天宫中他们不敢胡作非为。因此,为了得到自由,他们背着天母和众神,私自下凡,在人间大显妖术,做尽了伤天害理的事,给人民带来极大的灾难。

牛魔王喜欢在人间找民女为它捉头上的虱子,到了大年初一就把她们当自己的节日佳肴下酒吃掉。日久天长,不知有多少民女惨遭他的毒手。这事惊动了天界王母娘娘,王母娘娘命神马王下凡人间,除掉人间的祸根——牛魔王。

神马王领命,变为一个僧人,手牵一匹雪白的神马,来到高山松林里修行,以念经为名寻找杀掉牛魔王的机会。

一个冬天的早晨,国王派来的差人闯进一个母女俩的家里说:"国王有令,明天轮到你女儿为他掐虱子,不得有误。"差人一甩手就走了。阿妈在差人的背后双手合十连声说"哦啦,哦啦",惊慌地目送着远去的差人。

姑娘知道,凡是到国王家掐虱子的民女,都不能与自己的父母团圆,其中必定凶多吉少。她含着眼泪对阿妈说:"国王这是骗人,为什么到国王家捉虱子的人都一去不复返呢?我不去,要是去了也就回不到你身边了。""好孩子,你还是去吧!咱穷人家躲不了这场灾难,他们是不会放过我们的。"

母女俩为此悲伤地哭了一夜,天亮了,女儿就要离开阿妈了。阿妈把自己的奶挤出来,给女儿揉了一坨糌粑说:"孩子,阿妈没有什么好吃的东西做给你吃,你就带上这坨用阿妈的奶揉成的糌粑,饿了你就吃一口,这就跟母亲在你身边一样。"姑娘接过糌粑放进自己的兜里,扑到阿妈的怀里,大声地哭了起来。

初升的太阳照在国王的三层楼上,佣人们忙把桌椅搬到土毡房上,好让国王在这里晒太阳，拣虱子。姑娘一面掐虱子，一面拿出兜里的糌粑吃。突然她发现国王的头上有一对很小的角，她惊呆了，手里的糌粑滚到国王的怀里，国王随手把糌粑往嘴里一塞："咦，你吃的是什么？好香甜哪！"姑娘惊慌地说："这是我阿妈用奶揉的糌粑。""么说，我吃了你阿妈用奶揉的糌粑，也就等于吃了你阿妈的奶，我俩就是一个母亲的兄妹了，我不能把你吃了，如今你知道我头上的秘密，你万万不可告诉别人，否则我会六亲不认的。"

国王头上生角的事，姑娘一直不敢跟任何人讲。

又一个秋冬过去了，草原上绿草茵茵，开满了各种鲜花，春天来到了。姑娘赶着羊群，来到一个山坡上吹起了她的笛子，笛子里吹出了她藏在心底的话——

国王头上生了角，
他是妖怪不是人。
骗去民女千千万，
如今只剩我一人。
心中有苦不敢诉，
泄露秘密要偿命。
请求天母来除妖，
人间才能得安宁。

笛声响彻四方，惊动了正在松林修行的神马王，他想："如果再拖下去，人间就要绝后了，牛魔王又要向年轻的小姑娘下手了。"于是他把一只绵羊牵来，念了咒语使其定在自己坐的位子上。然后在自己的坐骑上涂了一层油烟，而自己则变成一个流浪的热巴①下山了。他来到国王正门前的草坝上摇起了手中铃铛，轻巧地跳起来，观看的人越来越多，人们有的拿出糌粑给他，有的送他铜钱。这时国王在佣人们的陪同下来到楼上观看流浪艺人表演。见到国王也来，神马王立即抽出箭射了过去，这一箭正中国王的额头。国王说了声

---

① 热巴：藏语，是一种表演技巧较高的铃鼓舞蹈。表演这种舞蹈的艺人也叫热巴。

"我不行了"，就被佣人们马上扶回宫。而流浪艺人趁人们慌乱之际骑神马跑回山上。神马载着流浪艺人闯过大河小溪，洗净了身上的油烟子，又恢复了原状。流浪艺人也就变成了原来的僧人，他念了几声咒语，把绵羊拴在一边的树上，自己又回到原来的位置上盘腿而坐。

再说国王回宫后，立即派兵追赶刺杀他的流浪艺人。追兵们赶到松林里，没看见骑黑马的艺人，唯独有个僧人在这里念经，身边还拴着一匹雪白的骏马。追兵们问道："你是不是那个刺杀国王的流浪汉？"神马王站起来说："我一直坐在这里念经，从未出去过，不信你摸摸我的坐垫，还热得很呢。"

追兵一摸坐垫，确实很热，证明他没有离开过此地。原来他念咒语把绵羊定在那里的缘故就是为此。几个追兵灰心丧气地下山去了。

国王得知没有抓到凶手，心里明白这一定是天母派来的神马王，便对他的大臣说："看来我活不了多久，我死后你一定要把我的身躯剁成数百万个小块，装进木箱里，等到第七天后你就打开木箱。"

国王死了，大臣就按国王的遗言，吩咐士卒把国王的身躯剁成数百万个小块，装进了国王指定的木箱里。

到了第四天，木箱内传来嗡嗡的叫声，大臣感到奇怪，他想看个究竟，打开木箱一看，一群马蜂飞了出来。原来，这一群马蜂如果等到第七天才打开就会变成手持刀枪的数百万妖怪，只因开箱早了，它们才没有变成残害生灵的妖怪而成了一群马蜂，身上只带着一根毒箭来到人间。

神马王得知牛魔王变成了马蜂，并带着箭继续坑害人间，他又变成一群黄蜂，一直跟踪着牛魔王，决心彻底完成自己的使命。

如今大黄蜂一直跟踪着马蜂，一见便吃，这就是神马王在追踪着牛魔王的缘故。

讲　　述：旺杰

搜　　集：升平文化站

整　　理：赵四九

流传地区：升平镇

头上长角的人

从前，在一个依山傍水的村子里，住着一对年过花甲的无儿无女的老两口。老太婆膝盖上长了一个大瘤，弄得她走路也很不方便。一天，老太婆到猪圈喂猪食时，摔了一跤，膝盖撞在槽上，瘤被撕破，里面落下个仪表端正、非常英俊的男婴儿。老两口都为自己老年得子而欢天喜地，村里的人也纷纷前来祝贺，并给他取了个美名叫"道德曲杰"。奇怪的是七天后，这孩子头上长出了一对又尖又硬的角，老两口又惊又怕。几天后，这事便在村里传开了，人们认为这男孩是"妖怪"的化身，劝老两口把这"怪物"丢进河里去，以除后患。老两口虽有点舍不得，但又没有别的办法。

第二天，老头背着孩子来到江边，却不忍心把他抛到江里，就在江边用石头砌了个石箱，把他关在里面，然后就去钓鱼。可钓了一天，一条鱼也没钓着，老头很扫兴。返回家途中，他来到石箱旁，从石缝里看看那长角的孩子死了没有，却发现那孩子安然无恙。那孩子对老头说："阿爸，你要钓鱼的话，到那水面平静的地方去钓。"老头十分惊奇，就照办了，不料真钓到了好多鱼，老头子舍不得把儿子丢掉，又把他背回去了。回到家中，他把在江边发生的事告诉老伴，老伴却骂道："你这该死的老头，白活了这么多年，那是妖怪在显灵，留下会闯祸的，还是把他丢了。"

到第二天，老头又背着儿子到江边。老头想：我先把孩子关在石箱里，等打猎回来，再把他抛入江中。于是把孩子关在石箱里后，上山去了。可是一天过去了，他连只松鼠都没猎获到。老头返回江边欲把孩子抛入江中时，那孩子又对老头说："阿爸，你要打猎的话，就在江边等着，天黑时马鹿会到这儿喝水，那时您可以再打。"老头照办了，果然猎到了一只马鹿。老头舍不得把孩子丢了，又把他背回家来。

老头回到家，把刚才发生的事告诉了老伴，老伴骂得更凶："你这老糊涂，大祸将会落在我们头上。还是把他丢掉吧。"

第三天，老两口一起领着孩子来到江边，这孩子却说："阿爸、阿妈，你们都不要我，抛弃我，那我可以自己走。"说完个子也长了许多，大踏步向上游走去。

他来到一个怪石嶙峋的石林里，只见从石林中走来一个人。他向那人说了自己的身世后，那人说他的名字叫"杂历喀彻"，乐意跟他一块去。他俩走呀走，来到了茂密的原始森林里。这时，丛林中走来一个人，那人说他叫"纳历喀彻"，很乐意跟他俩交朋友。他们三人走啊走，在一块绿草如茵的草地上，又遇见一个人，那人说他叫"崩历喀彻"，愿意和他们三个人同行。他们一行四人走呀走，就在一个石洞里住下来，以打猎为生。

一天，道德曲杰叫杂历喀彻在家做饭，他和另两个人去狩猎，杂历喀彻在家煮了一锅肉，肉熟了，香味阵阵往外飘，惊动了住在附近的一个妖怪。老妖怪流着口水钻进洞内，大喝一声："这肉是给谁吃的？"它的叫声把洞顶的灰尘都震落下来了。杂历喀彻见妖怪面目狰狞，披头散发，身如石柱，早已吓得魂飞魄散，战战兢兢地说："是……是给你吃的。"这妖怪饱餐一顿后，扬长而去。

妖怪走后，杂历喀彻怕三个朋友回来讥笑他不敢和妖怪搏斗，于是就捡了些野猪屎丢在火塘边。等他们三人回来后，杂历喀彻说自己去打水时，几头野猪进屋把肉吃光了。他们三人见火塘边的野猪屎，也就相信了。

第二天，道德曲杰叫纳历喀彻和崩历喀彻在家做饭，由他和杂历喀彻去打猎。纳历喀彻和崩历喀彻刚把肉煮熟，那老妖怪又来了。它把脚一跺，顿时脚下就出现了一个深深的大坑，然后恶狠狠地说："这肉是给谁吃的？"他俩见这力大无穷的庞然大物，吓得屁滚尿流，慌慌张张地说："是……是给你吃的。"妖怪又饱餐一顿后，扬长而去。

纳历喀彻和崩历喀彻同样怕伙伴们讥笑他俩，便拾些野兽的粪便丢在火塘边上。等道德曲杰和杂历喀彻回来时，对他们说："我俩去拾柴时，不想几个野兽进来把肉给吃光了。"

三个朋友虽然没向道德曲杰说明这是老妖在作怪，但是道德曲杰已知道了这一切。这天，他让三个朋友去打猎，自己留在家里，他把肉煮了以后，把一个猪尿泡用针密密麻麻刺穿。到中午肉熟时，那妖怪又来了，它凶狠地说："这肉是给谁吃的？"道德曲杰慢吞吞地说："是给我吃的，你要吃，先到河边挑水去。"说着把猪尿泡扔给那妖怪。那妖怪正要发作，但它看到道德曲杰的长相，不禁有些害怕。暗想：我空着肚子与他斗，必会吃亏的，等我吃饱后再与他斗也不迟。于是就拿起猪尿泡到河边提水去了。那妖怪一走，道德曲杰就把那妖怪的无敌武器——金链和金斧藏了起来，用泥巴做成链子和斧头涂上金粉放在原处，然后专等那妖怪回来。

再说那妖怪到河边去提水，舀满以后，提到半路就漏完了，它就把自己的头发一根一根地拔下来往缝里塞，可头发都拔完了还是塞不住，直到弄得精疲力竭，才意识到这是道德曲杰在捉弄他。老妖怪气得两眼冒火，吼声如雷，它飞快地回来拿起"金链"和"金斧头"，使尽全身力气用"金链"套住道德曲杰的脖子，用"斧头"狠命砍去，但是"金斧"被打碎，"金链"也被拉断。老妖怪正在惊奇之际，道德曲杰用金链套住老妖，挥舞金斧砍去，老妖顿时脑浆迸裂，一命呜呼了。

等三个伙伴回来时，见到妖怪的尸体直挺在血泊之中，三人惊若木鸡。等道德曲杰把怎样降妖的事告诉了他们，他们才如梦初醒。道德曲杰接着说："现在老妖怪已被打死，妖洞里有黄金，饭后我们就去拿。"他们四人来到洞口，只见洞内阴森森的，什么也看不见。他们三人不敢下，道德曲杰只好自己下洞，把妖怪所藏的金盘、金碗全都送了上去，等他想爬出洞时，梯子却不见了。原来这三个家伙见财眼开，顿时起了私吞之心，待道德曲杰要爬上来时，他们把梯子搬走，带着宝物远走高飞了。

道德曲杰在阴森森的洞里乱摸着，忽然摸到个桃核，道德曲杰如获至宝，把桃核栽在洞里，撒了一泡尿说："如果我命大，你明天就发芽，长到洞口；如果我的命小，你就别发芽了。"等到天明时，这核桃树长得有碗口那么粗了并一直伸到洞外，道德曲杰欢天喜地攀着树枝爬出了洞。走了一段路，他又饥又渴，在路旁找了个别人啃过的驴头，便爬上树，坐在树上啃。到了夜晚，山里的各种野兽来到树下，燃起篝火，拿出各种各样的金、银首饰在树下高谈阔论。这时，道德曲杰由于一天的劳累，在树上打起瞌睡，不小心把手里的驴头掉了下去，下边的群兽吓得没来得及拿走宝物，就各自跑了。道德曲杰这才醒过来，看到树下堆满了珍宝，下树把这些宝物拿走，回村赡养年过花甲的父母，很快成了远近闻名的富翁。

再说那黑心的三个朋友，很快地花完了妖洞所获的金子，就成了穷光蛋。他们听说道德曲杰已经成了富翁，就去问他怎么富起来的，道德曲杰不记前仇，把树下得宝的事原原本本告诉了他们三个。当晚他们三人像道德曲杰那样去做，每个人都抱个驴头在树上等。野兽们来了，老大老虎说："前次我们来到这儿时，就是从树上掉下来个怪东西，结果才弄得我们丢了宝贝。小子们，你们去看看，树上有些什么东西。"猴子爬上树上看见了他们三个人，大声叫道："骗我们珠宝的人在树上啊……"老虎恶狠狠地说："小子们，快爬上树去给我吃了。"群兽一拥而上，撕的撕，咬的咬，很快这三个贪财的人连骨头都被吃光了。

〔附记〕

这篇故事中的主要人物是个头顶上长有一对牛角的人。关于这个人物，德钦民间有这样一个传说：修建拉萨大昭寺的时候，只要能出力的都来了。当大昭寺竣工大典时，大喇嘛给曾为修建大昭寺出过力的人一一加封，唯独把一头老牛给忘了。老牛为建造大昭寺驮运石头，背被磨得伤痕累累，现在没得加封，气愤难平。它说："我来世转生于人，对那些忘恩负义的人给予报复，不再受人们的欺负。"说完便一头栽到湖里去了。转世后，变成了一个身强力壮的男子，头顶还长着两只牛角。传说他当了国王，人们称他为"杰布龙达玛"，意为头上长角的国王。

搜集整理：阿巴·扎史翁堆
流传地区：佛山纳古

盲人的奇遇

从前,有两个人,一个叫丁巴丁朵,一个叫巴鬼凶松。丁巴丁朵老实善良;而巴鬼凶松狡猾奸诈、歹毒凶狠,但还厚着脸皮要别人说自己好。

巴鬼凶松十分嫉恨丁巴丁朵。一天,丁巴丁朵说:"我俩谁好谁坏世人自会有公论,就不争了吧!"

巴鬼凶松不让,强迫道:"既然你不愿意说,那我俩打个赌好吗?"

丁巴丁朵问:"怎么个打法?"

巴鬼凶松说:"我俩沿这条路走,沿路去问三个人,我俩谁好谁不好。要是三个都说你好的话,你就可以把我的眼睛打瞎;要是三个人都说我好的话,那对不起,我就要打瞎你的双眼。"

丁巴丁朵听了巴鬼凶松这番话,以为他是在说胡话,可巴鬼凶松非要丁巴丁朵依他不可,丁巴丁朵只好答应了。丁巴丁朵想,反正自己没做过亏心事,世人绝不会冤枉我。

他俩走着走着,来到了一座小山坡上,有个老人在坡上放牛。巴鬼凶松推开丁巴丁朵,独自跑到放牛人跟前,很不礼貌地说:"喂,老头子,你说说,如今这世上,巴鬼凶松和丁巴丁朵究竟谁好谁不好?"

老人看见巴鬼凶松那副凶相,害怕三分,便说:"过去人家都说是丁巴丁朵好,但现在不知怎么,又说是巴鬼凶松好。"

巴鬼凶松听了这话,便沾沾自喜,他狡猾地朝丁巴丁朵笑了笑,好像是说:"怎么样!"

他俩又走着走着,来到一条小河边,河边有一个少女在背水。巴鬼凶松抢先问少女:"喂,姑娘,你说说,如今这世上,究竟是巴鬼凶松好,还是丁巴丁朵好?"

少女看见他那副皮包骨灰脸，惊恐地说："过去都说是丁巴丁朵好，可现在又说是巴鬼凶松好了。"

巴鬼凶松得意忘形，一路小跑，来到了一座桥上，正好桥上过来一个牵马的小伙子。巴鬼凶松双手叉腰，挡着路问小伙子："喂，小伙子，你说说，如今这世上，究竟是巴鬼凶松好，还是丁巴丁朵好？"

小伙子用手使劲推开巴鬼凶松，说了句反话："好！好！巴鬼凶松不好谁好！"说完便赶路去了。

他俩回到原来打赌的地方，巴鬼凶松迫不及待地对丁巴丁朵说："喂，丁巴丁朵，你听见了吧，三个人都说我好，今天这个赌就算你输给我了吧？"

丁巴丁朵心里难过极了，他深为世人因胆怯而不敢主持公道的行为感到痛心。但他安详地对巴鬼凶松说："男子汉说话算话，今天这个赌就算我输给你了，你就动手吧。"

巴鬼凶松便毫不客气地打瞎了丁巴丁朵的双眼。

丁巴丁朵变成了盲人。傍晚，他摸着路来到一个山洞里过夜。他刚躺下不久，从山脚下传来说话声。他竖起耳朵一听，原来是一群野兽在闲谈。丁巴丁朵细细一听，只听见老虎说："今天白天巴鬼凶松把丁巴丁朵的眼睛打瞎了，其实丁巴丁朵不知道，只要用这山上的野花擦一下眼睛，就会重见光明。"老熊说："听说，国王的姑娘耳朵里钻进去了一只蜘蛛，化了脓，请了许多名医也没法取出来，公主疼得整天躺在床上，哭得死去活来。为了医好公主的病，国王只好出告示，说谁能医好公主的病，就让谁做国王的女婿。其实，公主耳朵里的蜘蛛并不会爬出来的。只要把芭蕉上的露水滴进公主的耳朵里，蜘蛛就会爬出来。"接着，豹子又说了："这山下的大坝子，荒着怪可惜，其实只要用锤子把山下那个大圆石敲碎，那石头底下就会流出水来，坝子里的人就可以过上好日子了。"丁巴丁朵听了它们的话，高兴得一夜没睡着。

天亮后，丁巴丁朵摸着路往山下走，他按照晚上老虎说的话，用野花擦了眼睛，果然重见了光明。到了村子里，他领着乡亲们用锤子敲碎了那个圆石头，顿时，一股清泉便从碎石里哗哗地涌了出来，世世代代的荒坝子可望变成米粮坝了。他揭下国王的告示，按照豹子说的方法治好了公主的耳病。

国王高兴极了，把自己心爱的公主嫁给丁巴丁朵。从此，老实巴交的丁巴丁朵重新又受到了人们的尊敬和爱戴，人们都伸出大拇指夸奖说："丁巴丁朵好！"

巴鬼凶松看见丁巴丁朵不仅重见了光明，做了国王的女婿，而且又重新得到了人们的尊敬和爱戴，他心里羡慕极了，做梦也想着过丁巴丁朵那样的日子。有一天，他又来到了丁巴丁朵的家里，问丁巴丁朵怎样治好眼睛，怎样发现水源，怎样取出了公主耳朵里的蜘蛛。丁巴丁朵心胸开阔，不记前仇，一五一十地把真情告诉了他。巴鬼凶松听了也不甘心，他决意要去试一试，便强迫丁巴丁朵打瞎了他的眼睛，照丁巴丁朵说的，摸到了那个山洞里。到了晚上，巴鬼凶松的确听到了野兽们的说话声，但他听到的不是丁巴丁朵听到的那些话了，而是使他胆战心惊的叫骂声。老虎说："不知怎么，丁巴丁朵的眼睛医好了，那个坝子里也有了水，公主的耳病也治好了！"老熊叹气说："唉，真糟糕！"豹子猜测说："别急，这上面有个洞，说不定有人悄悄躲在上面，偷听了我们的的话。"老虎和老熊觉得豹子说得有理，齐声说："走，去看一看。"野兽们来到山洞里，果然看见有个人躺在山洞里，便气愤地说："就是这家伙干的好事！"说着，有的咬，有的抓，巴鬼凶松痛得直叫唤。就这样，没过一袋烟的工夫，心肠歹毒的巴鬼凶松便被野兽们吃了个精光，连骨头也没剩下一根。

搜集整理：吉称
流传地区：奔子栏乡

难转生的活佛

藏历第十四饶迥①水猪年春,强巴林寺的根敦赤巴桑杰活佛圆寂已整整九年了。强巴林寺的众僧侣找遍每个角落,也没有找到根敦赤巴桑杰活佛的转世灵童。

这天,根敦赤巴桑杰活佛的前世老师——喜饶嘉措活佛来到强巴林寺,住持向喜饶嘉措活佛询问桑杰活佛转世在何方。喜饶嘉措活佛告诉他说,根敦赤巴桑杰活佛至今未转世②。喜饶嘉措活佛见强巴林寺住持半信半疑,又对他说道:"如果你不信,那么明天请你召集众僧侣,带上桑杰活佛生前用过的法器,以及生前穿过的袈裟,在寺院前面的强巴林湖等我,到时我让你们看看桑杰活佛到底转生了没有。"说完便去转经了。

第二天,强巴林寺住持召集本寺所有僧侣,带上根敦赤巴桑杰活佛生前穿过的袈裟和用过的法器来到强巴林湖边。没一会儿,喜饶嘉措活佛来了,他拿起桑杰活佛的袈裟对着湖喊道:"不孝的弟子,你圆寂九年还未转生,那是你前世造下的罪孽。但念你是我一门弟子,今天特来为你解除痛苦,使你及早转生于世,你快快来见我吧!"

喜饶嘉措活佛的话音刚落,从湖里游来一条红鱼。这红鱼径直向放着桑杰活佛法器的岸边游来。喜饶嘉措活佛捞起红鱼让住持和众僧侣看,只见那红鱼全身生蛆,臭气熏人,众僧侣惊奇不已。

喜饶嘉措活佛把红鱼放在桑杰活佛的袈裟上,然后就地打坐,用桑杰活

---

① 饶迥:系藏历六十周期之名,饶迥的推算法是以铁、木、水、火、土(加以阴阳区别)与十二地支相配合,六十年为一轮,一轮即为一个饶迥。如第一饶迥的第一年(1027年)为阴火兔年。

② 转世:佛教认为人或动物死后,灵魂依照因果报应而投胎,成为另一个人或动物,叫做"转世",也叫"转生"。藏传佛教格鲁派的创始人宗喀巴的第三代弟子索南嘉措为格鲁派活佛采用"转世"之始(即1546年)。

佛的法器念起经来。不一会儿，袈裟上的红鱼不见了。这时，喜饶嘉措活佛站起来对住持和众僧侣说："桑杰活佛现已转生在西北方向一户平民家里。父亲叫扎拉旺匹，母亲叫央金旺姆，他们的儿子叫扎央彭措，眉眼处有颗不易发现的小红痣，他就是根敦赤巴桑杰活佛的转世灵童。你们去找吧。"

这时，强巴林寺的众僧侣都围着喜饶嘉措活佛，问桑杰活佛为何难以转生。喜饶嘉措活佛回答道："众所不知，佛门弟子要严守戒律，弘扬佛法，普度众生，切不可有半点贪欲，滋生邪念。可桑杰活佛修炼得道后却不再弘扬佛法，而大肆搜刮俗人钱财，把人们捐献的钱财归为己有。我多次对他说这样做将苦海无边，劝他别再玷污佛门，及早回头，他却不听我的劝告。唵嘛呢叭咪吽，善有善报，恶有恶报，桑杰活佛是罪有应得的。望众僧侣以此为鉴，严守戒律，弘扬佛法，普度众生，要不将前功尽弃，受到佛的惩罚。"

讲　　述：昂奔
搜集整理：斯那农布

多杰仁青的故事

远古的时候,楚喀塘是个比较富强的藏族王国。这里地势平坦辽阔,绿草如茵,远山苍松翠柏,郁郁葱葱,一块宝地。可是,自从这里迁来一户铁匠后,灾难就像影子一样接踵而来。

铁匠一家三口人——父亲和两个女儿,在湖边搭了个帐篷,以打铁为生。他们打制的器具质量差,价钱却很高。如一把镰刀就得用一饼酥油,或是一克(斗)糌粑来换,而镰刀却只用了几天,不是卷刃就是折断。最可恶的是,他们每天要砍倒一棵松树和一棵柏树来烧灰。没多久,远山的松柏快要被他们砍完了;他们在湖中蘸火,湖水变成了混浊的污水,聪明的人喝了变成了憨痴痴的傻子;他们把炉子里的灰烬撒在草原上,绿茵茵的草原变成荒凉的沙漠。

有一天,一队去拉萨经商返回的马帮路经楚喀塘停宿。"聪本"多杰仁青几年前曾是归吾寺有名的年轻法师,因他不甘寂寞,难以接受森严的戒律,便离开寺院还俗经商。前一月他去拉萨路过这儿时,曾经在这水草丰盛的草原上逗留了三天,原想回来时在这儿住几天,让马儿长长膘。但眼前的楚喀塘已经是不长草木的地方了。他从楚喀塘人们的诅咒声中得知这是不久前迁来的铁匠一家造下的罪孽,于是决定留下来决心除掉铁匠一家。

第二天,他让"腊都"把马赶走,自己却变成一个拳头大的婴儿,钻进他们倒在支锅石上熬过的茶叶中。

铁匠听说来了一队马帮,便拿着马掌和铃铛来到马帮驻地想做笔交易,但这时人马已空,却见马帮煨茶用的支锅石上倒了那么多的茶叶。他出于好奇,找了根棍子一扒,见里面躺着一个十分可爱的小男孩,他高兴得连忙抱起了小孩。他很早以前就盼望有个儿子,可短命的妻子只给他生了两个黄毛丫头就死了。万万没想到现在老天爷给他送了个儿子。他把儿子视为掌上明珠，对他十分宠爱。

转眼几年，儿子长大成人，能帮父亲做事了。一天，父亲叫儿子去烧炭，告诉他先砍一棵松树烧一篮，再砍一棵柏树烧一篮，用牦牛驮回。儿子爽快地接受了，扛着斧头赶着牦牛走了。

要吃午饭时，铁匠让大女儿去给儿子送午饭。大女儿到烧炭的地方，看见弟弟把牦牛杀了，牛皮铺在草坝上，四腿牛肉挂在树上，他自己却睡在火边，根本没有在烧炭。大女儿见状连午饭也没留下就跑回家，把她看到的说给了阿爸。

日头偏西时，却见儿子赶着牦牛、驮着炭回来了，自己还背了满满一篮炭。铁匠一看儿子从头到脚都是炭灰，想到大女儿今天的所作所为，气得七窍冒烟，于是顺手抄起大铁锤向大女儿的头上砸去。大女儿被铁匠砸死后，尸体顿时变作一条黑毒蛇，僵直地死在那里。

几天以后，铁匠又让儿子烧炭去了。这天，铁匠很早就让小女儿去给儿子送午饭。他想，今天不能再像上次那样，让儿子空着肚子烧炭。小女儿到烧炭的地方，见眼前的情景完全像姐姐说的一样。但她比姐姐聪明，为了使父亲相信，她砍回了一只牛脚。

铁匠看着这血淋淋的牛脚，起了疑心。他准备亲自去看看这到底是怎么回事。心想，如果真是女儿说的那样，那要儿子偿还大女儿的命。然而他带上大铁锤正要出门时，又见儿子赶着牦牛、驮着炭回来了，自己仍然背着一篮炭。

儿子来不及卸下驮子、放下背上的炭篮，就对铁匠说："阿爸啦，二姐好狠心哪。我明明辛辛苦苦、忍饥挨渴地在烧炭，她却骂我不好好烧炭，在这里偷懒，连午饭都不让我吃，还无缘无故地砍去了一只牛脚。我说：'二姐你发发慈悲，你要是砍去牛脚，我怎么让它驮炭，再说阿爸也不会饶我。'可她压根儿不听我说，还对我说：'我要让宠爱你的阿爸惩罚你！'幸亏我急中生智，给牛安上了一只木脚，还好，可怜的牦牛还能驮炭。阿爸啦，请您为我做主！"说着便跪在铁匠跟前。

这时的二姐就是有一百张嘴也辩不过弟弟，只好跪在阿爸面前哭泣。

铁匠急忙把儿子背上的炭篮卸下，扶起儿子，拍着儿子的肩膀说："好样的，你真是阿爸的好儿子！"接着抄起铁锤对二女儿恶狠狠地骂道："贱妇，你姐妹俩嫉恨、刁难弟弟，无疑是拿刀子捅我的胸口，我算白养了你们！"说完便一锤把二女儿砸死。二女儿的尸体顿时变作一条红毒蛇，一动不动地躺在那里。

多杰仁青借铁匠的手杀了两个女儿后，知道了他们是披着人皮的蛇妖。他想到蛇是最怕麝香的，于是有了杀铁匠的对策。

又过了几天，铁匠又叫儿子去烧炭。中午，铁匠带上最丰盛的饭菜去给儿子送午餐。这时，他看到驮炭的牦牛被杀，牦牛皮被铺在草坝上，儿子把整头牦牛肉架在大火上烘烤，自己却盘腿打坐，双手合十，仿佛在为牦牛超度亡灵。铁匠气得就像发怒的豹子，拔出腰间的牛角刀，吼叫着扑向儿子。这时，铺地上的牛皮飞卷而来，霎时变成一只雄麝立在铁匠面前，一股浓烈的麝香味直往铁匠鼻孔钻去，就像烈火碰到洪水，耗子遇上花猫，铁匠随即变作一条红黑相间的毒蛇瘫在地上，无力动弹了。

多杰仁青惩罚了铁匠一家后，在湖边烧了三天三夜香，念了三天三夜经。奇迹终于出现了，混浊的湖水变清了，清澈得可以见水中的游鱼。他用香叶蘸上湖水向空中弹洒，顿时下起了绵绵细雨，雨过天晴，楚喀塘草原又像原来那样，绿草如茵。

楚喀塘的人们为了感激多杰仁青，把他留下来，立他为王。

多杰仁青做了国王后，楚喀塘出现了空前未有的繁荣昌盛。为了治理好国家，多杰仁青需要一个贤内助，既能帮他治理国家，又能替他料理家务。他听说色当国王有两个就像孔雀一样美丽的公主，于是前往色当娶亲。这天，色当国王的门前来了一个身穿旧得发黄的羊毛楚巴，背着一副弓箭的年轻人。这人便是化了装的多杰仁青。几天前，他就已经来这里，但色当国王的两位公主整天待在宫中，他难以会见她们。这几天，他特别注意两位公主楼上每天晚上栖息的野鸽，于是他弄来一副弓箭，来到离王宫不远的一堵墙根，专等野鸽飞来。

傍晚，野鸽飞回来了，在两位公主的楼上空盘旋着。多杰仁青拉满弓，一箭射中野鸽。野鸽饮箭落在两位公主的楼上。

多杰仁青背上弓箭前去索回，碰见了大公主，便下跪对大公主说："比孔雀还要美丽的公主，请宽恕我冲撞了您，我是一个无能的猎人，今天狩了一天猎却白白转了一山。幸好刚才有只鸽子撞在我的箭上，可它偏偏落在您的房顶。心地善良的公主，请您让我取回那只死鸽子吧！"

"呸！下贱的猎人，好大的胆，用你的箭撬开你的狗眼，瞧瞧这是什么地方？还不快滚出去，免得玷污了我们的宫室。"大公主向多杰仁青吐了一口唾沫，大声骂了他一通。

多杰仁青忍受着辱骂，退出了几步，见大公主离去了，又停下来等二公主。一会儿二公主来了，他又下跪对二公主说："比孔雀还要美丽的公主，请宽恕我冲撞了您……"

"哎呀，大哥，请起身。男子汉给妇道人下跪，你这是作践自己。有什么事请您细说。"

"谢公主！我是一个无能的猎人，今天狩了一天的猎却白白地转了一山。幸好刚才有只鸽子撞在我的箭上，可它偏偏落到您的房顶。心地善良的公主，您就让我取回那只鸽子来充充饥吧！"

"哦，是这样，我领您去取吧。"公主说着便领多杰仁青上了楼。

多杰仁青拾起死鸽，就在楼上拔起鸽毛来。公主对他说："你已经拿到了鸽子，毛回去再拔吧。"多杰仁青却说："我有个规矩，不管在什么地方猎获，必须就地脱毛剥皮，不然第二天上山狩猎就要倒霉，请公主允许。"

多杰仁青拔完羽毛，又一根一根地拔毫毛。这时二公主又对多杰仁青说："羽毛您已经拔完，毫毛回去一烧就行了。您得快走，不然天快黑了。"可是多杰仁青依然一根一根地拔，等他拔完毫毛，天也黑了。这下可急坏了二公主："您瞧，叫您快走，您却赖来赖去，现在天已黑，大门已锁，您怎么出去？"多杰仁青也装作焦急起来，不知道该怎么办。二公主只好把他带到自己的房间，让他睡在床底，自己和衣上床睡了。

半夜，多杰仁青发出"阿啾——阿啾啾"的寒冷声。公主怕吵醒家人，便让他上床调头睡。一会儿多杰仁青又嚷开了:"脚臭、脚臭。"公主蹬了他一脚说:"你的脚才臭得像粪坑。您别嚷行不行,要是父王听见了,不剥您的皮才怪呢。"但多杰仁青嚷得更厉害了。公主无奈,只好让他调过头来睡。这时,两个睡在一起,双方抵挡不过内心强烈的欲望,不约而同地紧紧抱在一起⋯⋯

第二天早上,侍女来叫二公主起床吃早点,却总不见公主来开门,她从门缝往里望去,只见二公主的床脚除了二公主的鞋外,还有一双破烂的男式藏靴。顿时她明白了一切。多嘴的侍女把这一切禀告了国王。国王恼羞成怒,立即召集家人把二公主和多杰仁青叫来,当着众人的面,甩了多杰仁青两记耳光,恶狠狠地说:"死蛮子,公然干出这种丑事,今天我要剥你的皮,抽你的筋!"接着又指着二公主的鼻梁骂道:"骚货,你这是朝我脸上抹屎。"

多杰仁青正要把情况说明,却又遭到大公主的一顿臭骂:"原来是你这脸上出毛——不知羞耻的,昨晚你还打我的主意,被我斥骂,你却害了我妹妹。也不撒泡尿照自己是副什么模样。妹妹也太下贱了,竟和这样的人厮混。"

多杰仁青和二公主被骂得抬不起头来,而母后却在一旁抽泣抹眼泪。这时,国王宣布将多杰仁青绞死,把二公主沦为下贱的奴仆驱赶出宫。

多杰仁青向国王祈求道:"国王,好马也有失前蹄的时候。我是⋯⋯我们行事虽然有点鲁莽,可我俩已是生米做成熟饭,好歹是夫妻了。请父王饶恕,我们日后没有钱财来报答,也会常常烧香祈求神灵保佑你们。"多杰仁青原想说出自己的籍贯、身世,说清本来是想先试试公主的心,然后才准备向父王求婚,可是⋯⋯但他仍然未做解释。他想,再解释,包括二公主也不会相信。这时,母后也向父王替二公主求情:"父王,手心手背都是肉,二公主是你身上的肉,您就成全他们吧!"

"哼,看在母后的面上,就成全你们。可从今以后,你们和我是江这边和江那边的石头,没有什么情义,我不想永远见到你们,你们现在给我滚!"

二公主和母后洒泪而别后,只身跟着多杰仁青走了。他们走啊走,翻了一座山又一座山,渡过了一条又一条河,只剩一天的路程便要到楚喀塘了。多杰仁青对公主说:"爱妻,我是一个无家可归的猎人。冬天,山中的岩洞是我藏身的地方；夏天，林中的松柏树下是我栖息的场所。现在可不能这样了，我要到楚喀塘村子里借一栋木楼房，先去收拾收拾，你随后来吧。"

多杰仁青先走了。二公主一路上只要遇到人便问：是否遇到一个穿旧羊毛楚巴、背着弓箭的猎人走过？藏地楚喀塘是不是要到了？人们都回答说，迎面只遇到一个穿白衣服骑白马的人，不曾遇到一个猎人。人们告诉二公主：顺大路往西行，楚喀塘就快要到了。听了过路人的话，二公主忐忑不安，加快脚步赶路，太阳离西山还有一绳子长的时候，就来到了楚喀塘。

当二公主来到王宫门口正要问一问自己丈夫家在哪里时，却见国王家那条凶恶的藏狗正在啃撕丈夫的那件楚巴。二公主以为丈夫已被狗撕吃，不禁怒火冲天，就要扑上去和狗拼命。这时，"啷"的一声，一只银手镯滚到二公主的脚尖。她拾起来一看竟是自己那天夜里和多杰仁青换的那只手镯。于是她抬头望去，只见丈夫笑盈盈地站在九层楼上向自己招手。二公主还在惊喜之中，就被人们扶着迎进了王室。

一晃就是两年。母后思念二公主，心中如焚。她打听到女儿和女婿到藏地楚喀塘去了，便不顾国王和大公主的阻拦，欣然前来探望二公主。看到女儿嫁的是楚喀塘国王，她有说不完的高兴。

吃饭时，女儿问母亲用金碗还是银碗。母亲说："只要能盛饭，就是一只木碗也就可以了。"女儿却让母亲用了一只镶花的银碗。女儿又问母亲用金筷子还是银筷子。母亲说："只要能扒饭，就是一双蒿枝筷子也就行了。"女儿却让母亲使一双雕龙的金筷子。

特别使母后高兴的是二公主已生了一个王子。她成天陪着王子，一住就是好几个月。俗话说："鸡老上树，人老归故里。"这天，她不由思念起色当家乡，便向女儿和女婿告辞回家乡去了。

母后回到色当后，把二公主的情况告诉了国王。国王开始还不信，但看到母后带来了金条、银首饰、麝香、冬虫草、镶花银碗、上等氆氇等那么贵重的礼物，方才相信。母后对国王说："楚喀塘可是个好地方，山上有名贵的香菌、木耳，林中的飞禽走兽比我们饲养的家禽还多。啊，那湖中的雪鱼，用酥油炸后余汤或者是泡青梨酒，是治胃病和风湿的良药。更使人留恋的是那里的人民勤劳、善良。国王，您也去看一看吧。"

听了母后的叙说，国王恨自己当初不问青红皂白就把二公主和多杰仁青赶走。他还有脸去吗？倒是不知羞耻的大公主，却闹着要去二公主那儿。

大公主来到楚喀塘，被妹夫的相貌所倾倒，以前那穿戴破烂的丑猎人，如今是威武英俊的国王。她故意在国王面前卖弄风骚，但国王不吃这一套，只把她当姐姐看待。

吃饭时，妹妹问姐姐用金碗还是银碗。姐姐说："好妹妹，你我虽是色当国王的公主，可你姐姐没福气，还从来没用过金碗银碗，你就让我用只金碗吧。"妹妹却让姐姐用一只大肚子木碗。妹妹又问姐姐使金筷子还是银筷子，姐姐回答说："好妹妹，你姐姐命苦，恐怕一辈子也用不起金筷子银筷子，让姐姐用一回银筷子吧。"妹妹却递给姐姐一双蒿枝筷子，说道："姐姐，我们是下贱的穷人，哪里用得起金碗银筷，妹妹不过是乱说而已。"弄得姐姐哭笑不得，讨了个没趣。

几天来，大公主越来越嫉恨妹妹，于是想出了一条毒计。这天，她约妹妹到湖边去玩。看着姐妹俩在湖中的身影，大公主胡作惊讶地说："哟，妹妹，你比姐姐长得更美了。哦，原来是你这身衣服和首饰使你显得美。好妹妹，咱俩来换换衣服和首饰，看看我有没有你美丽。"

二公主不知是计，脱下衣服、取下首饰拿给姐姐。还说："姐姐，人们都说我俩是一个模子出脱的，没有两样。妹妹哪里会比姐姐美！"两姊妹换了服饰后，并排站在湖边看湖中的身影，这时，狠心的大公主把妹妹推下了湖里。

大公主换上了妹妹的服饰，模样完全像二公主。她害死妹妹后，装作二公主，急匆匆地回到王宫，向国王说道："国王，姐姐她已不辞而别，留下诂说我们记前仇对她加以刁难，使她难堪，她受不了，赌气走了。"

国王听后说："我们那样做，原只想让她改变那种看不起穷人的世俗观念，可她却以为我们记前仇，心胸也太狭窄了。"

大公主走后，楚喀塘国王家出现了一件怪事。王子不病不痛，却常常啼哭。国王让母后给王子喂奶，可王子一见母后更哭得厉害。孩子不要母亲，那还不是怪事？

这天，国王抱着啼哭的王子，在走廊上走来走去。这时飞来一只金丝鸟栖息在廊檐上。金丝鸟只叫了两声，王子的哭声戛然而止，双眼盯着金丝鸟笑了。国王猜出其间必有奥秘，于是竖起拇指对金丝鸟说："美丽的金丝鸟，数日来，我儿子常常啼哭，见了他母亲更哭，如果你知晓这一原因，那请你歇息到我的拇指上来，细细对我说。"

金丝鸟飞来歇息在国王拇指上，把大公主怎样把妹妹推下湖，又怎样冒充王后的事细说了一遍。接着对国王怀中的王子说："啊，我可爱的宝贝，这几天受苦了。"说着就从口里吐出一颗灵丹喂给王子，王子吞下灵丹后，竟破天荒叫了一声："妈——"

国王又气又喜，对金丝鸟说："爱妻，既然是这样，我现在就用法术让你复原形。我和王子没有你，就好像日月星辰失去光芒一样。"

"国王，您别急。明天是我七天祭日，您带着王子到湖边烧三炷香，念三遍复生经，我们就可以见面了。"说完便向湖边飞去。

第二天，国王带着王子在湖边烧了三炷香，然后静坐下来念起复生经。当念完第一遍时，湖心长出一棵倒垂的杨柳；念完第三遍时，只见王后从彩桥上翩翩而来。

国王对冒充王后的大公主说："你这害人的妖精，看在你与王后是姐妹的情分上，免你一死，你现在就走吧。我们没什么东西送你，带上这盒东西路上吃吧。"

大公主收拾了一下自己的东西，便灰溜溜地离开了楚喀塘。走了半天路，大公主感到又累又饿。这时日当正午，天气热得像闷在蒸笼里一样，大公主只好休息一会儿再走，她拿出竹盒想吃点东西，一打开竹盒，飞出一大群野马蜂，蜇得她脸青眼肿，受到了应得的惩罚。

讲　　述：昂奔
整　　理：斯那农布
流传地区：燕门乡、羊拉乡

卓瓦①力士

从前,有一户人家,上无老,下无少,只有夫妻俩。他们的生活十分贫苦,饱一顿,饥一餐,勉强打发日子。

有一年,妻子生下一个孩子,夫妻欢喜无比。高兴之余有点奇怪,这孩子头大,体胖,比一般孩子要大得多。不管怎样,夫妻俩得了小宝贝,冷清的家庭便增添了欢乐,贫寒的生活也有了生机。

他们给儿子取了个吉祥美丽的名字,叫"达瓦"。达瓦4岁时,就能牵牛赶羊,当起父母的助手。又过了九个春秋,达瓦长成大人一般高了,上山砍柴,下地种田,样样都能做,随着个子的长高,饭量也增大。原来一家人吃的一顿饭仅够他一人吃了。父母俩常常抖碗刮锅充饥,半饥半饱,生活无力维持。母亲成天在灶前灶后唉声叹气,怨达瓦饭量大,常常不唤达瓦的名字而叫他"卓瓦",时间一长,卓瓦这绰号也就成了他的名。

卓瓦15岁时,长得膀宽腰粗,脚大腿壮,个头有丈把高,力大如牛。几个人扛的东西他能一手搂起,一头大黄牛也可以轻轻地举着走。然而,力气大无处使,家里一直无法改变贫穷的生活。加之他饮食之多实在惊人,一顿要吃六大碗饭和一锅汤,一年辛苦挣来的收成,不几个月就所剩无几。

卓瓦惊人的力量,造成一些人的不安和恐惧,他们一心想除掉他。因此造谣言说:"卓瓦身上附上了鬼魂,将来会变成哈直②吃人肉的,留着他,必将招惹大祸的,趁早要设法清除。"此后人们对他和他的父母开始疏远。对此夫妻俩很伤心,加之又听信谣言,以为儿子真的是鬼胎,不然世间俗人怎么这般长相,食量如此之大。他们开始害怕、憎恨、厌恶起儿子来,以致完全

---

① 卓瓦:藏语译音,一种以牛、马皮缝制的口袋。
② 哈直:德钦藏语方言,指妖魔鬼怪。

消失了血肉情感，视他为灾难的祸根，并开始策划除掉卓瓦的办法。

一天，父亲对儿子说："房子已很陈旧，该修了，今天咱父子俩去大山沟里撬些石头。"于是父子俩扛着锄头、铁锤来到大山沟下。

父亲说："儿子，你力大如牛在这儿挡住石头，我到上面去滚石头。"

卓瓦回答说："阿爸你放心，你滚几个我就在这儿接几个。"

父亲来到山头，找到了一个石头集中的地方，拼命往下滚，如牛大的石头像潮水一般向卓瓦冲去。父亲想：这下子他一定被乱石砸死了。因而他没有到山下去看就回到家里，在家还未喝完一碗茶就听到门外的叫声："阿爸，这柱墩石放在那儿？""随便摔在一处。"父亲没想到儿子竟然没砸死，有些心虚了。第二天，父亲又领儿子上山伐木，来到了山上，在一棵大松树底下。父亲对他说："这山陡，树会直往下滑，你力大，在下面接着，我来砍。"于是父亲在上面砍，儿子在下面等着。没有过多久，大树被砍倒了，发出雷震般的响声，粗大的树干像一条青龙直冲下山。

这一回，父亲认定儿子不被树砸死也要被碾死了，便放心地回到家中。一到家就对妻子说："这小子今天定死无疑了。"话才说完，儿子扛着那棵松树回来了，喊道："阿爸，这中柱竖在哪儿？"父亲被儿子的声音吓了一跳，心想：这孩子难道还没死？卓瓦放好中柱走了进来。对阿妈说："阿妈，有根刺戳在我的背上了，请您给挑一下。"母亲一看，啊？原来是一根树枝插在卓瓦的背上，就让丈夫拿凿子硬挖了出来。

父亲的两次毒计都未成功，卓瓦度过了一段平静的日子，然而父母继续在思忖着除掉卓瓦的万全之策。一天晚上，父亲把卓瓦叫到身边，对他说："生活难以维持下去，我想，咱父子俩上山几天，想法弄一点野味，补充一下家里的食物。"

卓瓦当即非常高兴，说："好的，打到猎物也让阿妈好好尝尝野味，补补身子。"

第二天一大早，父子俩带上弓箭、刀、斧，背上炊具食物，进山了。他们翻过几重大山，渡过几条河流，来到原始森林中。父亲对儿子说："咱俩分路去，晚上回到这里，别迷了方向。"于是他们一个往东，一个往南，钻进了密林。其实，父亲只在森林中转了几步就从原路溜回了家中。

傍晚，卓瓦提着兔子、野鸡高兴地回到和父亲分手的地方。可左等右等仍不见父亲回来，天空渐渐地闪出了星星，卓瓦心中产生了一种不祥之兆。然而，森林里一片漆黑，到哪里去寻找父亲呢？卓瓦根本找不到父亲的踪影，就连回家的路也找不到了。卓瓦只好在密林中过上了艰苦的猎人生活。

父母认为这回卓瓦必死无疑了，精神上消除了恐惧，心理上没有了魔鬼害人的担忧。但是，由于夫妻俩年迈体弱，家中失去了唯一的强劳力，天长日久，心中不免思念起自己的儿子来。这天家里又断炊了，他只好强打精神，挎起弓箭，来到了山中。他翻过几座山梁，远远望见山中有座草棚，里面飘出淡淡的青烟。他强忍饥饿与劳累来到草棚旁，才发现这里原来是几年前和儿子分手的地方，这棚子修得牢靠扎实，屋顶盖的全是兽皮，他惊奇万分，连忙钻到里面。啊！四周挂满了一串串肉，枕垫全是虎皮豹皮。塘边一块大石板上有一大堆碎肉。他连忙抓起碎肉，一把把往嘴里塞。正在这时，一个满脸毛胡、高大魁梧的野人站在门口，他一动不动，随后猛扑过来，把他吓昏了，等他慢慢苏醒过来，才发现这野人竟是自己的儿子，顿时悲喜交加，落下了串串泪水。

从此，卓瓦重新得到了父母的疼爱和乡亲们的爱戴，人们再也不信他是魔鬼附体，那"卓瓦"的称呼也渐渐被人们遗忘了。

搜集整理：巴桑康主

流传地区：燕门乡巴东村

伦布[①] 米七博

很久很久以前,国王有个智慧超群的大臣叫"米七博",国王常夸他是自己的一只胳膊。米七博办案公正,深受大家的敬佩。

有一回,国王的家人去雅隆河边的天然温泉洗澡,王子把金噶吾[②]挂在一棵杜鹃树上。但他洗完澡时却忘了带回来,到家后才想起此事,便派差人去取。等到温泉边的杜鹃树下,却发现金噶吾已无踪无影。这时恰好有个乞丐在捡吃抛在地上的残羹剩饭,差人便把乞丐抓了回来。

国王审问乞丐把金噶吾藏在何处,乞丐回答说:"我没见金噶吾,今天我路过温泉时,见地上丢有许多残羹剩饭,便在那里捡吃。差人不分青红皂白就把我抓了起来,我根本没看到什么金噶吾,请王爷饶命。"

国王以为他在狡辩,就叫人用鞭子狠抽乞丐,而乞丐却死也不承认拿了金噶吾。国王无奈,只好请来伦布米七博,让他来审问。

伦布米七博问明情况后,暂时把乞丐关了起来,然后对国王说:"看来这人真的没拿金噶吾,明天我们去温泉洗澡,这案子以后再来审理。国王请放心,我一定会查出拿金噶吾的人来。"

第二天,国王率家人和大臣们到温泉去洗澡,洗完澡后吃喝玩乐了一阵便回来了。回来之前,伦布米七博让两个得力的武士躲在离温泉不远的一个树洞里,并作了一番交代。

等人们走完,从山上来了一群猩猩,它们来温泉边,模仿人的动作,纷纷跳进温泉洗起澡来。其中有只大猩猩把金噶吾挂在树上,也跳进了温泉。猩猩们洗了一阵后,就来到温泉边捡吃人们丢下来的剩饭,之后又像人们那

---

① 伦布:藏语,指大臣。
② 噶吾:藏语,指护身盒。

样玩耍起来。

这情景都被躲在树洞里的两个武士看得一清二楚,当猩猩们将尽兴归去时,他俩对着猩猩"啊嘿嘿……"地吼叫了三声,猩猩们被这突如其来的叫喊声吓着了,连树上的金噶吾也没来得及取就逃了。

两个武士从树上拿来金噶吾一看,正是王子的,于是拿回交给国王,并细述了泉边所见的情景。国王这才明白了伦布米七博去温泉洗澡的用意,便立刻释放了乞丐,从此他更加器重伦布米七博了。

讲　　述：吉争
搜　　集：奔子栏文化站
整　　理：斯那农布

羊尾巴的故事

很久很久以前,有老两口,他们家境很穷,只养了一只山羊,别的没有什么值钱的东西。然而,阴险毒辣的老头想与老婆子分家,一心想得到那只山羊。他便对老婆说:"我们还是分家的好,家中没有什么可分的东西了,就是那只山羊。我看这样:你背一背干蔓菁,我背一背青草,山羊跟谁跑那就归谁。"他俩把山羊牵到路边,一个背青草,一个背干蔓菁,同时喊起山羊来。结果山羊见到老头背起一篮青草就跟着老头跑了。老婆子急了,赶快去抓住羊尾巴,老两口一个拉角一个拉尾扯来扯去,谁也不肯松手。他们使劲一拉,羊尾巴脱了,老婆子手里只有一截羊尾巴,老头不管她,赶起羊走了。老婆子拿着羊尾巴,气得满脸通红,不住地叫着:"你这烂尾巴,我要用石头把你砸个稀烂!"突然,羊尾巴说起话来:"阿妈,别把我整死,我可以报答你的恩情,保证你不愁吃穿。"老婆子说:"你一个羊尾巴能做得了什么事?"老婆子还是把羊尾巴拿回家中,放在牛皮垫子上。羊尾说:"阿妈,我去找点吃的东西。"说着就钻出门栏走了。

羊尾巴来到一个草坝上,看见三个小偷正在对准一头牛射箭,羊尾巴躲在牛粪底下叫起来:"喂,你们不要射箭啦,会射着人的!"那三个小偷东张西望,寻找那喊叫的人,可总见不到一个人影。羊尾巴连续叫了几遍,三个小偷仍然找不到人。"奇怪,这人在何处呢?"一个小偷细听后,掀开牛屎一看,原来是个羊尾巴在这里叫嚷,他觉得这羊尾巴能说会道真好玩,便把它装进袖筒里。那三个小偷射死牛后,就开始剥皮来。此时一个小偷警惕地对另外两个小偷说:"伙计们,我们应派一个人到山顶上监视,否则会出现意外的。"然而,那三个小偷你推我让谁也不愿上山监视。后来还是那个小偷把羊尾巴从袖筒里提出来说:"还是让羊尾巴去监视吧,它能说会道,保证不会出问题的。"又问羊尾巴行不行,羊尾巴说:"我只需要带一个牛肚子。"于是三个小偷匆忙取出牛肚子给它。

羊尾巴拿起牛肚子就到山顶上。它把牛肚子吹得鼓鼓的,用一根木棒狠狠地敲打牛肚子。它边打边叫:"哎哟——哎哟——偷牛的不是我一人,还有三个在山脚下正在杀牛,我是来帮他们监视的。哎哟——哎哟——"那三个小偷听到羊尾巴的叫声,知道事情不妙,丢下牛肉急忙逃跑。等他们跑远之后,羊尾巴就不慌不忙地取了他们的刀枪,背起牛肉转回家里。

羊尾巴一回到家门口就喊了起来:"阿妈你开开门呀,快开门呀。"阿妈从屋里答话了:"你出去的时候是从什么地方钻出去的就从什么地方钻进来。"羊尾巴说:"我出去的时候从门缝里钻出去的,可现在我钻进来而刀枪牛肉的就拿不进来了。""你一个小小的羊尾巴能弄到什么刀枪、牛肉的,你别骗我。"阿妈说。羊尾巴把刀插进门缝里说:"不信你看。"阿妈见状赶紧开门一看,天哪,一个小小羊尾巴搬来那么多东西。便问道:"你这些东西是从什么地方弄来的?"羊尾巴幽默地说:"这些东西都是三个小偷给上的供。"说着把牛肉等东西都抬进屋里。

事隔几天,羊尾巴又想到国王府大闹一场,就对阿妈说:"我今天要到国王府里去把国王的大黄牛偷来。""偷国王家的牛还得了,要是国王知道了定要杀头。"阿妈惊住了。可是羊尾巴满不在乎地说:"杀头?我还要请他做客呢。""你这该死的羊尾巴别去国王家闯祸了。"羊尾巴哪里肯听阿妈的话,转身就朝国王府走去。羊尾巴不声不响地钻进国王的牛圈里,选了一头又肥又大的黄牛,将它整死背回家中,到了家中羊尾巴把牛头割下来放在灶头,四肢割下放在灶尾,牛肉分半挂在两边,牛皮当做褥子垫。一切完毕,羊尾巴就对阿妈说:"阿妈您准备吃的我去请国王。"羊尾巴又转来到国王家,来到国王府大门口,一个士卒见到便喊道:"干什么的?"羊尾巴不慌忙地答道:"我是来请国王做客的,请你报个信。"那士卒进去向国王报了信,国王闻知羊尾巴是个狡猾难对付的东西,今天到此必定不怀好意,只好满脸堆笑地跟着它做客去了。

国王一进羊尾巴家的门,迎面就见到摆在灶头上的牛头,心想:奇怪,这分明是我国王的大黄牛，怎么被它杀了？国王对羊尾巴说："这是我家的牛，怎么弄到这里来的？"羊尾巴先让国王坐下，然后说："我很早就想请国王大人做客，但家里穷，什么东西也没有，只好杀了国王的大黄牛来招待国王。"国王这才发现整个屋都挂满了牛肉，国王坐着的褥子也是自家的大黄牛的皮子。便想：好哇，杀了我的牛还来捉弄我，我要叫你尝尝我的厉害。国王说："有种的今晚你来偷我的金银宝珠吧，你得到，就归你，还可以分给你一半家产，要是得不到那你就是我刀下的鬼。""一言为定。"羊尾巴轻快地说。国王告辞以后回到国王府安排：骑士备好马鞍随时准备追击，看狗的随时准备放狗，楼上安排七个彪形大汉，楼下也准备了照明的、敲鼓的、吹号的。一切安排就绪，他才放心地回到卧室里，嘴里含起金银宝珠躺在床上，等待羊尾巴来"取"。

夜晚，已经是三更了，国王府的内外已是静悄悄的，那些看守的士卒正在睡梦中。羊尾巴悄悄地摸进王府，把狗杀了，把小牛牵来拴在拴狗的地方，把楼上那七个彪形大汉的辫子用靴带紧紧地捆成疙瘩，在梯子上撒满豌豆。它又来到楼下，把划松明子的斧头和敲鼓的棒槌交换了位置，把火塘边吹火筒和号也交换了位置。羊尾巴来到国王的卧室内，朝正在睡熟的国王放了一个臭气熏天的响屁，国王"哑"的一声把金银宝珠吐了出来。这时羊尾巴高声叫了起来："羊尾巴来偷金银宝珠了，快来抓羊尾巴！"楼上正在打瞌睡的那七个彪形大汉听到喊声连忙起来追，可是不行了，他们被捆在一起。楼下敲鼓的拿起棒槌敲起鼓来，可一击就把鼓击破了；吹号的拿起号一吹，他哪里知道他在吹的是一个吹火筒。看狗的一放狗，放出来的却是一头小牛。最后那七人解开疙瘩追来，不料，刚下楼梯，一个接一个地被豌豆滑倒在地。

羊尾巴就这样机智地"取"回了国王的金银宝珠，也得了国王的一半财产。从此老阿妈与羊尾巴过上了美满富裕的生活。

讲　　述：格茸此里
整　　理：赵四九
流传地区：德钦县阿东村

大海取宝

传说在很久很久以前，色吉王国拥有水草茂盛的草原牧场和五谷丰登的肥田沃土，可这里的黑头藏民①们却颠沛流离，处于水深火热之中。国王从宫殿的四方孔向外瞭望，见到的情景真是惨不忍睹：人们面黄肌瘦，有的流浪乞讨，有的由于饥饿与疾病的折磨躺在路边，奄奄一息。国王从印度请来大活佛占卜，活佛告诉国王只有到大洋彼岸取回黄红白绿四种宝珠，方能拯救苦难的人民。于是国王让王子土登和格登率领五百人，乘坐牛皮船东渡大海去取宝。

船队才航行了一半路程就遇到了暴风骤雨，除了两个王子的船之外，其他的连人带船都被大海吞噬。王子的船只因为造型牢固精致，加上掌舵的是个经验十分丰富的老头，才化险为夷没葬身鱼腹。可是快要靠岸时，老船工由于年迈体衰，加之又经历了大风大浪，早已筋疲力尽，倒下了。老船工在临终前对两个王子说道："我已经不行了，我死后你俩要相依为命，渡过大海去。上岸后你们会看到一片金子沙滩，走过金子沙滩后会看到一块银沙滩，走过银沙滩后会看到一块海螺沙滩，走过海螺沙滩后又会看到一块碧玉沙滩。在碧玉沙滩上开满五光十色的鲜花，在鲜花镶嵌的碧玉沙滩上有一座九层高的水晶宫殿。你们在路上不要贪恋金子银子，也不要迷恋碧玉鲜花，要快去快回。等你们取回珠宝后，把这些宝珠放在我的墓上，不一会儿我便会复活过来，到时我会送你俩渡过大海。"老船工交代完后便死去了。

两个王子上岸后，果真看到一块金子沙滩。王子土登见到金沙便财迷心窍，高兴地往楚巴②兜里灌金沙，而王子格登却在金沙里用手刨了一个坑，把

---

① 黑头藏民：普通藏民的俗称。
② 楚巴：藏语。藏族人穿的长袍。

老船工安葬在金沙滩里后便上路了。格登王子匆匆走过海螺沙滩来到碧玉沙滩，碧玉沙滩开满五颜六色的鲜花，迷人的碧玉沙滩使他心驰神往，可他没停下来观赏，又匆匆走过鲜花点缀的碧玉沙滩，径直来到水晶宫殿门口，敲起门来。过了一会儿，从水晶宫殿里走出一位黄面美女，手捧一颗金光闪闪的黄宝珠唱道：

勇敢无私的年轻人，
请别敲门赶快返乡。
送你一颗金色的宝珠，
愿你家乡佛教兴旺。

黄面美女唱完后，把黄宝珠递给格登便转身进宫把门关严。格登又不停地敲起宫门来。这时从宫里走出一位红面美女，手捧一颗红光闪闪的红宝珠唱道：

勇敢无私的年轻人，
请别敲门赶快返乡。
送你一颗红色宝珠，
愿你君臣英明安康。

红面美女唱完后，把红色宝珠递给格登又转身进宫把门关严，而格登仍然又敲响了宫门。这时，又从宫殿里走出一位白面美女，手捧一颗银光灿灿的白宝珠唱道：

勇敢无私的年轻人，
请别敲门赶快返乡。
送你一颗银色宝珠，
愿你草原牛羊肥壮。

白面美女唱完后，把银宝珠递给可登又转身进宫把门关严。格登又一次不停地敲起宫门。这时，又从宫里走出一位绿面美女，手捧绿光灿灿的绿色宝珠唱道：

勇敢无私的年轻人，
请别敲门赶快返乡。
送你一颗绿色宝珠，
愿你雪域众生富强。

绿面美女唱完后，把绿宝珠递给格登便转身进宫把门关死了。

且说土登王子拿了金沙后来到银沙滩，他往楚巴兜灌了些银沙才又来到海螺沙滩；接着他又往楚巴里灌了些海螺才慢慢来到碧玉沙滩。他一边走，一边尽情地观赏着迷人的鲜花，等他来到水晶宫殿门口时，格登王子已把四种宝珠拿到手启程返回了。

多情的土登想看看美貌仙女，来到水晶宫殿门口擂鼓似地敲起门来。

四位美女在宫门内唱道：

贪图金银碧玉的财迷，
迷恋鲜花美女的骚羊。
你别厚颜无耻快走开，
莫来玷污圣洁的宫殿。

土登王子讨了个没趣，灰溜溜地走了回来。再说格登工了到金沙滩后，从怀里取出宝珠放在老船工的墓上，只见一道金光过后，老船工起死回生从金沙滩里站了起来。

老船工眘到格登怀中的宝珠，称赞格登是个好男儿。他又看了看土登，只见他用楚巴包了一大包金沙。老船工说回去路途遥远，还要漂洋过海，劝土登别再增加负担了，可他就是不听。船才驶出不远便遇到了风浪。牛皮船在九丈高的海浪中宛如一片小叶随着起伏的波涛一沉一浮。土登紧紧抓住船身上的拉绳顾不得那包金沙银沙了。这时船被抬到浪尖冲下来,那包金沙银沙被颠到海里去了。土登又气又急连连诅咒风浪是魔鬼,老船工对土登说:"我曾告诫你别贪恋金银碧玉,别迷恋鲜花美女,你却不听,到现在只好落得个两手空空。"听了这话,土登心里更加不高兴了,他恶狠狠地瞪了老船工一眼,心里骂道:"等船靠了岸,看我不宰了你。"

船靠岸后,天色已晚,他们就在海边过夜。由于在海中过度疲劳,格登王子和老船工早已进入梦乡,而土登却睡不着,他想到这次取宝没有自己的功劳,而且自己带回的金沙银沙又掉到海里去了,如果就这样两手空空地回去,父王是绝不会把国王的大权交给自己的,将来的王位毫无疑问是格登的。他越想越气,心里顿生杀念,于是先走出帐篷,悄悄地来到老船工睡觉的地方,杀了老船工,然后弄来一颗带毒的鸡脚刺,走回帐篷把格登的双眼刺瞎,拿走了四种宝珠就连夜赶回藏地去了。

格登王子双目失明后,只好向人要了一把马尾胡①,一边说唱卖艺,一边踏上了遥远的回乡路。格登王子生来就有一副好嗓子,唱的歌比布谷鸟的歌声还动听;他心灵手巧,拉出的马尾胡的声音,比金唢呐的声音还悦耳;他虽然双目失明,但是他跳的弦子舞宛如雄鹰翱翔、孔雀吸水。于是他很快便成了名扬四方的弦子艺人。

这天,他来到了邻国的王宫门口,拉起马尾胡跳起了弦子舞——

我走啊走啊向上走,
眼不见心却亮堂堂。
在茫茫的大海边上,
有块虎皮的金卡垫。
在虎皮的金卡垫上,
无敌国王端坐上方。
我唱颂歌敬献国王,

---

① 马尾胡:以檀木或竹筒为琴筒,马尾作琴弦,形体构造近似胡琴的一种乐器。

祝愿大王万寿无疆。

我走啊走啊向上走，
眼不见心却亮堂堂。
在茫茫的大海边上，
有块豹皮的银卡垫。
在豹皮的银卡垫上，
慈祥王后端坐上方。
我唱颂歌敬献王后，
祝愿王后玉体安康。

我走啊走啊向上走，
眼不见心却亮堂堂。
在茫茫的大海边上，
有块狐皮的玉卡垫。
在狐皮的玉卡垫上，
美丽公主端坐上方。
我唱赞歌敬献公主，
祝愿公主芳名远扬。

格登唱啊跳啊，唱得国王和王后喜气洋洋，公主更是春风满面。公主喜欢跳弦子舞，她想，要是常能和这样一个能拉会唱会跳的艺人在一起该有多好。于是她向父王请求道："尊敬的父王，我想让那瞎子仪兵①来看我的花园，您同意吗？"国王觉得瞎子来看花园，这样做有失面子，但他膝下就只有这么一个公主，对她从来是百依百顺，十分宠爱，便答应了公主的请求。

公主让格登来看花园是假，她的目的是想请他来教弦子舞。他俩在花园里，格登教一句，公主唱一句，就这样没几天，公主便把《聚歌》《颂歌》《苦

---

① 仪兵：藏语，意为弦子艺人。多指会唱、能拉、善跳、技巧全面的艺人。

歌》及《离别歌》等弦子词背得滚瓜烂熟，公主又再三请求格登教情卦[①]，格登只好从命，教她学唱情卦。

这天公主对格登说："仪兵啦，我已学会了许多弦子词和情卦，但没有人与我对唱，心里憋得慌，你就陪我唱几段吧。"

于是他俩一唱一和、一问一答唱起了弦子。开始时，他俩还低声吟唱，生怕被国王听到。但唱着唱着，情不自禁地陶醉在弦子欢快而又恬静的意境之中，公主不由唱起了令人心醉的情歌——

湖面碧波荡漾，
湖中游鱼欢畅。
心想与它同伴，
又怕淋湿衣裳。

格登不假思索地唱道：

如果迷恋游鱼，
别怕湖水冰凉。
只要诚心相爱，
何惧淋湿衣裳。

国王听到歌声，暴跳如雷，即刻来到花园大骂格登："你这不知羞耻的瞎子，让你看花园，你却不识抬举，竟在光天白日下勾引我的公主，看我不把你关入地牢，叫你永世见不到天日。"

正当格登下跪要向国王申辩时，公主说道："父王，这不关他的事，是我让他来对歌的。"

国王瞪了公主一眼，训斥道："你是荣华富贵的公主，怎能与这下贱瞎子仪兵唱情歌，这不是丢尽了我国王的脸面吗？"

---

① 情卦：藏语"仪姆"，是一种猜测爱情心思、占卜婚姻命运的猜调歌。

公主有点不高兴，回答道："我还没有想过要嫁给他，但是如果我真喜欢他，这与父王又有何相干？"

国王气得吹胡子瞪眼睛，"呸"地唾了公主一脸吐沫，骂道："你嫁他还不如嫁条狗！"

向来就任性的公主这下可不得了，她跑过去拉着格登的手，对父王说："既然如此，那我就非他不嫁，父王若要把他关进地牢，那我就跟着去跳海！"然后面对格登唱道：

独木桥上行走，
我的决心已定。
哪怕桥被冲断，
我也心甘情愿。

国王见公主如此放肆，恨不得甩给她几个耳光，但他想到惹急了兔子也会咬人，如果事情做得太过火了，不仅失去了唯一的女儿，就连自己的面子也无处搁呀。于是他把格登和公主分开，把格登单独关在一间仓房里。

再说土登到家后，编了一套言辞，说海浪如何凶狂，五百只船队和兄弟格登又是如何葬身鱼腹，自己一个是怎样经过金、银、玉、海螺沙滩取宝珠，又如何历经艰辛漂洋过海返回家乡，把取宝的经过讲得有声有色。

国王听后心想，兄弟俩是坐一只船去的，如果死也只能是土登，因格登的身体比他强壮，是经得起风吹雨打的。他怀疑格登可能遭到了什么不幸，便写了一封信拴在白鸽翅膀下，让白鸽去寻找格登王子的下落。

这只白鸽是格登从鹰爪下救出来的，很懂人性，它带着信越过千重雪山，沿着大海边寻找，后来终于知道了格登的下落。这天它飞到了邻国国王的花园里，歇息在一棵杜鹃花树上，展开双翅露出国王的信，然后"嘟嘟——嘟嘟——"不停地叫起来。公主走讨夫取下信打开一看，只见上面写道：

雪域藏地色吉王国之王子格登：

你哥哥已返回家园，他说你去大海取宝，途中已葬身鱼腹，父王将信将疑，故派白鸽去寻觅王子下落，王子若还活在人世，立即让白鸽带回佳音，父王一定派人来迎接。

公主看完信后欢喜不尽，立即跑到父王那里把信交给父王。父王看了信后悔恨不已，忏悔道："请老天爷饶恕我的罪过，我有眼却不识玉石真假，错把藏地色吉王国的王子关进牢房，真是瞎了眼。"

公主对父王说道："忏悔有什么用，还不快把王子格登放了。"

父王这才命人赶快放了格登。

白鸽见格登双目失明，便挤出两滴晶莹的泪水擦在格登的眼珠上，没过多久格登便重见光明了。格登看到父王的信后，更思念起家乡来，恨不得长翅飞回家乡。但他想公主曾说过非自己不嫁，如果丢下钟爱自己的公主那得后悔一辈子。于是他写了一封信，把取宝及取宝后的经历都写在信上，并写到自己和公主定下终身，请父王前来做主。

白鸽带着格登的信飞回了色吉王国，国王得知王子格登的音讯后，又高兴又气愤。他把王子土登铐上手铐，戴上脚链，关进了地牢，然后准备了贵重的聘礼去迎接王子和公主。

格登和公主回到了色吉王国后，格登不见哥哥土登，便问父王。父王把惩处土登的事告诉了格登。格登说道："尊敬的父王，您不该这样做，俗话说：'要得芥子不漏，必须装进皮袋；要得坏人变好，必须说服教育。'哥哥虽然心毒手狠，可他不过是一时邪魔缠身，只要我们反复规劝，可以使他去恶从善，让他悔过自新。况且我与他同父同母，万望父王宽宏大量，饶恕他吧，让他也来参加我的婚礼。"

父王被格登王子大海一样的胸怀所感动，速派人把土登接来，并为格登王子和公主举行了完婚大典。

从此，雪域藏地色吉王国佛教兴旺，百姓安居乐业。

附记：

弦子，德钦方言称"仪"，是一种由马尾胡伴奏的圆圈歌舞。演唱时均为男唱女随，女唱男随，或是男问女答，女问男答。歌词内容丰富多彩，包罗万象。曲调有粗犷豪放、欢快流畅的，亦有悠扬婉转、如泣如诉的。弦子的歌词、曲调和舞蹈结合得较完美。一部分古典弦子有其固定的歌词、独特的曲调及动作规范。另外，男女青年尤为喜欢跳弦子，他们往往以弦子为媒介，来交流思想感情和倾吐爱慕之情。

讲　　述：吉争
搜　　集：奔子栏文化站
整　　理：斯那农布
流传地区：奔子栏乡

烧土罐的儿子

传说,在很久以前,在澜沧江畔,有个远近闻名的烧土罐的儿子,沿江黑头藏民家烧茶的茶罐,或是烧肉的土罐,都出自他的手。然而在人们心目中,他却是一个地位卑微的手艺人,没人能看得起他。尽管他已过而立之年,仍然没有成亲。

爱神白度母①窥视这一切后,下凡人间,对烧土罐的儿子说:"你聪明能干,可以把桑布国王公主娶来为妻。"

烧土罐的儿子说:"国王的公主是举世无双的美女,我是一个受人歧视的烧土罐人。木鞍怎能配上宝马!"

白度母笑着说:"这你不必担心,我可以使你如愿以偿。"

白度母乘天黑之际,把烧土罐的儿子领到国王房顶,让他站在香炉里,并告诉他要如此如此。

第二天,桑布国王上楼烧香,见香炉里有个人,便问他是何人,从何处来。

烧土罐的儿子回答说:"尊敬的国王,不,我应该叫你阿爸,我是神仙的儿子,从天界而来,神仙让我来做你的女婿。我现在就拜见您老人家。"说着便要下跪行拜。

桑布国王急忙扶起他说:"免跪,你是神赐给我的女婿,要不是神的恩赐,我们还攀不上这门亲呢?"国王没花一根针的聘礼便招了个如意女婿,高兴万分,立即召集百姓,为公主举行了隆重的婚礼。由于烧土罐的儿子衣着华丽,俨然一副神仙的气派,来宾中竟然没有人认出他就是烧土罐的儿子。

---

① 白度母:"度母"又称"救度母"或"多罗母",佛教女菩萨,传为观音菩萨化身的救苦救难本尊神。有二十一相,以颜色各异而分,通常见者以白度母、绿度母居多。

新婚之夜,烧土罐的儿子在梦中吐出了真言:"真是菩萨保佑,让我这烧土罐的儿子做了国王的女婿。"这话被公主听到了。第二天公主哭着对父王说:"我们上当了,那人不是神仙的儿子,是烧土罐的儿子。"并把昨夜的情况说了出来。

桑布国王有些不信,想了想对女儿说:"神仙本领高强,能腾云驾雾。我们让他捉只天上的飞鸟,如果他能捉来飞鸟,那他无疑是神仙。"

烧土罐的儿子没带什么武器便上山了。来到山顶时,温暖的太阳升起来,他爬在一块大石头上躺着烤太阳。这时,飞来一群乌鸦,它们见大石头上躺着个人,又闻到臭气,以为是一具尸体,便飞来纷纷歇在他的身旁,抢着啄他吃。烧土罐的儿子一伸手便逮了一只乌鸦。

公主见他逮来一只乌鸦,便以为昨晚他是胡说梦话。可这天晚上,烧土罐的儿子又说起梦话:"真幸运,我烧土罐的儿子能在屁股旁边捉乌鸦。"公主半信半疑,又把这情况告诉了父王。

桑布国王对公主说:"你别多心,怕是你自己产生了幻觉。如果你怀疑他不是神仙的儿子,那我们让他去猎豹子,如果他有本事把豹子猎到,那他无疑是神仙的儿子。"

烧土罐的儿子带上弓箭上山去了,来到一个十分陡峭的崖顶,他便在崖顶睡了下来,不小心,毒箭从箭鞘里溜出来向岩下滑了去,正好击中岩下的一只豹子,豹子当即中箭身亡。烧土罐的儿子下去把它背了回来。

公主见他猎回豹子,又打消了对他的怀疑。可这天晚上,烧土罐的儿子又说起了梦话:"真是一次又一次的幸运,我烧土罐的儿子多有福气,箭自己滑下岩石,能射中豹子。"公主听到后怀疑自己是否产生了梦幻,转身看丈夫,见他睡得像死猪,脸上还露出得意的笑靥。第二天公主又把昨晚情况告诉了父王。

桑布国王面带怒色训斥公主:"你三番五次地说你丈夫是烧土罐的儿子,你别把金子说成黄铜,把银子当成白铜,你能找这样一个神仙为夫已经是世上最幸福的人了,你要学会知足!"

公主硬说昨晚的情况是实实在在的,于是父女俩争执了一番。

话说桑布王国的邻国国王滴地，得知桑布国王招了个仙子女婿，便和大将军念娘率兵来抢仙子。

桑布国王的公主对父王说："如果说你女婿真是仙子，那国王滴地的兵再强大也敌不过他，你就让他去抵御滴地国王的兵马吧。"

国王桑布让女婿去抵御滴地的兵马。出征之前，国王桑布让他选马，他漫不经心地说声："贡驾"，国王面露惊色。原来国王桑布有三匹行走如飞的战马，最好的那匹叫"贡达"，国王以为女婿要骑"贡达"①，因而更深信女婿是仙子。

此刻，烧土罐的儿子却是心急如焚，不知所措。他急中生智，想出了一个主意。于是他没向国王要兵要枪，只要了两袋糌粑，驮上糌粑，自己骑在马背上，策马飞奔而去。快要临近滴地兵马时，他把糌粑袋口解开，顿时马背子两边的糌粑飞扬出来，仿佛是两股气流，又像是云雾飞腾，人们还以为仙子骑着神马腾云驾雾奔赴战场，惊叹不已，滴地兵马吓得纷纷逃命。

"神马"奔驰到滴地国王和大将军念娘身旁时，打了个趔趄，"仙子"被摔了下来。他大声祈祷道："滴地念娘普鲁规。"②国王滴地和大将军念娘以为大祸临头，抱头逃窜。等"仙子"从地上爬起来要逃命时，早已不见他们的踪影。

国王桑布和公主亲眼目睹这个惊心动魄的场面，赞叹不已。从此，国王桑布还把女婿晋升为大将军。

那以后，"仙子"仍然每天夜里都说自己是烧土罐的儿子。不过，公主只当是梦呓，再也没有对他产生疑问了。

讲　　述：石底向苴

搜　　集：燕门文化站

翻译整理：斯那卓玛

---

① 贡达和贡驾为藏语译音，贡驾意为随骑其中一匹，国王把"贡驾"误听为"贡达"。

② "滴地念娘"是德钦藏语方言，意为"平坦之地"；"普鲁规"可解为跌、落或中等意。"滴地念娘普鲁规"全句意思应为："请跌在平坦的地方"（代有祷告或请求的语气）。文中国王滴地和大将念娘误解为"仙子"将置他们于死地，因而败兵。

山洞里的秘密

从前,有两弟兄,哥哥是个既贪财又狡猾的人,弟弟为人诚实,对哥哥像对父亲一样尊敬。父母死后,哥哥就提出要分家,弟弟也只能听从哥哥的安排。最后,家里的好东西都被哥哥占去了,弟弟只分得一点青稞和一把粪箕。弟弟的日子没法过下去,只好天天上山打柴度日。他把青稞放粪箕里,每天在上山前,就先把粪箕抬到屋外,让里面的青稞种见见太阳,砍柴回来后,又把它抬进屋里。这已经成了他的习惯。天长日久,眼看就有收获。

有一回,弟弟习惯地把粪箕抬到外面,自己又照例上山打柴。午后他砍柴回来,见一只喜鹊把粪箕叼走了。他不顾一切地追了上去,追呀追,追到一条悬崖中的羊肠小道上时,天渐渐黑了。他找到一个山洞,决定当晚就在这里过夜。过了一会儿,山洞里进来一只老虎,随后进来了豹子、老熊和一只狼。他连气都不敢出地藏在山洞深处。

老虎大哥说:"我们几个弟兄聚在一起很难得,今天就趁这机会谈谈各自的见闻吧!"

狼弟弟首先开口:"这山下的那个村里,因为缺水,再加上天旱,地里的庄稼都要干枯了。可是那个村的人谁也不知道有一股泉水可以引去浇庄稼。今天我捉到一只羊,想把吃剩下的羊肉藏在一块大石头底下,我一掀开石头,发现石头下边是一股泉水的源头。要是那个村里的人知道这个水源,只要掀开石头,水就自然流到他们村里了。"

豹子说:"我给你们讲一件奇事,这座山的北面,全村的男女老少个个都生着瘿袋,有的瘿袋长得比头还大。路过那里的人也会染上这种病。有一次,我从那个村经过,也长了个瘿袋,我爬到山顶,实在喘不过气来,就在一棵树下休息。发现树上长着一种奇特的木疙瘩,我就摘下来吃了一口,说也奇怪，那瘿袋马上就消失了。要是这村里的人知道这木疙瘩的功效，采去吃了，他们全村人的瘿袋就可以治好了。"

老熊接着说："你两个讲的不算稀奇，我却碰着一件更奇特的事。我们不是听说，国王家的菜地里年年都种不好蔬菜吧？可我却知道这是什么原因。我在国王的菜地旁边扒洋芋吃的时候，发现菜地里埋着一个金盆，只要把金盆取出来，那菜地就会年年得到丰收。"

野兽们讲的这些秘密，都被躲在山洞里的弟弟听得一清二楚。他想，我真幸运，听到这样重要的秘密，我要帮助人们解决这些困难。

第二天，野兽们都出洞了，他便走出洞来，径直来到山北面的村里，果真见村里的人个个都长着瘿袋，于是，他对人们说："我能治好你们的病。"村里的人都说："你要是真能治好我们瘿袋，那我们全村可以供你一辈子的酥油糌粑。"他说："我不要你们供奉我，我只要求你们给我一块地，让我自己种地过日子就行了。"人们答应了他的要求。他就爬上了豹子所说的那个山顶，找到那棵树，把树上的木疙瘩取了回来，把木疙瘩砍成碎块，分给村里的每一个人。村里人吃了木疙瘩，大家的瘿袋渐渐消了。人们便给他一块最好的地。

他又来到缺水的那个村子，对村里的人说："我可以帮助你们找到水。"村里人说："那我们可以为你一辈子种田。"他说："我不要你们为我种田，只要求你们给我两头耕牛，让我自己耕种过活便行了。"说完他就照狼说的那样，来到山头上把那块大石头撬开，放出一股清凉的泉水。那个村里的人对他十分感激，便给他两头耕牛。

第三天，他又来到王宫里，对国王说："尊贵的国王，听说你的菜园年年种不好菜，我知道这是什么原因，我能让你的菜园连年丰收。"国王说："你要是能让我的菜园丰收，我可以赏给你很多财产。"他说："谢国王的恩典。"说罢，他就来到国王菜地里，把埋在菜地里的金盆挖了出来。他对国王说："殿下的菜地就因为这个金盆在作怪，所以年年种不好菜，现在好了，挖了这金盆，您的菜地就会长出又大又鲜的菜了。"国王高兴地赏了他许多东西，又把金盆给了他。从此，他就在村民给的那块地里用那两条耕牛耕田、种地，家里渐渐富了起来。

　　再说，哥哥见弟弟有了地，又有耕牛，还有很多财物，觉得很奇怪，便到弟弟家里来打探。他问弟弟："我的好兄弟，你现在有田地，有耕牛，还有这么多的好东西，日子过得这样好，你是怎么富起来的？"

　　弟弟老老实实地把自己的经历说给哥哥听了。哥哥心想：这有什么难的，我也去试试，捞一笔财产。于是，他回到家，就学弟弟一样把青稞撒在粪箕里，早上太阳一出来，就把粪箕搬到屋外，自己上山砍柴去了。砍了柴回来，就又把粪箕搬回屋里。有一天，他背着柴回家来，果然看见一只喜鹊把他的粪箕叼着飞走了，他高兴地追着跑去。追呀追，追到一座悬崖的山洞里。过了一阵，果然来了一群野兽。头一个进来的也是那只大老虎，跟着进来的豹子、老熊、狼，还有猴子、兔子等。老虎说："咱们弟兄聚在一起不容易，今晚咱们还是聊聊吧！"

　　狼说："聊什么？这里肯定有个偷听我们说话的人，那天晚上咱们所讲的三件事，现在都被人家办得好好的了。今晚上我们得先把偷听的人找出来。"说着它就在洞里洞外到处搜索起来。哥哥吓得浑身发抖，紧紧地宿在岩缝里。可是他终于还是被狼拉了出来。狼说："你们看，就是这家伙偷听去的。"

　　虎大哥气得暴跳如雷地说："呀呀！好一个大胆的家伙，你偷听去我们的秘密，今天还来送死，伙计们，把他咬死了，让我们饱饱吃一顿！"

　　豹子没等虎大哥说完，一下子咬断了哥哥的喉咙。

讲　　述：阿东尼玛
搜集整理：赵四九
流传地区：德钦阿东村

智斗妖怪

在一个山脚下，住着一位打猎的年轻人。这天他上山打猎，在深山老林里遇见一个妖怪，那妖怪抓住猎人要把他吃了。猎人说："你别吃我，咱俩交个朋友，我现请你到我家去做客。"妖怪跟着猎人走了。

猎人到家后，把圈里的两头小猪抓起放在一个篮子里，自己便和妖怪喝茶。这时，那两头小猪在篮子里叫嚷起来。猎人骂道："狗杂种们，别吵了，你们不见阿爸和朋友喝茶吗？真是烦死了。"两头小猪哪里听他的话，仍叫个不停。猎人气愤地说："狗杂种们，叫你们别吵你们还吵，看我不把你们煮吃了。"说着便把两头小猪杀了，和妖怪美餐一顿。

妖怪吃了香喷喷的猪肉，心想，这朋友真不错，明天我也要请他到家里做客。第二天，猎人被妖怪请去了。妖怪也像猎人那样，把两个小妖怪放在一个篮子里后和猎人喝起茶来。两个小妖怪见父亲和猎人吃得正香，便吵着要吃。妖怪说："狗杂种们，别吵了，你们没见我和朋友喝茶吗？真是烦死了。"两个小妖怪仍然吵闹不休，妖怪气愤地说："狗杂种们，叫你们别吵你们还吵，看我不把你们煮吃了。"说着便把两个小妖怪杀了煮吃。猎人借口说已吃饱了，让妖怪自己吃。接着他对妖怪说："朋友，明天来我家做客吧，我要让老婆磨点糌粑，咱俩好好吃一顿。"

次日，猎人把猪琵琶竖在手磨旁，再找了件妇女衣裳给它打扮起来，看上去还真像个妇女在推磨。当他摆弄好这些，妖怪也来了。于是他又和妖怪喝起茶来。猎人一边喝茶一边向门外喊道："烂婆娘，茶罐都快烧干了，怎么还没把糌粑磨好。"过了一会儿，猎人又大骂道："烂婆娘，看我不把你的头砍了。"说着拿起斧子冲出门，把"婆娘"的头砍下煮了起来，他俩又美美地吃了一顿。吃完后，妖怪对猎人说："明天你来我家，你婆娘没本事磨糌粑，那你就去尝尝我婆娘磨的糌粑。"说完把磨糌粑的手磨背走了。

　　这天，猎人又去妖怪家。妖怪打好茶，让老婆去磨糌粑，因为那妖婆从未干过这活，折腾了半天也没磨出糌粑。妖怪气愤极了，骂道："烂婆娘，茶罐干了，怎么还没把糌粑磨好？"等了一会儿，仍不见妖婆送糌粑来，妖怪怒火冲天，骂道："烂婆娘，看我不把你的头砍了。"说着便冲出去把妖婆的头砍来煮了起来。猎人又借口说已喝饱，让妖怪自己吃了妖婆的头。

　　后来妖怪喉咙上长出一个蔓茎大的瘤。猎人知道后想了想就用猪尿泡把蔓茎裹了起来，然后用根细麻绳吊在自己的脖子上。妖怪见后说："朋友，昨天你的脖子上没有瘤，怎么今天突然生了个大瘤？"猎人说："也许是沾了你的光，我也和你一样生了个象征幸福的瘤，只是做事时有点不便。"

　　猎人一边和妖怪聊天，一边打茶，这时脖子上的"瘤"在脖子上甩来甩去，猎人厌烦地自言自语道："这个瘤晃来晃去、碍手绊脚的还不如牛脖子上的铃铛，留它有什么用。"便用刀子把"瘤"割下来。这时妖怪也说："是呀，脖子上长个瘤，不仅难看，还绊手绊脚的，我也把它割了。"说着从猎人手中拿过刀子，把瘤割了，顿时，妖怪自己就断气死了。

　　讲　　　述：斯那仁青
　　搜集整理：斯那农布
　　流传地区：云岭乡、燕门乡

秤盘、秤砣和秤杆

从前,有两个人,一个叫秤盘,一人叫秤砣。他俩都想做买卖生意发财,于是便结伴而行,翻山越岭,风餐露宿,从一个村镇到另一个村镇进行交易活动,最后都一事无成,只好垂头丧气地回村了。

有一天,村里的几个乡亲对他们说:"要想做生意发财致富,必须找到秤杆弟弟,因为只有你们三个人同心协力,团结成亲兄弟一样,你们的生意才会兴隆,否则一事无成。"

他们听了乡亲们的话,觉得也有道理,于是又跋山涉水地去找秤杆弟弟。然而他们走遍了不少村镇,都没有找到秤杆。由于他们已经走得疲惫不堪,再也没有信心去找秤杆了。

这天,他们来到一家门口,见一个妇女从屋里出来,便问道:"老大娘,请让我们在您家住一夜行吗?"

"好吧,请进来吧。"老大娘热情地接待了他们。他们一边坐着抽烟,一边同老大娘聊天,问她家有几个人。大娘说:"只有我母子俩,他父亲早去世了,我一个寡妇辛辛苦苦把儿子拉扯大,现在就靠他一个人撑持这个家了。今天午饭后,他去邻居家,还没有回来。"

这时,天色已晚,大娘便走出门喊:"秤杆儿,秤杆儿,快回来吃饭。"一听她这喊声,秤盘和秤砣高兴地跳了起来。啊,远在千里,近在眼前,他们找秤杆弟弟,找了这么长时间,都没找到,原来他却在这里。可是他们又想,老大娘就只有这个儿子,会不会让秤杆跟着他们出门去做生意呢?这时秤杆和大娘进来了。他俩注视着秤杆的一举一动,并主动去接近秤杆,说了许多动情的话,说三个人只要团结成亲兄弟一样,生意就一定能盈利。以后赚得钱平分,还可以多分给秤杆些。秤杆动了心,决定同他俩出门做生意,可是母亲却不让他走。经秤杆一再请求，母亲才勉强答应了。

这天晚上，老大娘在松明火下为秤杆缝补衣裤，然后又准备了要带的粮食及其他东西，但总是放不下心来。第二天临走，秤盘和秤砣假意不让秤杆背东西，还对老大娘说："我们走后，大娘你不必担心，路上我们会很好地照顾秤杆弟弟。"老大娘只好依依不舍地送他们上路了。

他们三人走到哪里，生意就做到哪里，也做得不错。转眼就是一年了，当他们赚得很多的时候，秤砣见钱忘义的本性也逐渐暴露了出来。一天，当他们走到一条崎岖的山路上时，秤盘和秤砣忽然吵起来，他们越吵越凶，后来就站起来互相扭打。秤杆并没有识破他们的诡计，便连忙起来劝架。谁知他俩却反过来合力捆住他的手脚，把他推下了悬崖，随后他们便分了财物，满意地走了。

再说秤杆被他们推下悬崖后，滚到半坡，就被一棵香柏树挡住，保住了一条性命。当他苏醒过来时，已是黑夜了。他忍着疼痛和饥饿，慢慢爬下山崖，来到河边一条小路上。只见路边有座破庙，一个喇嘛烧完香，正要锁上庙门，秤杆上前对喇嘛说："请让我在庙里住一夜吧。"喇嘛摇摇头说："这庙不能住人，因为一到夜间庙里就有妖怪进来，你要是在庙里，就会被吃掉。还是跟我到村里去住吧。"秤杆觉得全身疼痛难忍，再也走不动路了，求喇嘛无论如何让他住在庙里。喇嘛无奈，只好开了锁，让他住进庙里。并说："你不怕妖怪就住着吧，但你要是有个好歹，我可不负责。"说完径自走了。

秤杆把庙门掩上，走进佛殿，觉得庙内空寂而又阴森，不免地心惊胆战起来。想起刚才喇嘛说的话，更有点毛骨悚然，便躲在一座菩萨像背后。饥饿和疼痛折磨着他，使他不能合眼。到了半夜时分，忽听庙外狂风呼啸，砂石飞扬，接着"哐"的一声，庙门被撞开了。他惊恐不安地从菩萨背后探头往外一看，只见大小三个妖魔闯进来，黑暗中看不清这些妖魔的模样，他们坐在供台上，开始讲起话来。小妖魔请大妖魔讲故事。

大妖魔说："好，我们三个每人讲一个故事，先由我来讲。东庄郡主家的小公主乳房生了脓疱，疼得她日夜哭泣。郡主就在大门上贴了一张告示，说谁能治好公主的病，就把他家的财产分一半给他。来为公主治病的人不少，但谁也没治好。其实,他们谁也不知道,医治这种病的药,就长在他家的屋顶上,是一棵长在土毡房上的野草,只要把那棵草拔下来碾碎叫病人服下,病就能治愈了。"

第二个妖魔说:"现在我也来讲一件奇事。西庄的水比金子还贵,人们吃水要到几十里外去背,这太费力气了。他们不知道,在离村不远的山头上有个小岩石,只要用锤头把那岩石敲几下,水就会源源不断地流出来。"

第三个小妖说:"在南庄的财主家的园子里长着一棵石榴树,树下埋着一箱金子,可谁也没有发现。"

天快要亮了,大妖魔带着两个小妖走了。妖魔讲的故事被秤杆听得清清楚楚,他等妖魔走远了,便从佛像后面走了出来,冲菩萨磕了几个头,把庙门拉上,先往东庄走去。来到郡主家门前,他装模作样地看着告示,郡主问他:"你会行医吗?"

"我不是行医的,却能治好你家公主的病。"

"哈哈!你不是行医的,怎么能治好我公主的病,去去,别在这儿看热闹了。"

"郡主,我虽不是行医的,可我有秘方能治这种病。你要是想救活你公主就应该让我来试试。"郡主想了想说:"好吧,你要是医不好,我连一碗茶也不给你喝。你有什么秘方,你就治吧。"

秤杆爬上他家的屋顶一看,真有一棵奇异的草长在上面,他就把那草拔了下来,碾成粉末让姑娘服下了。没有过多久,姑娘的病奇迹般的痊愈了。郡主高兴得满脸堆笑,伸出大拇指连称秤杆的医术高明。于是,就把他的家产分了一半给秤杆,还留秤杆在家里住下,并吩咐家人要好好招待他。秤杆说:"我不能在这里耽搁太久,我还有急事要到西庄去。"

在往西庄的路上,他看见好多人到很远的地方去背水。他对那些人说:"喂!老乡们,你们用不着到那么远的地方去背水了,我有办法让你们村得到源源不断的水流。"

人们看到他那副穷酸样,都不以为然:"哪里来的流浪汉,别在这里夸口了,自古以来我们村就没有什么水源?要有,早引来了,还会等着你来给我们引吗?"

"哎,乡亲们,你们不信,那请借一把锤头给我,我马上给你们把水引来。"

人们虽半信半疑,但还是借了一把锤头给他。秤杆拿起锤头上山去了。来到山头上,他果然看见有一块特别显眼的岩石,便抡起锤头向岩石敲了几下,突然一声炸响,那岩石裂开一条大缝,从裂缝里"哗哗"地流出一股清亮的水来。那水顺着山沟一直往村里流去。人们高兴地边跳边叫:"水来了!水来了……"于是都拥上去围住秤杆,向他磕头致谢,说他真是神仙下凡,特来拯救人们。秤杆被人们迎进村里,拿好酒好菜来招待他,并送了许多礼物给他,要留他在村里长住下来。秤杆说:"我不能在这里耽搁太久,还有急事要到南庄去。"人们只好依依不舍地让他走了。

秤杆来到南庄财主家的园子里一看,果然长着一棵石榴树。但他怕财主家看见,不敢白天挖,就住在财主隔壁家里。睡到鸡鸣的时候,他就起来悄悄地溜进财主园子里,在石榴树下挖出一箱金子,便立即回家了。

再说,秤杆出门后,母亲日思夜盼,希望儿子早日归来。可她没有盼来儿子,却盼来了不幸的消息,她听说儿子被那两个朋友推下山崖,心如刀绞。日子一天天过去了,秤杆突然回来了,母亲先是不信自己的眼睛,再仔细一看,站在面前的确实是自己的儿子,她高兴得热泪夺眶而出。母子俩紧紧拥抱着,感到无比的欣慰。后来,秤杆卖了金子,盖了一所新房子,还讨了个媳妇,日子过得很富裕。

秤盘、秤砣回家后,用分得的钱财吃喝玩乐,不久,就把全部财产吃光用尽,又都成了穷光蛋。

有一天,他们探听到秤杆没有死,还过着幸福美满的生活。他们想约秤杆,想骗取他的同情。秤杆不计前嫌,请他们饮酒吃饭。他们向秤杆问这问那,想知道他是怎样富裕起来的。秤杆也不隐瞒,老老实实地把自己的经历告诉了他们。他们如获至宝,喜不自胜,立即告辞了秤杆,照他说的那样,滑下岩石,顺着山路来到庙门前,取得喇嘛同意后,进了庙门,躲在菩萨像背后。他们不敢瞌睡,怕睡着了听不见妖魔的话。到了半夜时分,果然一阵狂风呼啸，飞沙走石，接着庙门"哐"的一声被撞开了。他们有点害怕，但为听听妖魔说出的话有什么可贵的秘密，还是壮着胆子往外看，只见庙里真的进来三个妖怪，那走在前面的老妖，好像怒气冲冲的样子，猛地拉开供案，坐在上面。小妖魔请他讲故事，他却粗声粗气地说："我们再不能讲了。过去我们讲的故事都被人听去了，所以那东庄郡主家的小姐医好了乳房的病，那西庄缺水的人们得到了一股源源不断的水，那南庄财主家园子里的金子也被人挖去了。你们想，要是没有人偷听我们讲的话，哪会把这些事办得那么准确。我一进门就闻到一股人的气味，快把这人找出来，让我们美美地吃顿人肉。"说罢，老妖首先站起来就朝佛像周围搜索起来。两个小妖也一起从两边搜索过来。结果，秤盘和秤砣被抓住，进了妖魔肚子里了。

搜集整理：徐祖德
流传地区：燕门乡茨中村

十二属相的来源

藏族历法里，以鼠、牛、虎、兔、龙、蛇、马、羊、猴、鸡、狗、猪十二种动物分别代表十二生肖来记录人的出生或记载年代。关于它的由来，有这样一个传说——

一天，所有的动物都聚集在一起，纷纷为谁的年纪大而争执不休。这时大象的朋友——老鼠，它从象鼻孔里钻出来，爬到大象背上对大象说："别再这样毫无根据地争了。依我看，我们还是到大江里比赛吧，谁要是最先游到江对岸，那就说明谁的经历多、见识广，那它的年纪也就最大。"大家赞同老鼠的建议，来到大江边准备进行一次大较量。

老鼠心怀鬼胎，它在大象耳旁悄悄对大象说："老朋友，今天比赛你必须夺魁。我钻在你的鼻孔里和你一道去，好给你壮胆助威。"憨厚的大象不知是计，还以为老鼠够朋友，便让老鼠钻进自己的鼻孔里一同参加比赛。

大江边，所有的动物都在摩拳擦掌，跃跃欲试，都想争个第一。

比赛开始了。猪下水时，只见它的身子几乎被水淹没，露出水面的只有头和半截尾巴，而那尾巴像被风吹刮的经幡旗杆不停地摇摆。未下水的动物见猪在不停地摇尾巴，以为猪在告诉它们水流湍急，或是江水很冷，要它们别来，因而一个个站在水边，不敢贸然下水参加比赛，因此下水参加比赛的只是很少一部分动物。其中最先游到对岸的是大象。老鼠拼命钻进大象脑里吸了大象脑髓，然后迅速钻出大象鼻孔上了岸，而大象不一会儿便死去并被江水冲走了，老鼠得了第一名。跟着先后上岸的是牛、虎、兔、龙、蛇、马、羊、猴、鸡、狗、猪，结果表明老鼠的年纪最大，然后是老牛，依次类推，年纪最小的是猪。

后来，人们就用这一比赛结果的先后顺序，制定了人的属相，并用这十二属相来记载年代，一直沿用到今天。

讲　　述：永枝仁庆扎史
搜　　集：云岭文化站
翻译整理：斯那农布

生活故事

哑巴和聪明人

传说，很久以前有一个美丽的小山村，居住着两家人，一家住在河西，一家住在河东。两家都只有父子俩，河东那家的儿子是个哑巴，河西那家的儿子是个聪明人。两家儿子的年龄相当。两位老人年逾花甲，几乎已丧失劳力，全靠着儿子来赡养。他们以狩猎为主，日子过得还可以。

连续几天阴雨。一天早晨，雨过天晴，万里无云，两个年轻人像往常一样相约出去打猎。两人携带狩猎工具，一直走啊走，眼看太阳已过中午，还没发现猎物。他俩灰心丧气地正准备回家，突然从树丛中跳出一只马鹿，他们立即瞄准马鹿射击。两支离弦的箭几乎同时射在马鹿的身子和脖子上。马鹿中箭后又惊又痛，撒开四蹄向密林方向奔逃，他俩跟着追了过去。马鹿毕竟中了两支毒箭，翻过一座山后，箭药发作，颤抖了一阵就倒地死了。哑巴和聪明人追到马鹿倒下的地方，已累得汗流浃背，精疲力竭，但一看到今天的收获便又满心欢喜，顿时把劳累忘得一干二净，马上动手收拾。

当剖开内脏时，突然从鹿胃里跳出几只青蛙。聪明人一见，吓得脸色突变。而哑巴看到青蛙，仍埋头料理。聪明人唉声叹气，过了好一会儿，才抬起头来对哑巴说："今天是我俩最晦气的一天，错杀了这只马鹿。"

哑巴听后不解，比手势向聪明人询问，聪明人没好气地指着从马鹿胃里跳出来的青蛙，说："这些青蛙就是不祥之兆，灾难要降临到我们身上了。"

哑巴一听，吓得惊慌失措，不知如何是好，问聪明人能不能解除灾难。聪明人看着哑巴的手势，心里也在想：是啊，如何才能解除这即将降临的灾难呢？想了很长时间，还是想不出一个好办法。他敲了敲脑壳，终于计上心来，打算让年老的父亲去当替死鬼，便对哑巴说："我俩砍点马鹿肉赶快回家，我们只有把父亲杀了才能免除这场灾难。"

哑巴一听，惊得直冒汗，几乎瘫在地上，比划着对聪明人说："父亲怎么能杀呢？杀父是不仁不义的呀，岂不是罪上加罪，何不如自己承受灾难？"

哑巴哭起来，但又没有什么办法。这样，两人各自割了些马鹿肉回家去了。

哑巴心慌意乱地回到家里，见老父亲已经做好饭菜，在等自己，便把马鹿肉放在碗柜上，痴呆呆地望着父亲那饱经风霜皱纹密布的脸庞。父亲看着儿子充满忧郁的眼睛，便问他今天是不是遇到了不愉快的事。哑巴"扑通"一声跪在父亲面前，用手比划着把今天所遇到的事全部讲了出来。父亲顿时转忧为喜，说："你们今天遇到的是一桩好事，那几个从马鹿胃里跳出的青蛙是一副长生不老药，还说什么大难临头！"

哑巴破涕为笑，乐得跳起来搂住父亲的肚子。父亲突然把他一推说："你还不快到河西叔叔家里去，说不定那小子已把亲生父亲给杀了呢！"

哑巴正准备去聪明人家里，还没跨出门槛，已满身血淋淋的聪明人推门进来。哑巴知道聪明人已经把自己的父亲杀了，怒火三丈，跑过去狠狠地打了他两记响亮的耳光。聪明人并没有防着这一手，又看到哑巴还没有把父亲杀掉，认为哑巴不敢下手，便穷凶极恶地扑向哑巴的父亲。哑巴眼明手快，拦腰抱住聪明人，并把他按倒在地，然后告诉他，马鹿胃里跳出来的青蛙是一副长生不老药。聪明人听后恢复了理智，马上改变了恶相，假惺惺地号啕大哭了起来。其实他又在想如何先吃到青蛙，使自己长生不老。他看到哑巴父子不动声色，便飞奔了出去消失在夜色中。哑巴见聪明人跑了，怕他寻短见，想去追赶。父亲却把他叫住，说："他把亲生父亲都置于死地，还有什么人性，苍天不会放过他！"

聪明人想起吃了那几个青蛙可以长生不老，心里美滋滋的，但又怕那几个青蛙跑掉，便连夜上山。当跑到半路已是午夜，前面一片漆黑，他突然一脚踩空，从悬崖摔了下去，掉进了万丈深渊。

讲　　述：小吾堆

整　　理：和顺荣

流传地区：德钦县佛山区一带

夜明珠与金炒盘

传说在很久以前,草原来了一个魔鬼,叫哈拉农布。这魔鬼窃夺了藏王的位子后,就作威作福,坑害百姓。哈拉农布最忌人,命令格龙干九为头的走卒们,把城里所有的商人都逼下海去,让他们到龙王那里去拿夜明珠。这些商人一跳入海里,就被龙王的夜叉吞吃得一个不剩。

被逼下海去的商人当中,有名声颇大的农布松姆。他下海后,留下母亲只玛布称和儿子久白玛吾巴。因为家产被格龙干九抢走,奶孙俩只好搓点毛线,在街头的一个角落做小生意度日。

这天,哈拉农布和格龙干九正在寻欢作乐,猛见一道金光射进厅堂里,照得四壁辉煌。格龙干九以为城里还有更大的珠宝商人未除,哈拉农布就率众来到大街上,把做生意的小摊子都翻了一遍,看看那道金光是否会熄灭。他们正想返回,格龙干九突然发现只玛布称在一个角落里摆摊子,要去看一下。哈拉农布却说:"算了,从街头一直翻到这里,谁的摊子也不比她的小,翻也白翻。"说罢,就带着众人走。

格龙干九不放心地说:"大王,看看也不会瘦了我们多少肉,我还是去看看的好。"说罢转身来到只玛布称的摊子前,把几根毛线翻了一下,霎时间,那道金光熄灭了。哈拉农布等十分惊奇,急忙来到小摊面前,格龙干九得意地说:"这老人是农布松姆的母亲,站在一旁的小孩是农布松姆的儿子久白玛吾巴。"

哈拉农布很吃惊,觉得留下这孩子是个大祸患,就命久白玛吾巴两天之内跳入大海,到龙王那里把宝贝夜明珠拿来。

只玛布称跪在哈拉农布的脚下,一边磕头,一边求饶:"大王,我只有一个儿子,已被你们逼下海去了,如今再叫我这个独孙去死,我以后怎么活……"哈拉农布不理睬她,带着众人回宫去了。

第二天,久白玛吾巴拜托众邻居照顾奶奶,自己来到海边,准备从悬崖上跳下去,追随亡父之灵。忽然,后边有人叫他,回头一看,是个仙女,从天空飞下来,对他说:"你年轻轻的为什么要寻短见啊?"

久白玛吾巴把原委一五一十地向她诉说,仙女听后说:"你去是死,不去也是死,我送你一句咒语,见到海里的大夜叉就念'翁南姆数湿鲁,南姆吾达玛湿鲁。'"

久白玛吾巴不一会就背熟了这句咒语,正要向仙女道谢,她却不见了。久白玛吾巴向天空拜了几拜,就跳入了大海。他恍恍惚惚直往水底落去,猛见一个面目狰狞的怪物,张牙舞爪向他游来。久白玛吾巴知道是大夜叉来吃他,就赶紧把仙女教的咒语念了一遍,刚念完就被大夜叉吞进肚里去了。可是不一会儿,大夜叉感到一阵恶心,又张开大嘴把久白玛吾巴和众商人的衣物全都吐了出来,久白玛吾巴丝毫没有受伤。

夜叉大惊,对久白玛吾巴说:"我连闻名于汉藏地方的大商人农布松姆都吃过,今天吃了你便吐,你是什么东西?"

久白玛吾巴厉声喝道:"野种,若不快将我引见龙王,我就翻了这大海!"

夜叉不得不把久白玛吾巴带入龙宫,把他的话禀告龙王。龙王大惊:"我们这海宫里,算将军你的本事最大,连你也吞不下的东西,决非一般,快快请进来!"

虾兵蟹将把久白玛吾巴引进宫来,他见了龙王,就要龙王赶快交出宝贝夜明珠。

龙王真怕他把龙宫翻个底朝天,就立即答应了,并留他在海宫住上几天。久白玛吾巴为了不使龙王疑心,也就住下了。

过了几天,久白玛吾巴因惦念奶奶,向龙王告辞回家。龙王命令众水族送行,并捧出宝贝夜明珠和一个神奇的金炒盘,送给了久白玛吾巴。

且说只玛布称自从孙儿跳入大海后,整天在屋里哭泣,哭瞎了眼,可恶的格龙干九天天无事找事就到她家门口狂吼乱叫,用石块砸门,门被弄得不成样子。邻居看老奶奶可怜,就用牛皮把门包好,用牛屎把墙的破洞补上,只玛布称勉强能在里面遮日避雨。

这天，久白玛吾巴来到门口，见自己的家差不多变得像猪圈一般，一阵伤心，凄楚地叫了声："奶奶，孙儿久白玛吾巴回来了！"

里边传出了只玛布称虚弱的声音："格龙干九，别再欺骗我了，倘若我孙子能回来的话，被你们赶下海去的人都能回来了……唉！我怎么还死不了，让我早早地死去吧！……"

久白玛吾巴听着忍不住放声哭了起来。他用夜明珠把门打开，只见黑暗的小屋子猛地亮了起来。他又用宝贝夜明珠在老人身上擦了一遍，老人的眼睛突然重见光明，人也年轻了许多。老人见到孙子，真是悲喜交加。靠着夜明珠和金炒盘，祖孙俩过上了好日子。

有一天，恶棍格龙干九又来到只玛布称的家，他从门缝往里一看，只见只玛布称端坐着，变得年轻美丽了许多；久白玛吾巴正在一旁用勺搅着金炒盘，不一会儿，桌上就摆好了各种美味佳肴。格龙干九简直不敢相信自己的眼睛，使劲揉了揉又仔细窥看，果然是真的，连宝贝夜明珠也供在上面，本来黑漆漆的房子已变得四壁辉煌，像点上了万盏酥油灯。格龙干九大喜，急忙跑去把这一切报告给哈拉农布。这魔王想了想，立即叫众人备了乐器、轿子，率领九族群臣一路吹吹打打，来到只玛布称家，叫久白玛吾巴献出宝贝夜明珠。久白玛吾巴说："这宝贝已经算定是大王家的了，明天我亲自送上门来，这样，大王脸上不是更有光彩吗？今天，我想请大人坐着金炒盘到天上看看景色，不知意下如何？"

哈拉农布大喜，第一个上了金炒盘。他坐在炒盘中央，炒盘不断变大，九族群臣围着他坐定。格龙干九更是得意非常，认为自己立了大功，会被哈拉农布重用，想着想着，不禁站了起来，一手叉腰，一手轻轻地搭在哈拉农布的肩上，微笑着用一种高傲的眼神看着众人。

久白玛吾巴念动咒语，金炒盘便徐徐升上了天空，直向着太阳飞去。哈拉农布热得汗流浃背，朝在地上的久白玛吾巴叫道："大地的面貌已看清了，快把炒盘放下……"

久白玛吾巴装作听不见，只管让金炒盘升到太阳旁边去。只听到哔哔剥剥一阵爆豆似的响声。盘中那些人蹦起好几丈高，又从空中跌落下来……

可恶的哈拉农布和格龙干九摔死了，百姓们欣喜若狂。大家一致推举久白玛吾巴为藏王。在久白玛吾巴的治理下，藏民得以安居乐业。

搜　　集：斌节
整　　理：吴瑰
分布地区：德钦县

卓玛与南瓜

很早以前，在一个古老的山村里住着两姐妹，姐姐叫央宗，妹妹叫卓玛。姐姐贪财、懒惰，妹妹卓玛却是勤劳、善良的人。父母去世不久，姐姐就与一个跟她一样爱财如命的男人成婚。他俩常常虐待小卓玛，只管叫她放牧、砍柴、背水等，却不让她吃饱穿暖。

有一天，卓玛上山放羊，在回家的路上丢失了一只小羊羔，找了半天也没找到。回到家里，卓玛跪在姐姐和姐夫面前，老老实实讲了丢羊的事，恳求宽恕，可是姐姐却把卓玛赶出了家门。

卓玛的不幸，使村上的人们感到痛心，父老乡亲出来帮她盖房子，开垦了一块荒地，种下了蔬菜。卓玛心灵手巧，地里的菜长得一天比一天好。她把菜背到街上卖，买回糌粑和油盐，日子渐渐好过了。每天早晨，她会来到菜地浇水，浇完就坐在地边纺线、缝补衣服。一天，她正在补衣裳，两只小鸟飞到她面前，相互啄着，一只小鸟被另一只小鸟啄断了腿，落在她的衣服上。卓玛轻轻地把它托在手上，说："可怜的小鸟，我给你好好包扎，你的腿一定会好的。"说着撕下一块布来给鸟儿包扎，小鸟在她手心里滴了一滴泪，就依依不舍地飞走了。

过了一些日子，那只小鸟飞回来了，它的腿好了，嘴里衔着一颗南瓜子飞来飞去，把南瓜子丢在卓玛的衣服上，又飞走了。

卓玛把南瓜子种在菜地里。过了三五天，瓜种发芽了，一天长一节，不久便结出了果实。

一天早晨，卓玛刚到菜地，就发现南瓜长得像巨石一样大，挪也挪不动。她用砍刀把瓜划成两半，哟，瓜内一半是金子，一半是银子，闪闪发光。她高兴地把金银带回家。从那以后，卓玛的生活富起来了。

妹妹家的突然变化，使央宗两口子大为吃惊。央宗对丈夫说："卓玛一定是得了宝贝，我们明天去请她做客，把宝贝骗到手！"

第二天，央宗来到卓玛家里，一进门便大声叫起来："我的好妹妹呀，我两姐妹分家不久，我可把你想坏了，当时是姐夫不好，他现在感到后悔了，今天姐姐特意来请你吃饭，你姐夫一早就在家里杀鸡宰羊啰！"

卓玛说："谢谢你们的好意，我今天还有好多事要做，以后有空一定来看望姐姐和姐夫。"

央宗说："父母去世后就剩下我们姐妹俩，你怎么一点也不明白我的心意呀！"

卓玛想，不管姐姐以前怎样对我不好，但她毕竟是自己的亲姐姐呀，于是也就同意到姐姐家去做客。

吃饭时，姐姐边假情假意献殷勤，边对她说："妹妹呀，你怎么在这么短的日子里就盖起那么大的楼房，是不是得到了什么宝贝？把它拿给我开开眼界好吗？"

卓玛把种瓜得到金银的过程一五一十讲给她姐姐——央宗听了。央宗听后，也想得到妹妹那样的金子银子，心里暗暗打下了主意。

第二天，央宗在自家地里种起菜来，每天浇完水就坐在地边纺线、缝补衣服。过了一段时间，果然飞来了两只小鸟，它们在她的头顶上方相互啄着。央宗高兴极了，她等着一只小鸟腿断落下，可是老半天不见掉下一只。她等得不耐烦了，随手拣起一块石头打去，正好打在一只小鸟的腿上，那小鸟落在她面前。她就像卓玛说的那样，轻轻地捉住小鸟，说："可怜的小鸟，我给你包扎一下，你的腿很快就会好的。"说着撕下一块布给它包扎好："你快飞吧，飞到遥远的地方去找你妈妈去。"

小鸟在她手心里滴了一滴眼泪，飞走了。

几天后，小鸟真的又飞回来了，嘴里衔着一颗南瓜子，丢在央宗面前。央宗飞快地把瓜子拣起来，种在地里，每天早晨给南瓜子浇水。南瓜子发芽了，又很快结了小瓜，这瓜每天都在长大。一天，当央宗和丈夫来到地里，大瓜已长得像巨石一样，而且成熟了。她非常高兴，用砍刀轻轻地划瓜，满心想着瓜里堆满了金子银子。可是瓜一开，里面却站着一个白发老人，他身穿白衣裳，手里拿着一本账簿，对他俩说："好哇，你们欠我的债今天该还清了……"

央宗两口子一见这情景，以为遇着鬼，一下子吓死了。

讲　　述：尼玛
整　　理：赵四九
流传地区：阿东乡

复活的伙伴

很久以前，有一个厚道人和一个非常狡猾的人结伴而行，他们赶着马帮，准备到遥远的拉萨去做生意。厚道人有七驮严严实实的驮子，而狡猾人却只有几匹空马，并无驮子，就连路上吃的食物都没有带丁点儿，全靠厚道人供给他。但是，狡猾人对厚道人不仅没有感激之心，相反看到厚道人有七个驮子，便慢慢产生了谋财害命的念头。他一路上都在想着如何杀死厚道人，但一直没有找到下手的机会。

一天，他们赶马到一条河边，狡猾的人心生一计，蹲在河边俯身往下看，装着十分认真的样子。厚道人见状，忙问："伙计，你在看什么？"

狡猾人向他招招手，压低声音说："你莫出声，这里有很多鱼。"

厚道人信以为真，忙跑到河边张望，但左看右看也不见有鱼，正在疑惑。狡猾人说："你刚才不小心，大声说话把鱼吓跑了，不过不要紧，伙计你下来蹲在我这里，等会儿鱼就会来的。"说着把自己蹲着的位子让给厚道人。

厚道人走下去蹲在刚才狡猾人蹲的地方，俯身静悄悄地窥看。这时，狡猾人悄悄溜到他身后，趁他不备，一把将他推到河中，河水顿时把他卷走了。狡猾人在岸边幸灾乐祸地哈哈大笑，然后赶着马帮走了。

再说厚道人被湍急的河水冲走，起初他还与河水搏斗了一阵，但后来体力慢慢地消耗完了，被河水越冲越远……当他从昏迷中醒来时，发现自己已冲到岸边，于是竭尽全力，向岸上爬去。爬呀爬，忽然见前面不远的地方有座寺庙，他咬紧牙关，终于爬进了庙门……

庙门里清静极了，只有一个年过花甲的庙主。庙主问他从哪儿来，为什么弄得如此模样。他一一讲述自己所经历的事。庙主听了他的话，很是同情，给他拿来些食物充饥，却又劝他离开此地。厚道人这时已精疲力竭，再三恳求庙主收留他住一夜，庙主看看他，就指着一间破屋说："你今晚可以在这里安身。但天一黑，我的几个徒弟就要回来，对你来说不安全，所以请你千万别出声，也不要睡觉，这样对你会有好处的。"厚道人点头答应。

天刚黑，进来了一只虎。它向庙主禀报："今天我到了南山，发现在南山脚下的一座坟墓里藏有一堆金子。"

接着又进来了一只豹子，说："我今天到了北海，北海旁九九八十一步的地方有一堆乱石，底下埋有一堆白玉。"

虎豹刚退下，又进来了一头熊。它慢条斯理地对庙主说："我今天到了西山，山坳里埋有一堆金银。"

熊刚刚退下，一蹦一跳地进来了一只兔子，说："今天我到了东庄，村尾有家无儿无女的老两口，他们家房后有棵大树，树根下埋有很多珍珠玛瑙。"

厚道人静静地听完它们的话，吓得出了一身冷汗，连大气都不敢喘一声，更不用说睡觉。

天亮之后，庙主端着茶饭进来，问他："你记住昨晚那些话了吗？今日再不能留你了，你可以按照昨夜听到的那些话去寻找好东西。"

厚道人吃完饭，再三谢过庙主相救之恩，便辞别而去。他按几个动物所说的地点，依次取回那些金银财宝，并在东庄盖了一幢房子，把无儿无女的老两口接到自己身边，让他们安度晚年。从此，厚道人成了远近闻名的富人。

再说那个狡猾人，自从得到厚道人的七驮东西后，洋洋得意，自认为从此可以无忧无愁地生活了。他到拉萨做完生意，交了一些狐朋狗友，吃喝嫖赌，无恶不作，但是好景不长，不到半年就把钱用光了。他的那些酒肉朋友们，也一个个走得精光，他只得过着乞讨的生活。

有一天，狡猾人乞食来到厚道人家，一见厚道人，害怕得要命，以为遇着了鬼，几乎昏了过去。厚道人毕竟心肠软，看到狡猾人衣不遮体，又吓成这样，认为他会改好，便上前把他扶到家里，好言相劝，又做饭叫他吃。狡猾人见这复活了的伙伴并无记仇的样子，便假惺惺地哭着，一把鼻涕一把眼泪地向厚道人赔礼道歉，编造谎话说：那天推厚道人下河是鬼使神差，事后他一直想念厚道人，把马帮送给了一家孤儿寡母。厚道人动了真情，给狡猾人换了一身新衣裳,让他住了下来。狡猾人看到厚道人有这么多东西,便缠着厚道人问怎么来的,厚道人只得把自己遇难的经过一五一十地讲了出来。狡猾人听后眉开眼笑,说:"既然你遇到这样的大恩人,我也想试一试,请伙计把我推到河中,说不定还会得到更多的东西。"

厚道人听后再三相劝,狡猾人就是不听,厚道人拗不过他,怕伤了和气,就答应了。

当天,两人一起来到河边。狡猾人还未等厚道人推,自己跃入河中。可是河水并不饶恕狡猾人,突然来了两个大漩涡,瞬间把他吞没在滔滔巨浪之中。这个谋财害命、见利忘义的家伙,从此永远在人间消失了。

讲　　述:陆勇华
整　　理:和顺荣
流传地区:书松一带

憨厚的二姑娘

相传，在邦锦湖畔，住着一户人家，有姐妹两个。她们都长得如花似玉，像一棵枝丫上开的两朵花。只是大姑娘性情刁钻，油嘴滑舌，惯于奉承，善于看脸行事，只要做了一点小事，总要在父母面前夸夸其谈，阿爸阿妈十分宠爱大姑娘。二姑娘却温顺淳厚，为人正直，沉默寡言，干起活来像牛一样卖力，但是她从不会阿谀奉承，阿爸阿妈总是冷眼相待二姑娘。

有一天，阿爸阿妈把姐妹俩叫到茶房，首先问大姑娘："在我们家里，谁待人最公平？谁的权力最大？"大姑娘抬头看了看坐在厚皮垫上的父母，高声回答："阿爸阿妈对我们姐妹俩，一样亲亲相待，从不偏爱谁，我想最公平的是阿爸阿妈。说到权力，我家从楼顶的玛尼旗到楼下的拴牛桩，哪一件不是阿爸和阿妈的？权力最大的当然是我的阿爸和阿妈。"

阿爸阿妈听了大姑娘的回答，像吃了蜜一样心里感到甜滋滋的，满意地点了点头。

阿爸阿妈又问二姑娘同样的问题，二姑娘低头不语。大姑娘自告奋勇地走到二姑娘旁，为父母代问："妹妹你说，我们家最公平的是不是阿爸阿妈？"

"不是，最公平的是食盐。"二姑娘的回答如惊雷轰顶，使父母目瞪口呆。

大姑娘又问："权力最大的呢？"

"那当然是大便啰。只要是会吃饭的人，都无法把吃了的东西永远堵在肚子里不屙，包括阿爸阿妈也是要拉大便的。"

这时阿爸阿妈勃然大怒，大骂二姑娘是不孝的畜生，是着了魔的疯女。最后二姑娘被赶出了家门。

二姑娘含着眼泪，走上了漫漫的讨饭道路。她忍饥挨饿，涉过了一江又一江，翻了一山又一山，也不知走了多少路程，最后终于到了一个叫亩措的高原湖畔。亩措湖水清澈如镜，湖中耸立着一座山冈，峰顶上烟雨茫茫。二姑娘被湖水挡住了去路，只得面向远方的山冈，呜呜地恸哭起来。她整整哭了三天三夜，哭干了眼泪，哭哑了嗓子，最后昏倒在湖边。不知过了多长时间后，一阵疾风吹醒了二姑娘。她坐了起来，睁眼一看，碧绿的湖水刷地分开，波涛滚滚的水向两边退去，当中出现一座彩桥。二姑娘还以为眼睛花了，揉了揉眼睛，仔细一望，果真是一条直通向湖心岛的大桥。

二姑娘颤颤巍巍地走过大桥，来到了岛上，可是一块巨石突然从天而降，把道口堵得严严实实的，湖中的大桥也早就没有了踪影。二姑娘进退两难，急得眼泪像断了线的串珠，扑簌簌地掉落下来。

正在这时，一只金丝猴突然飞也似的从巨石后面跑出来，它看见二姑娘在哭泣，用十分怜悯的语调问道："美丽的姑娘，你来这里做什么？是什么心事让你哭成这模样？"

二姑娘撩起衣角擦干泪水，怯生生地看着眼前的金丝猴，觉得这猴子和善可亲，语气也很恳切，于是跪叩着回答："我是一个被父母遗弃了的讨饭姑娘，可我现在上天无路，下地无门，圣明的猴儿，你能不能开恩救我一命啊？"金丝猴说："救命倒可以，但你必须答应做我的妻子。"

二姑娘抬头看了看金丝猴，寻思一会儿答道："我像草原上的泥疙瘩一样，是人不要、狗不理的苦命姑娘，你若不嫌弃的话，我甘愿做你的终身伴侣。"

听了二姑娘的回答，金丝猴吹了一声口哨，岛上云开日出，挡路石头已不翼而飞，眼前又出现了平坦的大道。金丝猴把二姑娘带到家中安顿下来。

金丝猴家里养着几百匹枣红骏马，二姑娘每天迎着朝晖出牧，披着晚霞归家，不管风吹雨打，三百六十五天没间断过。

有一天晚上，金丝猴和二姑娘闲谈，谈着谈着，谈起了即将到来的一年一度的射箭节。

谈到这里，二姑娘的心动了，她早听说这个隆重节日的盛况。可是往年都是阿爸阿妈领着大姑娘去的，哪能轮到她呀。想到这些二姑娘情不自禁地长叹了一口气。

聪明的金丝猴领略到姑娘的心思,对二姑娘说:"你去参加今年的射箭节吧。"

盼望已久的射箭节终于到来了。

这一天,东方刚刚露出鱼肚白,二姑娘起床了。她把家里的箱子逐个打开,箱子内装的尽是各式各样的靴子和五颜六色的衣裳,还有珍珠、珊瑚、宝石镶嵌的首饰。她穿上彩虹一样的衣裳,戴上朝霞一样的首饰,告别了金丝猴,花枝招展地步入会场。

会场上可热闹了,四面八方的人像潮水般地涌来,在绿色的草坝上扯起帐篷,燃着篝火,又是喝酒,又是唱歌。年轻的姑娘们都穿着节日的盛装,戴上最珍贵的首饰,像凤凰穿林过树一样在人群中挤来挤去。小伙子们也紧跟着自己心爱的姑娘。二姑娘身后也跟来了一大群小伙子。可是二姑娘这时的心情是异样的,多么想金丝猴也能变成一个小伙子,能和自己一同来,那该有多幸福哇!

射箭比赛开始了。射手们依次进入射击位置,开弓射箭,场上不时响起一阵又一阵的喝彩声。最后,一个身穿豹皮镶边的青色藏袍、头戴红狐帽、脚穿乌黑高筒皮靴、腰挂晶亮银壳宝刀的射手,进入了自己的射击位置。他把弓张得像十五的月亮,开弓射箭,箭箭中在靶心上。这时,会场上响起了雷声般的喝彩声。姑娘们像蜂群般地涌上去,把那个小伙子围了个水泄不通。二姑娘也跟着进去,看这小伙子。

太阳落山了,二姑娘高高兴兴地回到了家,可是金丝猴不见了。她找遍了房前屋后,喊哑了嗓子,也不见金丝猴的影子,后来她跑到内室一看,发现地上扔着一张猴皮。二姑娘看着猴皮发呆:难道金丝猴被妖魔吃了。她焦急得呜呜哭叫起来。正在这时,屋外响起了脚步声,二姑娘以为妖魔又来吃她,于是抱着猴皮躲到了床底下。来人一进屋,就翻箱倒柜地在寻找着什么东西。后来,他又走到床边来找。这时二姑娘从床底下跳出来和来人厮打起来。来人放下手说:"二姑娘,你不要打我,我就是你的金丝猴,是宙措湖龙王的儿子。猴皮是我的护身衣,没有护身的猴皮,妖魔就会钻进来吃我。"

二姑娘仔细一看,认出在射箭大会上那个射箭英雄,原来就是金丝猴。

顿时一股暖流涌上了二姑娘的心头，她情不自禁地扑到金丝猴怀中，俩人紧紧地拥抱起来。为了防止妖魔来偷袭，他俩把猴皮缝在狗身上，让它永远看着家门。从此以后，龙王的儿子和二姑娘过着平安、快乐的幸福生活。

自从阿爸阿妈把二姑娘赶出去以后，大姑娘茶来伸手，饭来张口，从不顾家里的事，而阿爸阿妈已年老体弱，无力上山放牧和下地干活，地里的庄稼无人管，山上的牲畜无人放，家境越来越贫困。最后，他们家产破败，只好弃家踏上了讨饭的道路。

有一天，他们讨饭来到亩措湖边，碰上了二姑娘。二姑娘把他们领到家中，首先给他们摆上各种不放盐的饭菜来招待，他们吃了几口就放下了。二姑娘问：为什么不吃？他们回答说：不放盐巴不好吃。第二次，二姑娘摆上食盐放得过咸的饭菜。同样，他们尝尝后也放下了。二姑娘又问：为什么不吃？他们回答说：盐巴放得太多，吃不下去。

第三天，二姑娘给他们摆上放适量盐的饭菜。他们就狼吞虎咽地吃起来，不一会儿，所有的饭菜都吃了个精光。二姑娘又来问他们："这次又为什么吃得这么多？"他们回答说："盐放得合适，吃起来特别香。"

二姑娘接着又问道："当年我说最公平的是盐巴，这没有错吧？"

二姑娘这一问，父母和大姑娘都惭愧地低下了头。

当晚，二姑娘把他们锁在屋里，不让他们出来上厕所。第二天，二姑娘去开门时，满屋都是屎臭。二姑娘往屋里吐着唾沫，问他们为什么把屎屙在屋子里。他们面面相觑，只是叹着长气，谁也不先开口。最后阿妈解释说："昨天吃得太多，憋不住了，不得不拉在屋子里。"

"姐姐不是说，阿爸阿妈权力很大吗？怎么现在连自己吃下去的东西，也无权让它们在肚子里多待一夜呢？"二姑娘的这一席话，使阿爸阿妈回忆起当年驱赶二姑娘的情景，他们悔恨自己偏爱了善于奉承、好吃懒做的大姑娘，冷淡了憨厚正直、勤勤恳恳的二姑娘。于是，他们涨红着脸，个个惭愧地低下了头。

搜集整理：小托丁

流传地区：羊拉乡

两兄弟的故事（一）

相传很早很早以前，在一个山村里有一对弟兄。他们的长相就如掰开两半的桃子一样相像，分辨不出哪位是哥哥，哪位是弟弟。可是他们的性格却是极不相同，哥哥惰性大，是个好逸恶劳、游手好闲的浪荡子；而弟弟生性聪明，是个勤劳而又诚实善良的庄稼汉。

父母去世后，哥哥自恃为兄长，经常为一些小事打骂弟弟，毫不顾及弟兄情谊；把弟弟当作奴隶使唤，叫弟弟天天上山放羊，还要他每天砍回两捆柴火来；不让弟弟同他一起吃饭，只给弟弟吃残羹剩饭；而且还不准弟弟住在屋子里，叫他到羊圈里去住。

有一年，那个地方闹旱灾，庄稼地里寸草不生，村里许多乡民都逃荒去了。凶狠的哥哥眼看家里的粮食越来越少，不够两个人吃几天，就把弟弟赶出了家门。

可怜的弟弟离开家门，走投无路，只好以卖柴火为生。有一天，他在山上砍柴，突然从地下钻出一位童颜鹤发的老人。老人带着慈祥的笑容，亲切地问弟弟道："小伙子，你为什么天天上山砍柴，不在地里种庄稼？"

弟弟说："尊敬的老爷爷，谢谢您对我的关怀。只因今年老天爷不下雨，到处闹旱灾，村里的人眼看没有收成都逃荒去了，我哥哥又把我赶出了家门，只好靠卖点柴来过日子啊！"

老人同情地地点着头说："是呀，你也够可怜的了。可你光靠卖柴火，这日子哪能过得下去？你不用愁，我指给你一个致富的门路，只要你有不怕邪恶的胆量和制服妖魔的智慧，你就能战胜妖魔，取得发家致富的宝贝，就看你有没有战胜妖魔的胆量了。"

"啊！战妖魔，去取宝贝？"弟弟惊喜地问："老爷爷，这宝贝在哪儿？要战胜什么样的妖魔？请老爷爷告诉我，我不怕妖魔，我敢同妖魔去斗。"

"好啊，你有胆量去同妖魔斗，就一定能战胜它。不过，你还得有拯救众生的诚意，我才会告诉你宝贝在哪里"，老人说。弟弟说："我决不辜负老爷爷的心意，我要用宝贝去帮助乡亲们解脱贫困，让大家共同过上好日子。"

老人满意地点着头说："好，好，你有拯救众生的诚意，那我就告诉你。在离你们村庄往西翻过四十九座大山的地方，有一个隐藏在山林深处的妖洞，洞里有一个妖王和许多小妖。那妖王有一件无价之宝，名叫'如意金盆'。你要是得到那个金盆，就可以用它变出你所想要的任何东西。你若真的有决心去取那件宝贝，就得经受一番艰险的奋斗。但你只要运用自己的智慧，就一定会取得成功。"老人说罢，便隐没得无影无踪，不知去向了。

当晚，弟弟把砍来的柴火换了一些粮食，做好上路的准备。

第二天，他起了个大早，照老人所指的方向上路了。他走啊，走啊，走啊，走了三天三夜，翻过七七四十九座大山，涉过了九九八十一条大河，历尽了千辛万苦，来到一处郁郁葱葱、阴森可怕的地方，他壮着胆子钻进树林。他在树林中钻来钻去，来到一座悬崖下，只见有个大山洞，洞边长着许多刺蓬和藤子，知道这就是妖洞。他便按照早已想好的主意，把带来的几颗饭粒塞在自己的嘴里、鼻孔里和耳朵里，然后躺在洞口，假装死去的样子。

太阳刚刚落山的时候，突然一阵狂风吹来，满天乌云密布，一片天昏地暗，山林显得阴森可怕。不多时，只见几朵黑云飘近洞口，从云上降下一群妖精。这是妖王派去寻找食物的小妖，从早出洞寻食，一整天没有半点收获，它们累得精疲力竭，只好垂头丧气地回洞。走近洞口发现躺着一个人，个个吃惊地倒退了一步，立即摆出围攻的架势。妖精害怕活人。当它们仔细观察，发现那人的嘴里、鼻孔和耳朵里都"生蛆"了，这才惊奇地叫了起来："好啊，咱们的运气真好啊！一具现成的人尸摆在洞门口，咱们又可以饱餐一顿了！"于是小妖们都围过来，七手八脚要把"人尸"抬进洞里去。这时，有一个小妖说："慢！先把他的头割下来，再抬进去。"说着抽出长刀，把锋利的刀刃放在弟弟的脖子上。聪明的弟弟早已猜到这是妖精们在试探他，看他是真死还是装死，便一动也不动地躺着。妖精们看他毫无反应，才把抬进洞里，交给了妖王。

几天没有吃到人肉的妖王,虽有用金盆变来的美酒佳肴,仍不能满足它贪婪的欲望。一见小妖们抬进一具"人尸",眉开眼笑。于是它便叫小妖们把"人尸"放在自己的宝座下面,然后拿出宝盆和一双金筷子,用金筷子在宝盆的边上敲了三下,嘴里念道:"宝盆,宝盆,我是你的主子,现在我需要丰盛的酒菜,快快变来,快快变来!"说也奇怪,那宝盆里真的就冒出来一大堆热气腾腾的菜肴和一瓶瓶喷香的美酒。

妖王大声说道:"小的们,为了祝贺今天的收获,咱们先喝个痛快,再来好好享受这甜美的人肉。"

小妖们不等妖王把话说完,就抢着大吃大喝起来,不一会儿,妖精们都喝得醉醺醺的了。

这时,躺在妖王宝座下的弟弟,看着眼前发生的一切,心里正在谋划着怎样对付妖王的办法。忽然,他发现一条又粗又长的尾巴,从宝座下面伸出来,直伸到他的眼前,不停地甩来甩去,有时还从他的脸上扫过,使他瘙痒难忍,而且还闻到一股臭气。他仔细一看,才知道老妖原来是个狐狸精。聪明的弟弟立刻想出制服妖精的办法。他鼓足了勇气,乘尾巴扫过来时,一把抓住,使出九牛二虎之力,拽住尾巴不放,同时在宝座下怪声怪气地乱叫起来。正在痛饮而得意忘形的老妖,被这突如其来的变故吓呆了,一时不知所措,不一会儿便失去了知觉,瘫倒在宝座上。那些小妖更是吓得魂不附体,慌慌张张,一窝蜂地逃出洞外去了。

弟弟趁机从宝座下钻了出来,拿起宝盆和金筷,急忙跑出妖洞,直向来路飞奔。他翻过七七四十九座大山,涉过九九八十一条大河,回到了家乡。

一回到家,弟弟立即照妖王的方法,用那宝盆和金筷试了试,那宝贝真灵,他要什么就变出什么来,真是个无价之宝。从此,善良的弟弟就用这宝贝帮助穷苦人,解除他们的穷困,让大家过上了好日子。

弟弟得宝的消息,很快传遍了乡邻四舍,也传到了哥哥的耳里。哥哥一听说弟弟得了个"金盆",便急不可待地跑到弟弟那儿,问弟弟这宝贝是怎么得来的。老实的弟弟就把如何得宝的经过详细告诉给了哥哥,还拿出宝盆宝筷，变出了一桌丰盛的酒菜招待哥哥。

　　财迷心窍的哥哥听完弟弟的讲述，心想：这妖洞里一定还有别的很多宝贝，我也去取一些来。于是，他迫不及待地决定就在当天启程，照弟弟所说的路线走。他也走了三天三夜，终于也来到妖洞前。学着弟弟把米塞在嘴巴、鼻子以及耳朵里，躺在洞口装作死尸。

　　那妖王自从失掉宝盆和宝筷之后，正气得发狂。突然有个小妖进来报告："大王，洞口又有一具七窍生蛆的死尸。是否把他抬进来？"妖王一听，更加气愤地说："好大的胆子，前次骗了一回，今天又来戏弄我了！你们先不要抬进来，让我亲自去看看。"说着，便来到洞外，果然看见洞口躺有一人尸。他仔细看了看死尸面孔，见他长得跟夺宝人一模一样，不禁气愤地大吼一声："快拿刀来！"

　　躺在地上的哥哥，以为妖王也是吓唬他，便一动不动，屏声静气地装死。只听妖王又吼道："好啊！你这狡猾的人，我正愁找不到你，想不到你还敢再次来想偷东西。我要把你碎尸万段，以解我心头之恨。"说罢，手起刀落，把哥哥砍成了几段。

　　搜集整理：和永明
　　流传地区：德钦县

两兄弟的故事（二）

远古的时候，有两兄弟，哥哥叫松金贡布，弟弟叫松金品楚。他们的父母去世时，给两兄弟留下了一笔可观的家产。松金贡布贪财如命，一心想独占父母留下的财产，于是提出分家。

分家时，松金贡布霸占了大部分财产，弟弟松金品楚只分到两只藏狗。

一天，松金品楚在路边一块沙地上驾着分得的两只狗练习耕地时，来了一个富豪。这人见松金品楚驾狗犁地，就轻蔑地对他说："小伙子，你长得壮如牦牛，不去干活，为何像三岁的小孩那样和狗玩耍？"松金品楚开玩笑地对那富豪说："我的这两只狗比会拉犁的牦牛还耕耘得好。我这是想把这沙地翻犁后种点青稞。"那人讥笑松金品楚道："不要再说淌鼻涕的人说的话了，我走南闯北，向东到过汉地，向西去过拉萨，从未见过狗能犁地。如果你的狗真的能像牛那样犁地，那我就给你 300 两银子，要不然，你得给我 300 两银子。"松金品楚二话不说，驾狗犁了起来。两只狗果真像他说的那样，飞快地拉起犁来，犁出来的沟又深又直，比牦牛还犁得好。那富豪见输了，只好给松金品楚 300 两银子。

松金贡布得知后，把弟弟的那两只藏狗借来，也像弟弟那样在那沙地上驾狗犁地。说来也巧，这时来了一个赶着 100 匹牲口的商人。那商人见松金贡布用狗犁地的情景，便说："小伙子，你长得壮如牦牛，不去干活，却为何像三岁的孩子一样和狗玩耍？还不如跟着我当个腊都，你有吃有穿。"松金贡布装作看不起商人的样子说："赶 100 匹牲口的聪本，我的这两只狗比牦牛拉犁还拉得好，我有它俩就有吃不完的穿不完的。何必跟你去干那苦差？"松金贡布的话激怒了赶马的聪本，他恶狠狠地说："你少放狗屁，如果你的狗真能像牦牛那样犁地，我愿把这 100 匹牲口给你；要不然，我要你赔尽你全部家产！"松金贡布早就巴不得赢下那100匹牲口，于是驾狗犁了起来。可是一只狗往东拉时，另只狗却往西拉；一只往南拉时，另一只狗却朝北拉。弄得松金贡布恼羞成怒，当场举棍把两只狗打死了。那聪本把松金贡布所有值钱的东西都驮走了。

两只藏狗被松金贡布打死后，松金品楚把它俩埋在房子背后。不久，那地方长出一棵不知名的树，待开过花后，这棵树结出的果子竟是银元。

松金贡布知道弟弟有一棵摇钱树后，来到弟弟家，一把鼻涕一把眼泪地对松金品楚说："亲爱的弟弟，你哥哥我穷得快要成叫花子，就连早已升天的阿爸阿妈都在可怜我，你就让我摇摇那棵摇钱树吧！"松金品楚听到哥哥提起去世的父母，不禁伤心起来，同意了哥哥的请求。

松金贡布破涕为笑，连声"谢"也来不及说就跑到弟弟房背后，抓住摇钱树拼命摇了起来，可落在地上的不是银元，却是一张张枯黄的树叶。

松金贡布抬头看摇钱树时，树叶已掉光，只有雪白的银元仍挂在枝头。松金贡布使出九牛二虎之力又摇起来，这次竟落下鸡蛋大的冰雹，砸得松金贡布连躲都躲不及。他一气之下，跑回家拿来斧子砍倒了那棵摇钱树。

摇钱树被松金贡布吹倒后，松金品楚用树枝条编了只精致的雀笼，挂在屋檐下。才挂上不久，一会儿飞来一只鸽子产下一枚蛋，一会儿又飞来一只鸽子产下一枚蛋。不到半天时间，松金品楚就得到半篮鸽蛋。

松金贡布知道此事后，又来到松金品楚家，仍旧一把鼻涕一把眼泪地对松金品楚说："亲爱的弟弟，你哥哥我穷得像叫花子一样，就连早已升天的阿爸阿妈都在可怜我，你就把雀笼借我用一用吧。"憨厚的松金品楚听到哥哥又提起早已去世的父母，就把雀笼借给了哥哥。

松金贡布把雀笼拿回家，挂在屋檐下，然后跷起二郎腿等鸽子来产蛋。鸽子飞来了，可它却没有产蛋，只屙下一泡屎便飞走了。如此几次，还没等到半个时辰，雀笼里便屙满了鸽子屎。松金贡布被激怒了，一把火烧了雀笼。

雀笼被松金贡布烧了后，松金品楚找来一根棍子在烧过雀笼的灰烬里扒来扒去，扒到两颗金黄的蚕豆。松金品楚捡起来只吃了一颗，肚子却胀得尽想放屁。回到家后，就忍不住放了一个屁，那屁顿时化作一道七彩光芒洒满房间。一会儿，原来残破简陋的房子变成金碧辉煌的住房。

松金贡布得知弟弟眨眼间就造了一栋豪华的房子，又来到松金品楚家乞求道："亲爱的弟弟，你哥哥我穷得比叫花子还可怜了，你帮我把早已升天的阿爷阿妈留下的那栋破房子变样吧！这样，阿爸阿妈在阴间也会感谢你的。"说着又一把鼻涕一把眼泪哭泣起来。松金品楚见哥哥反复提起早已去世的父母，便想起父母的养育之恩，于是答应了哥哥的请求，把那颗蚕豆给了他。

松金贡布吃下蚕豆后，肚子胀得也尽想放屁。他想，如果我先到国王家去卖屁，那岂不可以赚一大笔钱财？然后回来再把自己的那间破房子变个样也不迟。于是他就向国王家跑去。到国王家后就对国王说："举世无双的大王，我是世界上有名的雕塑家。小到藏地的寺院、汉地的楼亭，大到藏地的布达拉宫、汉地的皇帝宫廷，那些雕塑的图案，有天上运行的星辰日月，有地上的飞禽走兽，它们无不是出自我松金贡布之手。今天我特来为大王的宫殿生辉。至于报酬，只求大王赐我100头牛、100只羊、100匹马就够了。"昏庸的国王竟答应了松金贡布的要求。

松金贡布高兴得赶快脱下裤子，屁股对着国王家的神龛，用尽全身力气，"嘣"地一下，一股又臭又稀的稀屎洒遍了国王的神龛。国王气得叫人把松金贡布拉出宫去，重打300下马鞭。

从此松金贡布越来越穷，几乎真的要变成叫花子。慈善而又憨厚的松金品楚见哥哥穷成这个样子，看在同一个父母的兄弟情分上，就把哥哥和嫂子接来一起生活，并请他们做一家之主。但是，贪心的松金贡布以长者自居，再次提出分家。分财产时松金贡布对弟弟说："松金品楚，你是能交好运的人，你以后一定比我更富的。今天我只分给你一块瓜地，其他的东西你就别想得到了！"就这样，松金品楚再次被哥哥赶出了家门。

松金品楚只好找来一些瓜种以种瓜为生。这年，瓜地里的瓜结得像一面面大鼓，满地都是。可松金品楚未摘几个，就被山上的猴子运走了好多，到后来只剩下一个最大的瓜。松金品楚想：猴子运走那么多的瓜，它们怎么吃也吃不完，不知藏在什么地方去了，得想办法弄回来一些。他左思右想终于想出了一个办法。

他把那大瓜掏尽瓜瓤，自己蜷身躲在里面，再把切缝严丝合缝地封好。

到了傍晚，一大群猴子带着一只篮子来到瓜地，把瓜抬起来放进篮子。往回才走了一半路，那些猴子已累得上气不接下气，纷纷嚷道："这瓜好重，瓜瓤一定很鲜嫩，我们就把他作为送给大王五十大寿的礼物吧！"

快要到猴群居住的岩洞处，要经过一段又陡又窄的山路，众猴扛着大瓜一步步地行走。躲在瓜里的松金品楚轻轻撑开盖子，从缝隙里往外看时，只见众猴你推我攘，已走过陡峭的山路了。

众猴扛着瓜来到岩洞，只见洞内松明高照，百兽都聚集在这里，来向猴王祝寿。众猴把瓜放在老虎座位的旁边时，洞中百兽都惊叹：怎么有这么大的瓜！一番赞叹之后，百兽一个接一个地把自己带来的礼品送给猴王。老虎拿出一个花纹像自己皮毛一样好看的木盆送给猴王说："这是聚宝盆。你想要什么东西，它会给你变来——啊噪！这儿是不是有跳蚤？"老虎把尾巴弯到前面，用手抓了抓，又伸到瓜篮旁。原来是松金品楚伸出手掐了一下老虎尾巴。这时老虎又接着说："现在我叫聚宝盆变，宝盆，变朵香蘑菇来！"只见那盆中立刻长出一朵香蘑菇来。正当这时，松金品楚抽出腰刀一刀，砍断了老虎尾巴。老虎顿时大叫起来："哎哟！有妖怪！"说着便跳起来往外逃去。众兽见老虎尾巴被砍，也吓得纷纷逃走了。松金品楚掀开盖子走出来，拿起老虎丢在地上的聚宝盆回到了家。

后来这消息不胫而走，又被松金贡布知道了。松金贡布在猴子经常出没的林子边开垦了一块地，种了瓜。成熟后，松金贡布和众猴抢着摘瓜，到了剩下一个最大的瓜时，松金贡布像弟弟那样，把瓜瓤掏尽后钻在里边专等猴子来扛。过了一会儿他真的被猴子连瓜一起扛走了，到了那段岩路时，众猴呼叫着放慢了脚步，松金贡布撑开盖往外一看，只见峭壁万丈，使人头晕眼花，于是惊叫道："别放掉！别……"话还未说完便被众猴甩下了悬崖。

搜　　集：燕门乡文化站

整　　理：斯那农布

流传地区：燕门乡

断手姑娘

久远以前，姐妹二人，姐姐洛珍是前娘生的，妹妹曲珍是后娘生的。姐妹俩就由后娘抚养长大。可是后娘是个心狠手辣的女人，她见姐姐洛珍长得越来越比妹妹漂亮，心里就很嫉妒。她怕自己的女儿嫁不到好夫婿，一心想找岔子陷害洛珍。

有一天，国王要为王子举行选美大会，召集全国所有年轻漂亮的姑娘前去应选。这消息一传出，人们都穿上新衣，带上打扮得花枝招展的姑娘从四面八方聚到王宫门前。后娘想："要是把两个姑娘都带去，曲珍不及洛珍漂亮，我的姑娘可就没有被选上的份了。"于是在临去前，她吩咐洛珍道："今天，我要带你妹妹去王宫应选，你给我去磨房磨糌粑。告诉你，不许撒掉一点糌粑，而且磨房那边时常有一些叫花子来讨饭，可不许随便拿糌粑给他们！听见了没有？你要是不听我的话，等我回来收拾你。"说完，便带着曲珍出门了。

洛珍背着炒青稞来到磨房里，才磨了一会儿，真有一个老乞丐要糌粑来了。那老人又黑又瘦，还跛着一只脚，穿着一件露出半个脊梁的破衣服，捧着个口袋向她要糌粑。她看老人实在可怜，便不顾后娘叮嘱她的话，抓起糌粑给那老人装了满满一口袋，老人千恩万谢地提着口袋走了。可谁知道那老人的口袋上有个破洞，一路上糌粑从口袋破洞里漏了出来，从磨房门口沿路一直洒到村里。

后娘和她的女儿从王宫回来了。路过村道时，看见一路上洒着糌粑，立即知道洛珍没有听她的话，便气冲冲地回到家里，指着洛珍的鼻子骂道："你这没娘的死丫头，我早就叮嘱过你，不准泼洒糌粑，也不准你拿糌粑给叫花子，你偏不听我的话。我这回绝不饶你，要把你的手砍了，赶你出家门，看你没有手能不能活下去。"

洛珍以为后娘这是一时的气话,不会真的砍掉她的手,也不会赶她出门。谁知后娘却真的找了刀子,一把抓住她的手就砍,把她的两只手都砍断了。洛珍疼痛难忍,立刻就昏厥过去。到她醒来的时候,发现自己已被拖出门处,躺倒在路上。她知道自己没有再进家门的希望了,想想自己没有双手,怎能活?洛珍伤心地哭了一阵。她望望紧闭的家门,望望自己被砍断的血淋淋的双手,痛恨后娘这种惨无人道的迫害。但是也不愿就这样死去,她要活下来,于是慢慢地站起来,向村外走去。她走啊走啊,走了不知多少路,天要黑下来了,肚子也饿了,看见前面有一座果园,门还开着,她就大着胆走进果园。果园里许多果树结着累累果实,有的树上因为果子结得又大又多,枝条都垂下来。她因为没有双手,不能用手摘果子吃,所幸那低垂的果儿,却正好让她能用嘴去啃吃了。但她只能把吃得到的果子都啃上几口,让那些啃过的果子仍旧留在树枝上。她吃饱了,便在果园里找个隐蔽处躲着睡了。

第二天,管果园的人到果园里,他们在果园里巡视了一周,发现有一些果子都被啃了大半个,他们以为是什么野兽啃的,可又发现树下有人的脚印,要说是有人来偷吃,那为什么又不摘下来吃呢?他们觉得很奇怪,但谁也猜不透是什么东西啃的,于是只好决定明天再来看看有什么动静。

第三天,管果园的人又进果园去查看,仍然发现另外几棵树上的果子又被吃了好多,树下也有人的脚印。他们更加奇怪了,看看园里也没有发现什么人。为了弄清这件稀奇的事,他们决定明天再来看看有什么变化。

第四天,管果园的人又发现昨天不曾啃吃过的果树上,又有好多果子被啃了,树下也有人的脚印。这回他们不敢再拖延了,要马上向国王报告了。

当管果园的人把这件奇事报告给国王时,国王立即下令派一队士兵到园内仔细搜索,务必把啃果子的怪物搜出来。

士兵们在园内搜索了一阵,终于在一处灌木丛林里搜到一个断了双手的姑娘。士兵把姑娘带到国王面前,国王见姑娘断了双手,还敢到他的果园里偷果子吃,气得他也不问情由,便下令拉出去杀了。王后见国王要杀姑娘,心里有所不忍,请求国王免她死罪,放她出去。这时国王的儿子突然向国王跪下请求道:"父王陛下,孩儿请求父王宽恕她的罪过,免她死罪,也不要把她放逐出去。我看她是个好心的姑娘，可怜没有双手才这样做，这样她才能在这世上活下去。愿父王以慈悲为怀准许我娶她！"

国王见王子这样诚恳的哀求，也不免动了怜悯之心，同意王子娶她为妻。于是选了个吉祥的日子，替他们完了婚。

洛珍姑娘得到王子真诚的爱，在王宫里幸福地生活着。

可是，好景不长，他们结婚才几个月，突然传来邻国侵袭边界的消息。国王立即派兵前去御敌，但几位大将都在一次次战役中败阵而归。为了保卫国土完整，保卫人民的安全，国王决定要派智勇双全、武艺超群的王子带兵作战。王子欣然接受了出征的使命，决定即时起行。当他向父王、母后以及洛珍辞行的时候，他说："父王和母后陛下，孩儿这次出征，不知什么时候才能回宫，儿媳洛珍已有身孕，孩儿不能亲自照料，还托你们多多照看。她没有双手，生活上连吃饭穿衣都不能自理，虽有宫女服侍，但我也担心会有不便，还望父王母后经常关照，孩儿在外也能安心作战。请祝福孩儿马到成功，凯旋吧！"他又转向洛珍说："亲爱的洛珍贤妻，你不要因为自己没有双手，是个残疾的人而伤心。只要你有一颗善良正直的心，我就会永远爱着你。你也不要为我的远行而忧虑，无论我们相隔的路程多么遥远，离别的日子多么长久，我也会时刻想着你。我对你的爱，像山崖一样坚固，像河水一样长。我走后，望你多多保重，等着我打了胜仗回来。"

自从王子出征远行以后，国王和王后为了不辜负王子临行前的嘱托，多方照看洛珍的生活起居，责令宫女们认真服侍。

日月如梭，不觉也过了半年多，洛珍的身孕也有十个月了。一天夜里她终于分娩了，生了个白白胖胖的男婴。国王和王后见到自己的孙儿，都感到十分高兴。为了让远在前线的王子知道这个喜讯，派人往前线送信去了。

送信人走了一天的路，天黑时到一户人家投宿。这家的女主人正巧就是洛珍的后娘。她早就听说，洛珍被她砍了手赶出门后，在王宫里做了王子的媳妇。这消息给了她当头一棒，她满以为砍掉了她的一双手，赶她出门，迟早会把她饿死，可谁知洛珍反而成了王子的媳妇。这使她又嫉妒又痛恨，她恨自己从此再也没有办法陷害洛珍了。没想到今天会有一个从王宫里来的人就在她家里住宿。她暗想：这回也许可以从这个人嘴里打听到一点王宫里的消息，也让她见机行事。她于是热情地招待那个客人，又是酒又是茶，请客人尽情饮用。她坐在火塘一边，同客人拉起话来："大哥是从王宫来的吗？要到哪里去？"

"啊！是的，我从王宫来，要到边塞去送信。"客人端着酒杯带笑地说。

"去边塞？好远的路程哪！有什么要紧事，叫你到这么远的地方去送信？"

"也没有什么要紧事，只因王子夫人生了个男婴，国王陛下要我把这喜讯告诉在边塞的王子。"客人满不在乎地把送信的缘由讲了出来。

"啊！听说王子夫人是个断了双手的女人，她还生了个孩子吗？"女主人心里的妒意更深了。但她装得若无其事地接着问："国王和王后对王子媳妇好不好呢？"

"当然好啰！"客人肯定地说，"因为国王和王后对王子总是百依百顺，无论什么大小事情，只要是王子请求办的，他们都全依从王子的意愿。就说这位夫人吧，国王和王后见她是缺了双手的人，原本是不喜欢她的，国王还下令要杀了她，只因王子执意要娶她，国王和王后也就依了他的心思，让他们成了亲。现在他夫人生了孩子，国王要让他心里高兴，所以才派我送信给他。"

"啊！原来是这样。"女主人心里有了主意，"看来国王他太疼爱自己的王子了！"

"不错，就是这么回事。"客人点头说。

女主人不需要探他的口气了，便接连不断劝客人喝酒。她把小杯换成大碗，斟得满满的，端到客人嘴边劝他喝。几大碗酒把客人灌得醉醺醺的，不一会儿便倒头睡着了。

女主人等客人睡熟后，便轻轻从他的怀里抽出那封信，展开看时，见信上写的正是刚才送信人所说的内容：

……儿媳洛珍已平安分娩，她生了个又白又胖的男孩，长得同你十分相像，父王及母后极为高兴。现在她母子俩都平安无恙，你在外不必挂念，如有机会可回来看望……

她看完信，便把那信烧了，连忙找了一张纸另外写了一封信，又轻轻地塞进送信人怀里。她这才舒了口气，心里说：我叫你们"高兴"，叫你们"平安无恙"。

送信人睡了一夜大觉醒来时，天已麻麻亮，连忙起身，吃了点东西便上路了。赶了几天的路，来到边塞兵营里，把带来的信交给王子，王子拆开一看，见那信上写着：

……儿媳洛珍已经分娩了，可她生下的并不是我家的后代，而是一只小狗崽。父王和母后为此非常痛苦而又失望，你的媳妇原来是个妖精，不然怎么会生出这样的怪胎？你不在宫里，我们不好随便处置她。我们等着你的决定，是把她杀了，还是放逐出去？你要立即回信告诉我们。你在边塞作战，任务艰巨，不要为那女妖的事随意回宫，宫里的事有我们办理，你就安心在外为国立功吧……

王子读着信，不免感到很诧异，他不相信洛珍是什么妖精，更不相信她会生下狗崽来。可是父王的信里又明明写着这样的奇事，难道父王会骗他吗？他越想越觉得奇怪，便问那送信的人："你知道国王为什么事派你送信来的吗？"

"小人听说殿下夫人生了男婴，所以国王陛下写这信向您报喜啊！"

"那你只是听说，没有亲眼见着我的孩子吗？"

"小人没见着小公子。"

王子想："这就更奇怪了，他听说洛珍生了男婴，为什么父王的信里又说是生了个狗崽呢？"他又想："也许父王怕把这事传扬出去，所以对外人只说是生了个男婴。那么信里的话就一定是真的了。"

王子悲痛欲绝地流着泪写了封回信，交给送信的带去了。

那送信的人在返回途中，走了几天后又来到洛珍后娘家里投宿。女主人又像上次一样热情地招待他，让他喝茶吃饭，还拿出一罐酒，劝他痛饮。不多时，他又醉倒了，呼呼地打着鼾声睡熟了。

女主人高兴地想:"真是天赐良机,我正想看看王子的回信是怎样写的,他倒送上门来了。"于是她又轻轻地从送信人怀里抽出信来,信中写道:

父王母后陛下:

孩儿接信捧读后,得知儿媳洛珍生了狗崽,我深感悲痛。宫中出现这样的事,真是我们王族的不幸!但我想起洛珍和我的感情,我不能因为她生了狗崽就狠心地把她抛弃。你们说她是妖精,我现在还不能相信。因为自从我们相处以来,我并没有发现过她有什么妖精的形迹,我觉得她是个温顺善良的人,即使她真是妖精,我也愿意同她终生相伴。因为我认为,无论是人是妖,只要她是心地善良而正直的,都值到人们的同情和爱护;倘若居心叵测,嫉妒和迫害别人的人,即便她不是妖怪,也会被人们痛恨,所以我不同意把她杀掉或是赶逐出去。我请求你们看在我的情分上好好对待她,不论她生的是什么怪物,也要留她在宫里。现在边塞战事即将取得胜利,我会很快返回宫中,有什么需要解决的事情,都请等我回来再说吧。

  敬请

    圣安

女主人看完信,不禁大为惊诧。她想不到王子竟会如此痴心,要是这封信交到国王手里,国王一定会发现他给王子的信被篡改了,而且一定会更加爱护洛珍。这封信决不能让他带去,要另写一封。她把那信丢进火塘里烧了,连夜写了一封假冒王子口气的信,悄悄放进正在酣睡的送信人怀里。

第二天,送信人带着女主人写的假信回到宫里。国王接过信看,那信上写着:

……儿媳洛珍所生男婴,不是我的骨血。早在我与她成婚之前,她就有身孕。我在外听说她不是个好女人,可我当时不知道,以为她是个善良的女人,就把她娶作我的媳妇,现在我才知道娶她是错了。我因战事紧急,不能及时回宫,你们可把她赶出宫门,不必等我回来……

国王和王后被这封信弄糊涂了,他们不明白王子又在打什么主意。回想当初他百般为她请罪,并恳求娶她为妻的?可现在他又说她是个坏女人,不承认她生的孩子是自己的骨肉。这叫他们怎么办呢?要把洛珍母子赶出宫去,他们实在太不忍心。一个没有双手的女人带着个婴儿,在那无依无靠、荒凉空旷的郊野,怎么能活下去?可是王子的话他们不能不依从,因为他是他们的依托和希望,没有他就没有继承王位的后代,也没有振兴王室的子孙。他们只能照他信上所说的去办,给洛珍带上许多粮物,把孩子用整匹布裹在母亲的身上,让孩子的嘴凑着母亲的乳头,依依不舍地把她送出了宫门。

洛珍离开王宫,走在郊外的山野里。她叹自己的命苦,一路上不免伤心,边哭边走着。她走着,走着,想想自己毫无目的地走着,要走到哪里去呢?自己没有双手,不管走到哪里,迟早都要饿死的,这孩子当然也只能跟着自己饿死。不如现在还有东西吃的时候死了还好受些,于是她决定赴死。可是她没有双手,怎么个死法呢?吊脖子死是不成的,那么就跳崖吧,可跳崖时又怕惊吓了孩子。她想来想去,总想不出个能让自己和孩子一起安静地死去的方法。她正低头思来想去,一抬头见前面有一个湖闪着粼粼波光,风景怡人。于是她立刻想到了最好的死法,走向湖边。可是她又站住了,望着湖水发起呆来,眼泪像泉水一样涌流着。她想:从此,她将要离开人世,葬身在这湖底了。她是多么希望幸福地活着,可这人世间容不得她,逼着她不得不走向死路。她越想越觉得自己太可悲了,伤心的泪水不断涌流着,滴到了怀里孩子的身上。她慢慢地、一步一步地走进湖里。水漫过膝头了,她望望怀里的孩子,孩子含着乳头,安静地睡熟了。啊!可怜的孩子,你就要同妈妈一起死在这湖里了!妈妈生了你,还没让你见见人世,见见你的父亲,就要跟着妈妈去死,妈妈有罪啊!妈妈不该生了你,让你到这世上来受罪!她望着湖水放声痛哭起来。她哭了一会儿,只见那湖水渐渐变了颜色,原来清澈碧绿的湖水,现在变成了暗蓝,又由暗蓝渐渐变成深红,像血一样深红的湖水已经没到她的腹部。她见湖水将要漫到孩子身上,就把身子往左一侧,她那断了手的左臂浸进水里了,突然,她感到全身一阵舒服,连忙抬起左臂一看:"啊,我的天!"她几乎惊叫着跳起来。她见自己的左臂上已经长出一只完好的手,这可把她乐坏了。于是她又向右一侧身,把右臂也浸泡进湖水里,右臂同样有一阵舒服的快感,抬起来一看,右臂也长出一只完好的手。她太高兴了,禁不住放声高呼起来:"嗨呀!好心的湖水娘娘,谢谢您啊!现在我用不着死了,我有双手了。湖水娘娘,您赐给我双手,救活了我们母子两条命,我要感谢您,永远忘不了您的恩情!"

她用新长的双手划着湖水,转身回到岸边,太阳暖和地照在湖边草地上,色彩鲜艳的各种野花迎着阳光开放,周围茂密的树林里鸟儿在互相追逐呼唤。她激动地深深舒了口气,坐在草地上,望着湖水,望着周围的景色,心里感到无比的幸福。她举起新长的双手,带着兴奋的心情仔细地观看这双手。啊,我可爱的手啊,你是多么可贵,有了你,我和孩子才能活下去;你是多么的美丽,我看着你,大地上的景色才那么使我心旷神怡。啊!我现在可以同所有的人一样,靠我的一双手过日子了。她一边想着,一边感受着从未有过的欣喜。突然,她像受了惊的兔儿,急忙站起来,飞快地往山林里跑,因为她害怕被人发现自己长了一双好手,又会来陷害她,让她重新失去双手。她跑啊,跑啊,在那浓密的山林里,在陡峭的山路上,在险峻的悬岩前,她无暇顾及地拼命往前猛跑,直跑得气喘吁吁,满头大汗。她一直跑进密林深处,确信来到了人迹罕见的地方,才松了口气,在一棵大树下坐了下来,让疲累的身体休息一会儿,给怀里的孩子也喂点奶。

要在这深山里住下来,必须找个安身的巢穴,洛珍便在森林中到处寻找山洞或者树穴。她登崖攀树,钻林涉水,找了好一阵,终于在一个大岩壁下找到一个山洞,便在那里住了下来。

从此,她用自己的双手采摘野果、野菜以及草根、蘑菇来充饥,有时她也能找到一些小动物,找到一些鸟蛋,让自己的身体得到点补养。晚上,她就抱着孩子睡在铺着干草的山洞里。她就这样像野人一样过起了与世隔绝的生活。她靠自己的双手,终于让自己和孩子平安地活下来了。

在洛珍被赶出宫后不久,王子在前线取得战争的胜利后凯旋回宫了。他一进宫门,就迫不及待地要去见他的妻子洛珍。可是找遍所有殿堂房舍,都没有见到洛珍的影子。他来到国王跟前,向国王请了安,然后问道:"父王陛下，儿媳洛珍哪里去了？"

国王惊愕地说："怎么，你不是回信要赶她出宫吗？她早已不知去向了！"

王子痛苦得几乎昏了过去，说："不，我信上明明写着，不管她生了什么怪胎，都要留她在宫里，我没有说过要把她赶走啊！"

"什么，什么怪胎？我给你的信里不是说她生了个可爱的男孩儿吗？"国王更加惊奇了。

"不，父王你给我的信还在这里。您说她生了个狗崽，说是个妖精，问我怎么处置她。我回信中要求您不要杀她，也不要赶她出去，可您怎么就赶走了她？"王子说着拿出一封信来递给国王。

国王看了那封信，更加惊诧地说："这哪里是我写的信？简直见了鬼！"他连忙找出王子写来的信，叫王子看，"你看，你的信是怎么写的？"

王子见那封信也不是他写的，心里已经明白有人在从中捣鬼，便对国王说："父王，咱们上了坏人的当了，这两封信都不是我们写的，一定是被什么人偷换了我们的信。"

国王想了想说："啊！不错，是有人偷换了信了。快把那送信的人叫来，要好好审问他，一定是他捣的鬼。"

送信人被叫来了，不管怎样审问他，他都说没有偷换过信，也不知道是谁偷换的。国王见审问不出什么结果来，气得他大声呵斥道："好大胆的奴才，你不说实话，我就把你杀了！来人，把他拉出去宰了！"

王子忙劝道："父王，请息怒，您把他杀了，这件案子就无法查清了，留他一条命，让他好好想想，在送信途中，曾经同什么人打过交道，曾向什么人讲过宫里的情况。这样，我们也许能把案子查出来。"

国王答应了王子的请求，叫人把送信人带下去关在狱里。

王子又请求国王派人到处找洛珍母子俩。他自己也带了些人，沿着送信人走过的路，一路仔细查问。这天晚上，正巧他们也来洛珍后娘家里投宿。女主人见王子到来，立刻热情地招待他们。她想，王子亲自来到家里，这是个千载难逢的好机会，是我女儿的好运来了。她便叫女儿打扮得漂漂亮亮的，出来给王子倒茶敬酒。

王子因为心里一直在挂念着洛珍，对她母女俩殷勤献媚的行为毫不理会，反而问道："几天前，你们可曾见到一个断了双手的女人来过这里没有？"

"啊！断了双手的女人？没见着呀！"女主人暗暗高兴，她知道她写的那封冒充王子口气的信已经见效了，洛珍确实被赶出宫门了。她接着问道："听说殿下夫人是个没有双手的女人，殿下要找的就是她吗？"

"是呀，我就是来找她的。"

"怎么？她干嘛不在宫里，要殿下亲自劳驾来找她？"女主人明知故问。

"因为有人要陷害她，假冒我的名义，写信给父王，说我不爱她，请求父王把她赶走。父王不辨真伪，以为那封信是我的亲笔信，就赶她出宫了。不知她现在在什么地方，也不知是活着还是死了。我一定要找她回来，就是死了，也要找回她的遗体。"

"啊！原来是这样。不过，殿下这样高贵的身份，为一个断了双手的女人劳神，还那么痴心念着她，那又何苦呢？世上有那么多美丽的姑娘，还怕殿下找不到一个？"

王子从她这句话里，仿佛窥见了她灵魂深处的丑恶，不免气愤地说："主人家，你这话是怎么说的？一个人哪能没有一点情义？要是人人都只顾自己，毫不关心别人的痛苦，都那么无情无义，丧失了人性，不讲道德，那么这世界还成什么样子？不就要变成妖魔的世界？"

女主人见王子动了气，不敢再说什么了。她原来打好的主意，现在看来光用嘴说是不成了。她认为最了不起的英雄人物，在漂亮女人的诱惑下，也会失去他的理智而被女人征服的。

当晚，王子和他的随从们吃过晚饭就要睡了。女主人早已布置好了，她把随从的铺位安排到大伙房里，却把王子领到一间内房门口，恭敬地说："请殿下就在这间房里安寝。"说罢转身走了。

王子推门走进去，房里点着一盏酥油灯，在昏暗的灯光下，依稀可见靠窗有一张床，床上堆着的被褥还没有铺开。他走到床前，正要铺开被褥，忽然门又被推开了，进来一个姑娘。他借着微弱的灯光，看出是女主人的女儿，心里微微感到不安。姑娘走到王子跟前，不胜羞怯地轻声说："王子殿下，我母亲让我来侍候您。"说着就把床上的被褥铺好,腼腆地站在一边说:"殿下请安寝吧!"她转过脸去望着窗口,仍旧站在原地不动。王子见她这个举动,以为她要等他睡了才走开,便脱下靴子和皮袍,穿着内衣内裤上床睡下了。可是她还是静静地站着不走,这可叫王子更加纳闷,猜不透她为什么要这样。只好说道:"谢谢你!姑娘,你自己去睡吧。"

姑娘没有回答,也不见她挪动一步,却听见她在轻轻地抽泣。王子更加奇怪了,便坐起来问道:"姑娘,你怎么啦?为什么要哭啊?"

她抽泣着说:"殿下,我不敢走出这个房门,母亲叫我陪着王子过夜,可我哪能亵渎王子圣洁的心?我知道殿下的为人,您对我姐姐洛珍的爱是超过常人的。我为姐姐得到您的爱而万分高兴,可她却遭到如此险恶命运的磨难。如今不知姐姐是否还在人间?而殿下仍以深沉的爱亲自远道寻找,我为殿下这种高尚的德行而感动。但愿姐姐幸遇好人搭救好好活在世上,愿殿下能找到姐姐,实现你们夫妻破镜重圆的心愿。我做妹妹的心也才能安定。"

"好姑娘,你真是一个善良的姑娘,我感谢你对你姐姐的同情,还是不明白你姐姐那双手是谁砍掉的,她一直瞒着没告诉过我,我也无法为她去追究。我想,你是她的妹妹,一定会知道点底细。当你姐姐被人砍了手,流浪在外的时候,你们母女俩怎么就不知道?也不为她去申冤?难道你母亲就不心疼自己的女儿?"

"殿下有所不知,姐姐不是我母亲的亲生女儿,她是我前娘生的。前娘早已去世,她从小是我母亲抚养长大的。至于姐姐被砍了双手的事,我怎能不知道?但我不敢说。"她的声音有些发抖了。

王子已经觉察到一点,便说:"你不用害怕,就把这件事的缘由说出来,我会保护你的。"

"不,我不是害怕我自己遭难,我是怕殿下知道是谁砍了姐姐的手,你就会把谁抓去治罪,所以我才不敢告诉你。"曲珍回答道。

"为姐姐报仇?可那个人也是我的亲人呀!"曲珍又哭了起来。"殿下,我求求你,宽恕那个人的罪过!我就告诉你那个人是谁,请让我为她替罪吧!"

"让你去替罪?那有什么用呢?这不是亵渎我们的王法吗?姑娘,你不愿说，我也不强求你。你要相信我们总有一天会查出来的。"

半夜了，酥油灯也快要熬干了，王子见姑娘仍旧站在原地不动，便又劝她回去睡觉。可她还是说："我怕母亲会责备我，让我就在这里待着吧。"

"好吧！那你就坐到床上来，咱们就这样坐到天亮。"王子无可奈何地说。

几个月后，王子派往各地去寻找洛珍的人都陆续回来了，他们谁也没有找到她们母子俩。

王子在宫中总是郁郁寡欢，身体也瘦下去了。国王见王子这个样子，心里也很难过，便想给王子另找一个美丽的姑娘做媳妇，王子硬是不同意，他觉得曲珍姑娘对他和洛珍的祝愿会实现的。每天晚上他都会梦见洛珍带着孩子同他见面，有时还梦见洛珍并没有断了手，他们牵着手在花园里散步，在果园里摘果子吃，或是骑着马在郊外打猎。白天，他总喜欢回忆那些梦境，于是便不由自主地会走进当初发现洛珍的果园，有时他又会骑上马来到山林里，寻找梦中同洛珍狩猎的地方。

几年过去了，王子一如既往，时常上山打猎。一天，他同三个随从在一座山上打了一整天的猎，只打到几只野鸡。太阳将要落山了，他们准备返回宫去，突然在不远处发现了一个獐子。王子一箭射去，正中獐子的颈项上，那只獐子并没有倒下去，却带着箭朝前跑了。他们紧追不舍，一直追过了几座山梁，又追进一条深谷，追到一片茂密的森林里，天也已经黑下来了，那只獐子钻进密林里不见了。

几个人看看天色已经全黑了，要返回宫去，无法辨认路径，他们只好决定在这山林里过夜。可是住在露天里又怕下起雨来，便摸着黑去找个能避雨的地方。忽然发现不远处有闪闪烁烁的火光，以为那里一定有人家，便高兴地朝火光的方向走去。谁知走到一座山崖下，发现火光却是从山洞里透出来的。他们知道有火光就必定有人，便一齐走进洞去。

山洞刚刚有一个房间大。他们一进洞，看见火堆旁坐着个女人和一个孩子，那女人惊吓地搂着孩子望着他们。在火光的映照下，王子一见那女人，高兴得差点叫出声来喊："洛珍啊，你在这里吗？……"但他看见那女人伸出一只手在往火上添柴，便立即醒悟过来：那不是洛珍，人家是有手的！可他怎么也不相信世上还会有一个跟洛珍这般相像的女人，看她那相貌，那动作，无一处不像洛珍。他哪能想得到洛珍断手复生的奇迹！

这一边，洛珍看见进来几个男人，正吓得不知怎么办好。忽听一个人说："啊！大姐，是你们住在这里？请让我们在这里借住一晚。你不要害怕，我们是好人。"

她这才放下心来，仔细打量了他们一下，见其中一个正是她又想念又气又恨的王子。她知道他见了自己也不会认出她来，因为她现在有了双手。只要他认不出来，那么她是决不愿意同他相认的。既然把她抛弃了，现在自己长了新手，又何必再去向他求爱呢？她就这样想着，一声不响地观察着他们。

几个男人围坐在火边，拿出带来的干粮和打到的野鸡，拔掉野鸡的毛，剖开肚子，就在火上烤着吃起来。王子撕下一只野鸡腿，又拿出一块馒头递过来，说："大姐，请你也尝尝我们打的野味。"

她也想尝尝，好久没有吃过这些东西了。可是她想：我还接受他的施舍吗？他已经把我抛弃了；我还吃他的东西吗？那可比狗不如呢。她摇摇头说："谢谢您！王子，如今我不必接受别人施舍了。"

王子当然听不出她话里的意思，但在内心隐隐感到她说话声多么像洛珍啊！不禁一阵激动，但相认的念头立即又被那双好看的手打消了。

他们吃完东西，便各自脱下皮袍做被子睡了。由于劳累了一天，他们一倒下便睡熟了。

洛珍和孩子还坐在火堆边烤火，她给孩子讲故事消磨时光。夜深了，她们也要睡了。她发现王子在睡梦中翻了个身，把身上的皮袍掀在一边，露着只穿一件单衣的脊背。她想："唉！他要着凉的，给他盖好吧。"但她没有动，觉得自己不配了。便对孩子说："孩子，你看他把皮袍掀开了，你给他盖好，他是你的父亲。"

"啊，阿妈，他是我的父亲？那怎么他刚才给我们东西，你不要呢？"孩子疑惑地问。

孩子不再说话了。走过去给王子盖好皮袍，就偎在母亲怀里睡了。

第二天，王子他们辞别了母子俩。路上，一个随从对王子说："殿下，我看那山洞里的女人，就是殿下的夫人。"

"不，不，你以为她长得像洛珍，其实人家有一双好手，怎么会是我洛珍呢？"

"殿下，你听我说，昨晚上我们正睡着的时候，我没睡熟，大概是你把袍子掀开了，那女人看见担心你会着凉，我听见她对孩子说你是孩子的父亲，叫孩子替你把被子盖好。孩子问她既然你是他的父亲，为什么不要你给他们的东西。她说因为你赶走了他们，所以不能要你的东西。"

"不会有这样的奇事吧？想必是你在说谎，断了手的人怎么又会有一双手？"

"殿下，我哪里敢对你说谎呀！确确实实听见她这么说的。"

"要不就是你在做梦罢了。"王子还是不相信。

"也不是我在做梦，殿下不信，咱们明天再去那里试试看。你可要装着睡熟了，亲自听听她是怎么说的，你就会知道了。"

王子带着随从第二次来到山洞里。他们还是像前次那样，吃了饭就睡觉。王子要亲自听她怎么说，装着睡熟了，故意打着鼾声，过一会儿还翻了个身，把皮袍往一边掀开，然后侧着耳朵听。

洛珍见状，对儿子说："唉！孩子，你看，他又把袍子掀开了，别让他着凉，快给他盖好，他是你的父亲呀！"

"阿妈，他是我的父亲，那为什么要把我们赶走呢？"孩子愤愤地说。

"谁知道？也许嫌我没有手，想找个比我更美的人做他的妻子罢。"洛珍慢慢说道。

"我不懂，阿妈那时没有手，现在怎么又有了呢？"

"孩子，你阿妈这辈子可受够苦了，阿妈原来的手是被我后娘，也就是你的小外婆被砍断的，后来是王子可怜我，把我娶做他的媳妇。不久，生了你后，不知为什么他又把我赶走了。多亏咱娘俩遇上湖水仙子，当我走进湖里寻死的时候，我的一双手又生出来了。如今，咱娘俩就靠这双手活下来了。可我心疼你，有父亲也不能认。唉！那都是咱们的命不好啊！"

王子一边听着一边激动得泪流不止，听到这里，再也耐不住了，一下子翻身起来，拉住洛珍的手说："我的洛珍啊？我可找到你了！"

洛珍抽出自己的手说："我不是你的洛珍，你的洛珍已经死了！"说罢竟呜呜地痛哭起来。

王子理解她受委屈的心情，便亲切地说："洛珍哪，我知道你在恨我，你以为是我把你赶走的，你受了苦，几乎丧了命。其实你又怎么知道我因失去你而经受的内心痛苦？自从我回宫发现你被赶走后，我的心就像被你带走了，每时每刻都在悲愤郁闷中度过。为了找到你，我走遍了山山岭岭，访遍了村村寨寨。有时我也以为你已经离开人世，再也无法找到你了。父王也多次劝我死了这条心，另找新人为妻，可我哪还有另寻新欢的心思？现在咱们分离也有三年多了，我一直盼着能找到你，今天终于在这里找到了。你对我的恨，我是理解的。但只要你一回到宫，你就会明白你出走的风波是怎么回事。洛珍啊！我们再也用不着悲伤苦闷了，应该庆幸我们的重逢，庆幸你的断手复生，庆幸我们有了可爱的孩子。回宫去吧，洛珍，当晨光刚从东方升起的时候，我们就离开这里，回到我们曾经在一起生活过的宫中，让父王和母后心里高兴。我们要把残害过你的人抓来治罪，让人民知道作恶的人没有好下场。我们要让人民过上好日子；让我们的爱情，重新在那茂密的果园和秀丽的花园里，在郊外狩猎的坐骑上，在繁华的街市上开出鲜艳的花，结出丰硕的果实吧！"他说到这里，抚摸着在母亲怀里的孩子蓬松的头发说："啊！孩子，我的亲骨肉，来吧，让阿爸亲亲你。"

孩子害怕得紧紧偎着母亲，小眼儿睁得大大地盯着他。母亲怜爱地说："去吧，孩子，亲亲你阿爸，让阿爸高兴。"

孩子这才腼腆地凑过脸去，让王子尽情地亲了一下。

这时，几个伙伴早已醒来，在旁默默望着他们夫妻父子重逢的幸福场景，不免都激动得流下泪来。

搜集整理：泽旺仁增

流传地区：云岭乡

太阳金山

从前有两兄妹,哥哥叫桑主,妹妹叫珠玛。爹娘死后,兄妹俩互相体贴、相依为命,靠种地过日子。

过了几年,哥哥结婚了。

新嫂子接到家,便对丈夫说:"珠玛的身上生着疮,我看,这种疮很容易传染、蔓延。"桑主说:"珠玛身上生的疮,是一般的疮,不会传给旁人,今后我们有钱了,就给她求医治好。"

过了几天,珠玛干活回来,屁股还没落座,嫂子就生气了。她对桑主说:"珠玛身上生的这个疮,不是一般的疮,是麻风疮,我们不能住在一块。这样好了,你要和我做一辈子夫妻,就叫珠玛滚出门;你要护着珠玛,我只得回娘家,免得外人说我容不得妹妹。"她一边说,一边收拾东西,装做要走的样子。

媳妇的这一招,使得桑主心慌意乱。桑主双手搂着媳妇,求她说:"我的好妻子啊,你不能走,只能叫珠玛走。"于是,珠玛被赶出了家门。

珠玛往哪里投宿呢?她找到一个茅房住了下来。早晨,珠玛带上砍刀、绳子,上山砍柴。太阳偏西,她背柴到人家卖,换回一点东西煮着吃。日复一日,过着艰苦的日子。

一天,下起了大雪,珠玛无法上山砍柴,只好饿了一天。雪化了,珠玛又上山了。她走着,走着,走到一棵大松树下,饿得再也走不动了,便坐下去,迷迷糊糊地睡着了。

太阳落山了,珠玛仍然打着鼾声,直到第二天早晨还没醒来。

成群旋转的大雕,一只只飞落在大松树上。它们看见珠玛正在酣睡,便飞到她身边,"太阳金山,太阳金山"地叫个不停,它们拍着翅膀,又跳,又唱,喧闹声响彻山林。

它们跳够了，唱够了，就一起把珠玛叨到太阳金山上。珠玛睁眼一看，整个山亮晃晃的，地上堆着黄澄澄的金子。金子有方形的、条形的、圆形的……珠玛睡在金窝里，分辨不出是什么地方。

雕飞走了，珠玛顺手拿了一块金子，高高兴兴地下了山，珠玛回茅草房。不久后，盖了房子，结了婚，买了田地，过上了幸福美满的好日子。

嫂子看到珠玛家景的变化，心中疑惑不解，她逼着桑主去问珠玛。

桑主无可奈何，只好去问珠玛。珠玛为人忠厚老实，她热情接待了哥哥，并把自己的经历一清二楚地告诉了哥哥。桑主听了，十分高兴，两步并作一步，急忙跑回家，一五一十地向媳妇做了汇报。

媳妇听了，满脸笑容地说："原来没有什么奥妙，我们何不去试试呢？"

桑主学着妹妹的样子，去上山砍柴。

有一天，桑主故意不吃饭，空着肚子上山，照样走到那棵大松树下，假装睡着了。

桑主偷偷眯着眼睛，翻来覆去，好不容易熬到天亮。

果然，成群旋转的大雕，飞落到大松树上，它们看到桑主在鼾睡，又飞到他身边，大声嚷着："太阳金山，太阳金山。"它们拍着翅膀，跳着、唱着，然后，同样把桑主叨到太阳金山上。

桑主睁开眼，看到金子，高兴地跳了起来。贪心的桑主，一会儿拿方形的金子，一会儿拿条形的金子，一会儿拿圆形的金子，始终觉得不满足。

突然，太阳出来了，桑主被太阳活活烤死了。

桑主死了，金子却没得到，媳妇听到不幸的消息后，伤心过度以至于生起病来。

不到几天，嫂子的病势愈来愈重，去找珠玛求救。珠玛慷慨地说："嫂子莫着急，我一定帮你治好病；就是卖掉房子，也要把你的病治好！"

珠玛到处求医，终于找到了仙丹妙药，医好了嫂子的病。嫂子动情地说："妹妹，我真对不起你！"珠玛也原谅了嫂子。

搜集整理：徐祖德

流传地区：燕门乡

诚实能使沙变金

古时候，有一对夫妇，丈夫老实巴交，妻子却是个贪得无厌的女人，常想不劳而获。

有一天，妻子恶狠狠地对丈夫说："天底下所有的男人，哪有不去偷东西的？只有你天天待在家里，所以咱们家穷得连一顿好饭也吃不上。今晚你无论如何要去偷东西，不然就别想进这家门。"在女人的威逼下，丈夫不得不去偷东西。一走到门外，天空中皎洁的月亮好像在盯着他。他望望月亮，自言自语地说："人不见，月亮却盯着我，我不能去做伤天害理的事。"说着便悄悄地转回屋里睡了。

第二天，他妻子又逼他去偷。他只好拿着一个口袋，来到一块蔓菁地里，抬头往天上看，一闪一闪的星星好像千万只眼睛在盯着他。他又自语道："人不见，天上的繁星在盯着我。"说着又回到家悄悄地睡了。

第三天，那狠毒的妻子又逼他去偷。他来到一块包谷地里，心虚地望着天空。正好天空的云儿渐渐散去，天空飘荡的云儿仿佛躲在暗处监视着他的举动。他又摇头叹息道："啊呀！人不见，天上的云儿见，这件事万万做不得。"他又返回家里睡了。

一连三次，他什么东西也没偷到，遭到妻子的辱骂，说他没出息，不是个男子汉。还说如果再偷不到东西，就各走各的。

第四天，到了晚上，他又只好出去偷了。他钻了好几家的门，见到这家的东西，刚要拿，想起那是人家劳动挣来的；见到那家的东西，刚要拿，又想起那是人家用血汗换来的。他从来没有拿过别人的一针一线，如果要偷走别人的东西，他下不了手。但是今晚不偷件东西回去，妻子绝不会饶他。怎么办？拿自家的东西去应付吧，又怕妻子认出来。忽然想起一个办法，便来到河边，灌了满满的一袋沙子背回家。妻子见丈夫汗流满面背回一袋东西，喜得满脸堆笑地迎上去，问："亲爱的，你今天得到什么好东西？这么沉重的袋，把你累成这样子。"他神秘地对她说："这都是金子，是从国王的金库里偷来的。现在不能打开，把它藏在屋里。要是一旦让国王发现了，咱们就没命了。"说着，把那袋沙子藏进了屋里。

日子一天天过去了，也没听到国王追究金子被盗的消息。妻子认为国王家金子堆积如山，还在乎少这点金子吗？想着就进屋去把那口袋打开，一看，高兴极了，真的满袋全是黄澄澄的金子。她问丈夫："你是怎样进到国王金库的？那里不是有很多武士守得严严的吗？"

丈夫说："其实，那晚上我背来的是一袋河边的沙子，今天为什么会变成金呢？这就是说，不拿别人的一针一线，靠自己辛勤的劳动，再穷，老天爷会保佑的，诚实的人能使河滩上的沙子变成金子。"

从此，他的妻子也像他一样不再想去偷东西了，变成了一个诚实的贤妻良母。

讲　　述：阿东尼玛
搜集整理：赵四九
流传地区：德钦县阿东村

一盘金磨

从前,有个人背着一盘金磨,他在路上慢慢地走着。他被沉重的金磨压得喘不过气来,汗流浃背。

他走呀走,累极了,就在一块大石头上休息。在休息的片刻,他总要把金磨看个不停,还自言自语地说:"我的金磨啊!我很喜欢你,为了你,我费尽了全部力气,你乖乖地给我回家吧。"夜幕降临了,他背起金磨慢慢地又上了路。他越走越累,越走越饿,差点昏跌在路旁,但他还是强忍着赶路。走了一程,隐约看见远处一个村子,当晚他就在这个村子里过夜。

第二天,他又背起金磨慢慢上路了。他走呀走,累了就想休息一会儿,当他正要放下金磨休息的时候,迎面走来一个骑马的人。他看到骑马的人如此悠闲,又看看汗流满面的自己,相比之下认为骑马可以游山玩水,自己要享福,非有一匹马不可。他想象自己骑着一匹骏马,奔驰在千里平原上。他羡慕极了,又悄悄地对金磨说:"我的金磨啊!我很喜欢你,可是我更喜欢这匹马。"他身不由己地走到骑马人面前说:"能不能把你的马和我的金磨交换?"那人二话不说,高兴地和他交换了。

可是骑马不是他所想象的那么容易。他一骑到马背上便被马摔下来,骑上去又摔下来,经过几番苦练才勉强学会了骑马。

时间一天一天的流逝而去,他对骑马越来越感到厌烦了。

有一天,他骑着马在山间的路上走着,忽然听见从远处传来了悠扬的笛声,听着听着简直入了迷。于是,他快马加鞭地跑到吹笛子的牧人面前,说:"能不能把你的笛子和我这匹马交换?"那人二话不说,高兴地和他换了。

他拿着这只笛子,吹了又吹,怎么也吹不出一首有节奏的曲调来。他很着急,但他还是不懈地练习吹笛,最后终于学会了吹笛子。

有一天,他吹着笛子在路上走着,忽然从远方传来了悠扬的歌声,歌声娓娓动听,他很羡慕这唱歌的人。他想:"要是我也能唱这么一首歌那该有多好哇。"他实在羡慕,就跑上前去,看见一个婀娜的少女正坐在一棵大树下唱歌。他走上前腼腆地对少女说:"我能不能把笛子和歌交换?"他一再解释说:"我把笛子给你,你把刚才唱的那首歌教给我。"她点点头说:"我是个女的不会吹笛子,不过你愿意换也可以。"他跟少女囫囵吞枣地学了几遍就说:"我会唱了。"他向少女道个谢就走了。

他一边走一边唱,走着唱着,一不小心,脚踩在一个坑坑里,便仰面朝天跌了一跤,等他爬起来要唱歌时竟把歌词忘了。

这时他悔之莫及,遗憾地说:"金磨换马,马换笛子,笛子换歌。歌已忘(完)了。"两行热泪顺着他的面颊流下来。

搜集整理:李寿英
流传地区:升平镇燕门乡

阿克主通发了财

很早很早以前，在一片茂密的原始森林边，住着母女俩，她们以放牧为生。一天，她俩放牧归来，在圈里清点牛羊时，发现一头既不像牛又不像羊的动物。仔细一看，原来是只老虎。她俩害怕，就急匆匆上楼把门顶死。然后偷听圈里的动静，但很长时间没有听到任何声响。

母亲对女儿说："孩子，看样子老虎不是冲着圈里的牛羊而来，而是在打我们母女俩的主意，我们又逃不出去，只能在这里等死。与其这样胆战心惊地待着，还不如美美吃上一顿饭，临死之前最后享受一次人间的甘甜。"

女儿便烧起火，把平时留着招待客人的甜荞面拿出来，烤了两个大大的粑粑，拿出一大饼酥油放在锅里化后准备蘸吃。那口锅本来只通着一个小洞，可刚才安锅时不小心，锅底撞在架锅石上，洞比原来大多了。因此，酥油一化便从洞里漏了出来。女儿大声叫了起来："阿妈，锅'萨'了！"（"萨"为藏语译音，汉语"漏""刺猬""吃"等词，藏语均读"萨"）母亲回答女儿说："'萨'就让它'萨'吧，反正它'萨'不了多少。"

俗话说："大鹏居老虎之上而居刺猬之下。"刺猬因披一身箭而被称为"兽中之王"。在圈里的老虎没听清楚楼上母女的对话，它把女儿说的话听成："刺猬来了！"把母亲说的话听成："刺猬要吃就让它吃吧，反正它吃不了多少。"老虎听后，以为刺猬来吃牛羊，顿时毛骨悚然，以为自己将要被刺猬当牛羊吃掉。正当老虎要偷偷地逃走时，模模糊糊见一个黑乎乎的家伙跳到自己背上来。老虎以为是刺猬，害怕得不敢声张，小心谨慎地驮着"刺猬"离开了牛圈。

老虎摸黑在大森林里走了一个夜晚，却未感到"刺猬"伤到自己一根毫毛。但仍然提心吊胆，没敢轻举妄动。天蒙蒙亮时，老虎来到一棵大松树下突然感到背上的"刺猬"离去，树上发出"唰唰唰"的响声。

老虎想："刺猬"上树并非让我逃生，可能是看我还去不去再干那伤天害理的事。唉！如果我昨晚不生那邪念，也就不会有今天这样的下场了。老虎想着想着，不禁蹲在树下伤心地抽泣起来。

这时，各种野兽都出来找食吃。大家见老虎蹲在大树下抽泣，都问老虎是什么原因。一听老虎说树上有"刺猬"，个个都吓破了胆，纷纷围着老虎不敢出声。

一会儿，狐狸来了。它老远就高声嚷了起来："哟，都挤在一起，是在商量什么？"

老虎低声骂道："你少放狗屁，树上有'萨'！"

狐狸一惊，急忙往树上瞥了一眼，只见一个人影晃动了一下，于是对众兽说："我看不像'萨'，好像是阿克主通。"众兽纷纷摇头，表示不信。

狐狸又对众兽说："大家扶我上去看看到底是谁。如果是'萨'的话，那我叫一声'喂'；如果是阿克主通，那我就叫声'哈哈'。"

于是，力气最大的老熊在最下面，其他野兽一个垒一个地搭起了兽梯，狐狸顺梯爬去，刚爬到"梯"顶，还没来得及抬头看，脖子就被绳子吊了起来，挣扎着连连发出"喂——喂——"的呼救声。

众兽听到狐狸的叫声，都以为树上真的有刺猬，个个失魂落魄，兽梯像山垮了似地垮下来，众兽都被砸死。

原来爬在树上的的确是阿克主通。昨天晚上阿克主通去偷牛，错把老虎当牛骑了出来。天亮时才发现骑着的不是牛而是老虎，爬上树躲了起来。原来想等老虎走后再去逃命，可老虎偏偏蹲在树下不走。后来见狐狸顺着兽"梯"爬了上来，急中生智，解下腰带打上套结，狐狸就这样被活活吊了起来。

阿克主通下树后，把众兽的双耳割了下来，揣进楚巴兜里，牵着狐狸下山而来。刚下山，迎面遇到一队马帮。

阿克主通指着狐狸问赶马的"聪本"买不买"猎狗"，并夸耀说："我这狗是从印度买来的，十分厉害，能撵各种野兽，连熊和老虎都不是他的对手。你看——"说着就从楚巴兜里拿出众兽的耳朵让"聪本"看。

"聪本"见那么多血淋淋的兽耳,信以为真。心想:我要是有这样一只得力的狗,一定会有吃不完的野兽肉,有穿不完的虎皮豹衣,何必像以前那样风风雨雨、走南闯北经商呢!于是把自己的全部牲口连同货驮子都送给了阿克主通,把"猎狗"领走了。

阿克主通赶着马去拉萨经商了。连他自己也没有想到会这样发一笔大财。

讲　　述:斯朵都烈
搜集整理:斯那农布
流传地区:燕门乡

吉劳英娜和阿尖拉吉

在很久很久以前,在东方草原一个强盛的国度里,有个叫烈希的国王,膝下有一对儿女,老大叫吉劳英娜,人们叫她英娜公主;老二叫阿尖拉吉,人们叫他拉吉王子。英娜和拉吉有一个善良美丽的母亲,她十分疼爱两个天真活泼的孩子,常常带他们到五彩斑斓的草坝上游玩,或采摘鲜花,或向放羊娃学唱山歌。草坝是他们的乐园,牛羊成了他们的伙伴,图画般秀丽的草原在他们的心里留下了美好的印象。然而,不幸的事终于还是发生了。

这天,国王外出狩猎去了,王后却得了疾病。等国王赶到家时,王后已奄奄一息了,只见英娜和拉吉跪在其母亲身旁痛哭着。王后见国王归来,缓缓说道:"吉博[①]啦,我怕是不行了,我把两个孩子托付给你,请你替我把他们带大。"国王把王后抱在怀里说:"你是我善良的爱妻,孩子慈祥的母亲,你不能死去,我要请最好的医生来为你治病,你千万不能绝望啊!"

王后说:"吉博啦,你就别为我操心了,再好的药也难以治好我的病,既然命中注定我要先离你而去,我也没什么遗憾,只是对两个孩子放心不下,我死后请你不要虐待他们,一定要把他们抚养成人。为了使我能放心死去,请你在我面前向诸神起誓。"

吉博烈希听后立即焚香起誓,王后这才安详地离开人世。国王请来活佛为王后诵经超度后,把她的尸体抬到一个湖边火化,并把她的骨灰撒在了湖中。

三年后的一天,国王带着两个孩子到湖边来祭奠他们的母亲。在返回途中,从一片大树林中传来一曲悲伤的山歌,国王让两个孩子等在路边,自己循着山歌传来的方向走去。只见在一棵大树下,一个貌美如仙女的姑娘,在一边梳妆一边唱着山歌。

[①] 吉博:藏语,意为国王。

国王上前问道："姑娘啊，你从何处来？为何独自一人在山林中悲伤歌唱？"那姑娘答道："我从天上来，是神仙的女儿，想找个对山歌的人儿，可一直没碰到满意的，因而感到悲伤。"这时国王已被姑娘的歌喉和美貌所打动，又听她说是天上的仙女，便问道："你是否愿做我的王后，我的前妻于三年前去世了，丢下我和两个孩子，如果你愿意，就跟我到王宫去吧。"那姑娘见国王被自己的表演所征服，便答道："我可以做你的后妻，但你必须依我一事，并向神起誓。我嫁给你后，你得一切听我的，要把我当做你的心肝宝贝一样来看待。"国王答应了她的条件，起誓后便把她带回了王宫。

谁知，那姑娘是罗刹魔女变的。只因为她看到烈希治国强盛，又有一对聪明能干的儿女，便心生毒计，变成仙女来到王宫，想寻找时机杀掉英娜公主和拉吉王子，让国王绝后，王国衰落。当她来王宫，看到国王把英娜公主和拉吉王子视为掌上明珠，无比宠爱，更是怒火中烧。

这天，她在王宫中看见两个孩子在宫外的草坝上追逐游戏，便倒在床上大喊大叫起来。待国王进来，只见她面色苍白，手捂肚子在地上翻滚着。国王以为她得了急病，便要派人去请医生，那魔女见国王钻入她的圈套，就急忙说道："我这病就是医术最高明的医生也无法治好的。"国王听后又要派人去请卜卦巫师，那魔女却又说占卜最准的巫师也难占卜出她的病由。只急得国王不知所措。那魔女见时机到了就说道："要治好我的病，唯一的良药就是英娜和拉吉的心。国王曾对山神发过誓，说一切都听我的，待我要像心肝宝贝一样，现在就看你遵不遵守誓言了，如果你要我永远活下来做你的妻子，那你就得亲手把两个孩子的心掏出来让我吃下，否则，我就要死去。"

国王烈希听后大吃一惊，对她说："爱妻，我们膝下只有这两个孩子，他们虽然不是你的亲生儿女，却对你很孝顺，以后我们老了，还得靠他们赡养，万万不可杀了他们。"

国王话刚说完，那魔女便一把抓住他的前襟哭骂道："你这可恶的骗子，当初你甜言蜜语对神发誓，原来都是些骗人的鬼话，现在我命在旦夕，你却置之不理，我与其这样活着受罪，倒不如趁早死去。"说着便一把推开国王烈希，欲将头撞向房里的铁三脚上。国王一把将她抱住，咬咬牙说道："爱妻，你千万别这样做,我再也不能失去妻子,你要吃两个孩子的心,我现在就去给你掏来。"

国王领着两个孩子来到湖边,对他们说:"孩子啊,不是阿爸无情无义,只是你们的后妈快要死了,只有吃你俩的心她的病才能好转,请你们别怪我心狠啊!"说完便抽出腰刀要杀两个孩子。

这时吉劳英娜突然对他的父亲说:"尊敬的父王,弟弟的心是烈性毒药,我的心才是能治百病的良药,只有用我的心才能救活后妈呀。"国王信以为真,像饿雕扑食般抓起女儿就要杀。阿尖拉吉见父亲动手要杀姐姐,急忙抓住父亲持刀的手说:"父王切莫错杀姐姐,她的心是烈性毒药,我的心才是能治百病的良药,只有我的心才能救活后妈,你就杀了我吧。"国王听了便放下女儿准备去杀儿子。这时姐弟俩争执起来,各自说对方的心是毒药,而自己的心才是良药,弄得国王不知该杀哪一个了。

正在这时,天空中飞来四只鸟,大的两只一前一后护着中间的两只小鸟,久久盘旋在国王烈希的上空。吉劳英娜看见这情景,流着眼泪唱道:

尊敬的父王哟,
请看天上的飞鸟。
你能否像那鸟父,
爱那可怜的小鸟?

国王抬头往上一看,所见的情景令他心颤,他的心有些软了。

这时,无边草坝上跑来四只马鹿,大的两只一左一右,护着两只小的。阿尖拉吉看到这充满父母对儿女爱恋之情的场面,也伤心地唱了起来:

尊敬的父王哟,
请看坝子的马鹿。
你能否像那鹿父,
爱那可怜的小鹿?

国王烈希往草坝上一看，只见公鹿和母鹿一左一右护着中间的两只小鹿，在草坝上欢快地奔跑着，他的良心又一次受到了谴责。

刚才的情景使两个孩子想起死去的母亲，于是他们对着湖泊悲伤地痛哭起来。

不一会儿，只听到湖中"哗哗"的响声，湖中露出国王烈希前妻的身影来。她站在国王的对面怒斥道："你这背信弃义的人，我曾请求你别虐待孩子，一定要把他们带大，但才过三年你就要对他们下毒手，你好狠心啊！但我还要再求你一次，请你看在我们往日夫妻的份上，饶了他们，让他们自谋生路去吧。这两颗鱼心请你带回去让那魔女吃吧。"说完便向国王抛出两颗鱼心，随后就隐入湖中不见了。

国王拿着鱼心独自回到王宫，那魔女吃了两颗鱼心后便喜笑颜开，"病"随之好了。

再说吉劳英娜和阿尖拉吉姐弟俩看到湖中的母亲后，便守候在湖边，期待着能再一次见到母亲，可等到第二天他们仍没见到自己的母亲。于是，姐弟俩只好沿着湖岸向远方走去。可这情景恰好又被站在王宫顶楼观赏山水的魔女望见了。于是她又装起病来，并和国王大哭大闹，说不立即掏来英娜和拉吉的心，她就要马上死去。国王百般无奈，只好狠下心来派了一个精悍的猎人，让他带上两条最凶恶的猎狗，去追赶英娜和拉吉。两只凶残的猎狗箭一般冲到姐弟俩身旁，却分别扑到他俩的怀里，与他们撒起欢来。姐弟俩被狗逗乐了，便和猎狗在草坝上玩耍起来。猎人看到两只猎狗和两个孩子如此亲热，心想："如果我把他俩杀了，那不是连狗都不如了吗？"于是他把两只狗杀了取出狗心，然后把自己随身带的食物全部送给了两个孩子，并劝他们尽快离开此地。英娜和拉吉含泪告别了好心的猎人，踏上了远走他乡的路途。

这天，姐弟俩拖着沉重的脚步在一片荒漠中歇了下来，英娜看着饥渴欲昏的弟弟说："好弟弟啊，你在这儿好好歇着，姐姐去给你找点水来。"说完便朝荒漠中走去，她走啊走，一直走了很久也没有找到一滴水，当她返回歇息的地方时，却再也找不到自己的弟弟了。

原来，弟弟拉吉左转右等还是不见姐姐回来，以为姐姐遇到了不幸，就伤心痛哭起来。就在这时一位聪本赶着一群骡马经过此地,发现有个小孩儿被困在这里,就把他带走了。

几年过去了,拉吉长成一个英俊的小伙子。他跟着救他的聪本跋山涉水,来到了另外一个国家。

这天,他们听当地的百姓说这个国家的国王要用大象来招选驸马。细细一打听,才知道这只大象是只能占卜善恶的神象,只要它选中谁,就会在谁的面前站立不动,那么,这人就是国王的驸马了。好心的聪本听了后,心里顿时有了主意,他说服了跟随自己多年的阿尖拉吉,找来一条麻袋要拉吉钻入里面,然后把口子扎好,把它放在路旁的一个树洞里,自己站在树前默默祷告了几句,便独自走了。

招选驸马的时刻到了,只见那只神象旁若无人地穿过喧闹的大街,晃晃悠悠地来到藏有拉吉王子的树下,便站立不动了。跟在大象后面的侍者觉得有些奇怪,他来到树下仔细一看发现树根下有个洞,洞里放有一只鼓鼓囊囊的麻袋,他连忙拖出麻袋解开一看,出现在眼前的竟是一个英俊美貌的小伙子,这时他才明白了神象站在树下不动的原因。于是受尽苦难的阿尖拉吉王子转眼间成了异国国王的驸马。

再说吉劳英娜公主和弟弟失散后,便四处讨饭,一路寻找着自己的弟弟,数年后也来到这片异国土地。

阿尖拉吉王子自当年与姐姐失散后,心里时时都在思念着自己可怜的姐姐。这天,他正在宫楼上想着心事,忽然听到窗外传来一阵忧郁的歌声,拉吉感到这歌声十分耳熟,再仔细一听,这不是英娜姐姐的声音吗?难道她也来到了这里?拉吉连忙叫来侍从,让他去问问那唱歌的姑娘是不是自己的姐姐英娜。那侍从来到宫门外,只见一个破衣烂衫、面容憔悴的女人站在广场上唱歌,便认为那只是一个讨饭的乞丐,肯定不会是驸马的姐姐,便什么也没有询问就回到宫里对拉吉说:"驸马,那是一个穷要饭的,不是你姐姐。"拉吉心想:姐姐的声音自己是不会听错的,一定是侍从没有下去仔细询问,他连忙来到宫外查看。于是,这对失散多年的骨肉姐弟俩终于在异国他乡团圆了。

至此，拉吉把自己的真实身份和他们姐弟俩的遭遇详细地告诉了国王，国王听后十分震惊，非常同情他们的不幸，并提出要派兵攻打烈希王国。拉吉谢绝了国王的好意，提出了姐弟俩回国报仇的要求。国王答应了他的要求。临走前，国王送给拉吉一把长弓和三支利箭："我让神象卜了卦，它说那女人是无恶不作的罗刹魔女变的，她的眉心有一颗黑痣，那是她的致命点，你要记住，只有用这利箭射中她的眉心上的黑痣，才能将她置于死地。"

再说，劳吉英娜和阿尖拉吉逃走后不久，烈希国王就被那魔女弄瞎了双眼，赶出了王宫。这天，罗刹女听说拉吉姐弟俩回来了，知道凶多吉少，就骑着战马前来迎战。拉吉王子见那魔女策马奔来，便张弓搭箭，拉了个满弦，一箭向她射去，那魔女见一支利箭射来，把头一低，这箭擦着她头皮飞了过去，把她吓了一跳。这时，王子的第二支箭又射了出去，可惜这箭又射低了。王子见两箭都没有射中那魔女，便祈祷说："至高无上的天地之神啊！我要用这最后一支箭，除掉这魔女。如果我射高了，就请天神把箭往下压一点；要是我射低了，就请地神把箭往上抬一点。"说完便瞄准那魔女眉心用力把箭射了出去，这箭不偏不斜，正好射在罗刹魔女的那颗黑痣上，只听那魔女怪叫一声，栽下马来死去了。

劳吉英娜和阿尖拉吉终于回到了生养他们的王宫。阿尖拉吉当了国王后，派人找回双目失明成为乞丐的父王，从此，这片东方草原的国土又走向了欣欣向荣。

讲　　述：汪吉
搜集整理：赵四九　李力能
流传地区：升平镇

三兄弟的故事

有三兄弟,父亲给他们每人一百个银元,让他们外出去学艺。九个月后,兄弟三个陆续回来了。老大学了银匠、老二学了木工。老大、老二不仅学来了一手好手艺,还赚回来不少钱,乐得父母合不拢嘴。可老三却使父亲格外生气,原来老三在外出学艺途中,父亲送他的银元被人偷去,于是他干脆学了小偷。

父亲认为这是土匪干的勾当,是不能容忍的,他想杀了老三,但又不忍心儿子死在自己的手里,于是他想出了一个办法。

这天早晨起来后,父亲对老三说:"今天你去隔壁家,把那老头的茶罐偷来。如果偷不回来,那你就别回家,我也就当没有你这个儿子。"

父亲对儿子一番交代后,悄悄到隔壁家对老人说:"老阿爸,我让老三出去学艺,可他学不成器,学来了偷盗的本领,真丢我的脸,留着他将是祸患。今晚我让他来偷你的茶罐,就请你趁机把他杀了。"老人同意了。

天黑后,老人磨好斧头,把门虚掩上,自己持斧躲在门的背后,专等隔壁家老三来做盗。而老三没有直接进去盗茶罐,而是先偷了只鸡,把鸡杀后取出肠子,洗干净,然后在房背后搭了根椽子,顺椽子攀越上了房顶。他把鸡肠子一头从天窗放下去,把肠头的嗉子垂进茶罐里,然后对着鸡肠子吹起气来,鸡嗉子膨胀后,正好卡在茶罐里。他轻轻地提起鸡肠子,茶罐便像鱼上钩似的被他提了起来。

那老头等了一个通宵,仍没见隔壁老二来盗东西。天亮后,老头来到火塘边,烧好火准备煨茶时,发现茶罐不翼而飞了。

父亲见老三真把隔壁老头的茶罐偷到了手,感到儿子已是偷窃老手了,如果不及早除掉他,那将造成更大的后患。于是又想出了一个办法。他先到山后的寺庙里对铁棒喇嘛说:"我儿子学不成器,如今已成了小偷。今晚我让他来偷你,请你多加提防,并趁机把他杀了,到时我一定重礼相谢。"回家后又对老三说:"看来你偷盗的本事真不小,你今天再去把山后寺庙里的铁棒喇嘛背来,但不准伤害他。如果你不把他活着背来,那你就永远别再回这个家了,我也就没你这个儿子。"

天黑后,老三偷了头猪,杀后取出尿泡,把血灌在里面,又拿了一个大口袋便向寺庙走去。

来到寺庙,老三将铁棒喇嘛住的房子挖通一个够一个人钻进去的洞,然后把灌满猪血的尿泡放在洞口,一伸一缩地蠕动着。黑灯瞎火之间,铁棒喇嘛以为那家伙是老三的脑袋,便举起斧头狠狠砍了下去,顿时血溅了一地。他还以为真把老三砍死了,便钻出洞来准备去领赏,可才出洞却进了老三接在洞口的口袋里。

父亲见老三把铁棒喇嘛背来,又生出一计。他到宫里对国王说:"尊敬的国王,我叫儿子外出学艺,而他却学了偷盗。今天晚上我让他来偷你家的金珠子和银珠子,到时请你把他杀了,以防后患。"国王答应了他的请求。父亲回来后又对老三说:"儿子,今晚你去把国王的金珠银珠偷来。如果你能把金珠银珠偷回,那我就把这个家交给你来掌管;如果偷不回来,那你就永远别来登这个家门。"父亲想,这一次老三纵有天大的本事也别想偷回金珠子和银珠子,只有等着去受死了。

这天晚上,国王在第一道门口拴了一条大藏狗,让它来报警;在第二道门口安排了10个武士,让他们一听到狗叫就去抓老三。为了以防万一,睡前他把金珠子放在自己的口中,又把银珠子放在王后的口中。

半夜时分,老三来到宫里,他用糌粑裹的松果丢给了第一道门口的藏狗,那藏狗使力一咬,松果便卡在嘴里,发不出声来。老三顺利地进了第一道门。

来到第二道门口,只见10个武士并排和衣睡着,他一边装模作样地嘟哝着:"阿啾啾,这该死的小偷怎么还不来送死,害得我们活受罪。"一边躺在那些武士的身边。那些武士以为是同伴起夜,根本没在意。等他们睡后,老三把那些武士头上的扎秀一根接一根地拴死,然后走进了第二道门。他神不知鬼不觉地来到国王的卧室，找遍了整个屋子，仍不见金珠子和银珠子。他看国王一眼，国王和王后正酣睡着。当他细看时，只见国王微闭的嘴里透出一道亮光，那正是金珠子。老三想撬开国王的嘴又怕他醒来，于是他用手掌在屁股上一按，放了一个屁，把屁关在掌里。然后，他躲在床脚下，把手掌对着国王的鼻子吹了过去，接着又"咪咪"地学猫叫了一声，国王闻到屁臭说："呸，死猫，臭死了。"国王说着翻了翻身又睡过去了，金珠子却滚落在枕边，老三悄悄地把它拿了过来。他又用同样的办法把王后口中的银珠子取了出来。第二天，国王醒来时发现口中的金珠子不见了，叫醒王后，发现王后口中的银珠子也不见了。他俩翻遍床单仍不见金珠子和银珠子。出来门口一看，武士们正睡得像死猪一样，于是他大声叫嚷起来："饭桶们，金珠子和银珠子叫人偷去了，你们还不赶快起来。"那些武士惊慌失措地翻起身来，而头上扎秀① 因为被拴在一起，就越拉越紧，个个疼得在地上直打滚。王后拿来剪子把他们头上的扎秀剪断，来到第一道门口，只见那藏狗虽然张着大嘴，却叫不出声来。

老三偷回金珠子和银珠子后，心里想：父亲三番五次让我去偷盗，而每次去偷的人家都有严密的防备，看来是父亲和他们串通一气想把我害死，与其这样受罪还不如离家出走。于是，老三离开家，自奔前程去了。

讲　　述：尼玛培楚
搜　　集：斯那泽仁
整　　理：斯那农布
流传地区：燕门乡雨功村

---

① "扎秀"：藏语，一种用丝线缠绕而成的头饰。

真假老爷

康仁老爷是雄狮王国的一大富翁,他放了许多债务,可来还债的人却很少。他想趁自己还走得动的时候把别人欠他的债追回来,好给子孙们留下一笔遗产。不然的话,他以后死了,就无法追回债了。于是,他天天出去追债。

这事被佛主松金知道后,心想:"这老爷成天出门追债,早出晚归,从不见他诵经,如此下去,他将会背叛佛祖,死后也难得再投生。我得让他虔诚从佛,免得他误入恶途。"佛主松金乘康仁老爷出门追债时,变幻成康仁老爷的模样走进了他家里。家里的人还以为老爷回来了,忙着端茶伺候。佛主松金一边喝茶一边吩咐道:"今天真倒霉,我才出门就碰上一个模样与我相似的老人,去追我们家发放的债了。我与他争执,他竟冒充我反来训斥我。真是胆大包天,你们一会儿把门顶死,免得那疯子老头又来纠缠。"

过了一会儿,康仁老爷回来了,可门被关上了。他叫道:"狗儿子们,我回来了,还不快来开门!"

他的儿子在里面答道:"这疯子老头叫嚷什么!我父亲早已回来了,你竟敢来冒充,还不赶快离开。不然,我要放出恶狗来咬你了。"

"瞎了你们的狗眼,我是你阿爸!"老爷在门外骂开了。

"哪来的乞丐,是不是吃了豹子胆?竟敢血口喷人,我眼不瞎耳不聋,蒙着眼睛捂着双耳也能认出我阿爸,你若知趣就赶快走开,要不然我会让恶狗撕破你的皮肉,咬断你的骨头。"儿子威胁说。

"狗儿子,你是不是撞上了魔鬼,连自己的阿爸也认不出来?"

"死老头,休得胡言乱语。"儿子说着便打开门放出恶狗来。那狗见了老爷却摇头摆尾撒欢,和老爷亲昵起来。

这时松金走出门来说道:"有道是强盗蒙上了圣人的面具,也会使敏捷的猎狗上当受骗。可恶的骗子手,还找上门来想干什么?"

　　两个老爷一个指着一个的鼻梁骨吵了起来,各自都自称是老爷,骂对方是疯子、乞丐。儿子细看他俩的相貌,衣着打扮,两个老头就像一颗桃核中掰开的两瓣桃仁,没有两样。这可把儿子给弄糊涂了,他没法认出谁是自己的父亲,只好领两位老爷去请国王评理辨认。国王让他俩说出其家史。真康仁老爷说出了其祖宗九代人的姓氏,假康仁老爷却说出十八代祖宗并讲得头头是道,连真康仁老爷自己也被他说得连连点头。国王也难弄清真相,让康仁老爷的儿子把假康仁老爷领回去,而那真康仁老爷却被赶到山里去了。

　　康仁老爷被赶上山后,来到一个岩洞里安家,成天闷闷不乐。第二天,假康仁老爷对家人说要去追债便走出了家门。可他没去追债,却变成一个格龙来到山上的岩洞旁。他见康仁老爷闷闷不乐地坐在岩洞边,装着很同情的样子问道:"老爷,你为何独身一人坐在这儿?"

　　康仁老爷对格龙说:"我好冤枉哟,我一生操劳,为了我们家族兴旺发达,历尽艰辛,以前曾发放过一些债务,可发放的债却像泼地的水难以收回,我只好亲自去追债。没想到趁我不在家的时候,不知什么地方来了个像我一般年纪一般模样的老头,公然冒充我待在我家。我们去找国王评理,那家伙不知怎样打听到的,他竟说出了我十八代祖宗的家史,而我却只能说出九代,这九代祖宗我都只能说出个大概,而他却说得头头是道。因此,真老爷我却被赶上山,您说我冤枉不冤枉?"

　　格龙听后说道:"哦,原来如此,你不必伤感,我路过你家时,有个与你一般模样的人出门走了。你乘机赶紧回去,到家后别再外出了,你得成天坐在火塘边,焚香诵经虔诚从佛。这样,你生时是康仁家的老爷,过世后也会投生到康仁家。你以前发放的债,就算恩赐给那些穷人的施舍,别再去追了。不然趁你不在家时,那老头又会冒充你钻进你家,那时你又得受冤枉了。"

　　康仁老爷听取了格龙的劝告,回家虔诚从佛了。

　　讲　　述:吉争
　　搜　　集:奔子栏文化站
　　整　　理:斯那农布

傻子的故事

从前有个傻子，小时候从早到晚，在家也好，出门也好，有人也罢，独自一个也罢，总是"嘿嘿"傻笑。长大后，他觉得这样天天笑着有点不好，便去算命。算命先生说："你这个人若是笑了三次后不死，那在你的头上砸三锤也不会死。"

傻子回来后想：我要是待在村里，尽管自己不想笑，但是碰到村里逗人发笑的事那可无法止住笑。只要笑三次我就得死去，与其这样还不如到山上独自待着。

第二天，傻子上山了。走到山腰，他见到山对面有棵大树，大树下有一个土猪窝。此时有个猩猩正用两手抓住树枝把身子悬在空中，用两只脚在挑逗猪。那群土猪愤怒地吼叫着却毫无办法。猩猩闹腾了一阵后走了。傍晚，傻子等土猪进洞睡后，便持刀爬上树把猩猩攀扶的那树枝砍了个快要断的程度。

第二天猩猩又来了，它见土猪们一出洞，便又手扶在树枝上，把身子悬起来，两脚使劲一蹬，突然，树枝"喳"一下折断了，猩猩跌在土猪群里。这下可热闹了，土猪们你啃我咬，即刻把猩猩弄死。躲在不远地方的傻子见这情景后，忍不住"嘿嘿"地笑起来。笑过之后，突然想起算命先生的话，不免又伤心起来。于是，他又向山头走去。

傻子来到山头，往下一看，见到山脚有一条大河。这河两边是一片竹林，河这边与河那边丛生的竹子交错着，搭成了天桥，茂密的竹叶覆盖了整个河面，如果不看竹林的上头和下方裸露的河水，简直看不出这里还有一条河。此时，一群猴子正在竹林嬉耍。傻子下山把河边的竹子全砍成要断的程度，然后再到离竹林不远的一个大石头后面躲了起来。一会儿，那群猴子欢叫着朝竹林"天桥"爬去。只见猴子们纷纷上了竹子后，那竹子天桥顿时"哗"一声坍塌下去，猴子纷纷落进大河被冲走了。傻子见后，又不禁"嘿嘿"地笑了起来。才笑了两声，便马上想到算命先生说过的话，又伤心起来："现在已经笑了两次，就剩下最后一次了，看来不能待在山上，还是回村的好。"傻子朝下游的村子走去。

傻子来到一磨房前，往磨房里一看，只见一头老熊正在舔石磨四周的面粉。他悄悄把门扣了起来，然后把水闸门打开，顿时石磨转动起来。老熊便把石磨转动的声音当做是石磨对自己的怒吼，把石磨不停地转动当做是向自己的挑战，于是便和石磨打了起来。它用双手去抓石磨，反被石磨重重地摔了一跤；它又用嘴啃，满嘴的牙齿反被磨得一颗不剩。老熊虽被惹怒了，却再也不敢和石磨搏斗。它想推开磨房，门又被扣上，只好忍痛坐在一旁看石磨怒吼着转动。这情景被从门缝往里看的傻子瞧见了，傻子看到老熊狼狈不堪的样子，便"哈哈"大笑起来，笑呀笑，一直笑疼了肚子才想到算命先生的话。他一笑猩猩、二笑猴子、三笑老熊，已经笑过三次了，可没有死，心理反而快活极了。如此说来他一定三笑不死，则锤砸脑袋也不会死了。他得意地向村里走去。

回到村里，傻子来找铁匠说："铁匠啦，算命先生说我笑了三次不死的话，那用锤在我头上砸上三次也不会死的，你有本事三锤将我砸死吗？"

铁匠回答他说："傻兄弟，我的锤能使钢铁方的变成圆的，圆的变扁的，你的脑袋又不是铁做的，怎么经得住我的锤砸？你别相信算命先生的胡言乱语。"

傻子不听铁匠的劝告，大声嚷着硬要铁匠用锤砸他的头。他当着围观的人们说，如果铁匠能用锤砸死自己，不关铁匠的事。铁匠无奈举起锤轻轻的砸了一下傻子的脑袋。这一砸傻子头上立刻起了个大包，可他还忍痛对铁匠说："再来一下，使出全身力气！"这时，人们纷纷嚷道："这傻子真是不见尸体不掉泪。"当铁匠第二锤砸下去后，傻子便脑浆迸裂，即刻死去了。

讲　　述：斯那品初
整　　理：斯那农布
流传地区：云岭、奔子栏一带乡村

聪本农布茸姆

聪本农布茸姆是个好心肠的商人,他有两个妹妹,加上他的妻子,全家四口人和睦相处,生活也比较幸福。聪本农布茸姆经常外出做生意,走南闯北,他每次回来都给妻子和两个妹妹带礼物,一视同仁地对待她们。由于农布茸姆很会做生意,家里逐渐富裕起来。

有一天,聪本农布茸姆又赶着马出门去了。一去就好几天,也没有什么音讯。这期间妻子玉珍卓玛思念丈夫,再加上身怀有孕,经常吃不下饭,睡不好觉。大姑子见她不能下田劳动,便不断虐待嫂子,经常只给她吃蔓菁,喝些清茶水。

玉珍卓玛思念成病,造成早产,孩子刚生下来便夭折了,这更增加了她的精神痛苦,她的身体一天比一天瘦弱下去,眼看活不了多久。这天,她把农布茸姆送给自己的新戒指拴在鸽子的腿上,对鸽子说:"我活不了多久啦,请你三年的路程作三个月赶,三个月的路程作三天赶,快去见阿吾①农布茸姆。"

再说聪本农布茸姆这次出门,只想多赚点钱,因而拖延了返家的时间。这天他正在路边停息烧茶,突然一只鸽子飞来歇在马鞍上,鸽腿上拴着一个银戒指,他发现这戒指正是自己送给妻子的定情物,心里突然不安起来,觉得妻子一定有什么事。于是,他从"扎秀"上抽了一根丝线拴在鸽子腿上,让鸽子先飞回去,自己随后夜以继日地往回赶。

鸽子理解主人的心情,昼夜不停地飞呀飞,累得精疲力竭,等飞回农布茸姆家门前时便死了。恰好这时农布茸姆的大妹从屋里出来,见门前的死鸽,便骂道:"该死的不死,不该死的却死了。"边骂边用脚把鸽子踢到墙角。

---

① 阿吾:藏语,意为哥哥。

玉珍卓玛听到骂声，心如刀绞一样难受。她对小姑子说："她说该死的不死，不该死的却死了。你去看看是什么死了。"小姑子出来左看右看，终于看见墙角下的死鸽，她将鸽子抱了回来。玉珍卓玛看见鸽子腿上的丝线，那是几年前自己送给农布茸姆的。见物如见人，玉珍卓玛抱着鸽子高兴地大哭起来。她知道丈夫还活着，悬挂的心得到安慰，病也好多了。但由于身体太虚弱，大姑子又不让给她治病，没过几天，她还是病故了。

农布茸姆历尽艰辛，终于踏上了家乡的小路。大妹听到远远传来了马帮的串铃声，急忙跑出村口来迎接聪本农布茸姆。她唱道：

远道而来的阿吾辛苦了，
茶盐的生意是否兴隆？
烟酒的交易是否顺利？
你和驮马是否安康？

农布茸姆回唱道：

感谢大妹来相迎，
阿吾的生意没亏本，
阿吾和马队很安康，
请问为何不见你嫂嫂？

大妹回答道：

阿吾哟你别挂念，
得知阿吾要归来，
嫂嫂正在替你烧茶，
好让阿吾喝热茶。

聪本农布茸姆连日来的忧愁减少了，来到自家房前，还不见妻子来迎接，只见门口站着小妹。小妹唱道：

辛苦了，远道而来的阿吾，
茶盐的生意可好？
烟酒的生意可好？
你和马队是否安康？

聪本农布回唱道：

感谢小妹来相迎，
阿吾生意没亏本，
阿吾和马队很安康，
请问为何不见你嫂嫂？

还没有等小妹回答，农布茸姆便冲进屋里，屋里已摆好热腾腾的酥油茶，却不见妻子玉珍卓玛。小妹把农布茸姆走后，嫂嫂如何思念哥哥，如何患病，如何遭大姑子的虐待都一一向他讲了。农布茸姆悲痛万分，悲痛过后，他恨不得抽出腰刀一刀砍死大妹。但又想到大妹再坏也是自己的亲人，便放弃了这一念头。

几天后，农布茸姆为小妹找了个好婆家，把他买来的礼物和家里大部分财产做嫁妆送给了小妹。把小妹嫁出去后，他对大妹说："本来我也应该为你找个好婆家，但你好吃懒做，心狠手毒，以后你自己生活吧。"说完便独自赶着马车又去做生意了。

有的说他去了印度，有的说他去了汉地，有的说他去拉萨安了家，可谁都说不出个所以然。但是，人们都称赞聪本农布茸姆是个心肠好、能做生意的人。

讲　　述：唐山禄
搜　　集：斯那品初
整　　理：斯那农布
流传地区：云岭乡

卖草姑娘

俗话说："野兽的毛色好分辨，人的心思难捉摸。"人们在生活中有时往往会把真善美看作是假恶丑，善恶不分，以致造成悲惨的结局。然而，善，总会有善报；恶，必将会遭到恶报。

从前，有两姐妹：姐姐懒惰，心地像狼一样狠，阴险毒辣；妹妹勤劳，心地像羊一样温顺、善良。妹妹天天到山上割草后卖给国王家，换回谷子。她把谷子舂了后把米煮在锅里留给了父母，而自己却煮了些谷糠撒盐巴后躲在房背后吃。姐姐把妹妹留给父母的饭吃了，然后煮了些谷糠，等父母回来时，她对父母说："心肠比毒蛇还坏的妹妹，自己把大米煮了后躲在房背后吃，给我们的却是一锅谷糠。"父母从窗子往外看时，见小女儿脖子一伸一伸地吃。原来妹妹吃谷糠时难以咽下，便不停地伸脖子，好让卡在食管里的谷糠咽下去。父母却以为小女儿偷吃大米饭，怕人见到，就狼吞虎咽而噎了食管，气愤极了，立即把她叫回来痛骂一顿。妹妹哭得好伤心，她想：自己起早贪黑、含辛茹苦，把用血汗换来的大米留给父母吃，自己只吃撒了点盐的谷糠，却遭到辱骂，难道好心得到的尽是恶报？

却说国王的坐骑很奇怪，别人割的草它不吃，偏偏只吃那穷妹子卖的草。国王感到十分奇怪，便请来活佛算命。活佛说坐骑是在为其主子选妻，那卖草的姑娘就是国王的皇妻。

这天，妹妹又来国王家卖草，国王买了草后便宣布卖草姑娘为自己的妻子。卖草姑娘跪下向国王求情："尊敬的国王，我不能做你的妻子，我得回去伺候父母。再说我是下贱的奴婢，怎配做你的妻子？请国王饶恕我，让我回去吧！"

"你我做夫妻是神的旨意，我怎么能让妻子离开丈夫呢？你还是安心留下来做我的妻子吧。"国王真诚地说。

妹妹向国王磕头求情让她回去。国王说三年后让她回去,她说不行。国王又说三个月后让她回去,但她仍然说不行。国王又说三天之后一定让她回去,她才愿意住下来做国王的妻子。

姐姐得知妹妹做了国王的妻子,就对父母说:"不要父母的妹妹,就因为我们说了她几句,她就抛弃自己的父母,不要脸地跪在人家有妇之夫的膝下做了妍头,败尽了我们家的名声。"父母不知女儿嫁给了国王,认为像大女儿说的那样嫁给了有妇之夫,气得整天不思茶饭。

三天以后,国王带了几驮礼物领着妻子来拜见岳父岳母。妻子因思亲心切,先走了一步。这天,阴险毒辣的姐姐正在门外舂核桃,她见妹妹回来了,还没等妹妹打招呼就用舂核桃的木棒使劲砸了妹妹一下。妹妹一进大门,正要向织布的妈妈请安,母亲却用织布的梭子砍了一下女儿。妹妹哭着跪到里屋准备给父亲磕头,父亲却端起手磨石向女儿砸去。等国王赶到,妻子已经死去了。国王处死他们三人后,便叫随从回府,自己把妻子的尸体横放在马背上,骑马向天葬场飞奔而去,亲自为妻子举行了天葬。

国王葬完妻子策马返回时,已是日暮黄昏。他只好在半途中到一户独身的老太婆家借宿。国王刚刚睡下,从屋檐缝隙里飞进来一群雕,纷纷栖息到门背后横吊着的一根橡子上,之后依次顺序地谈起自己前世的经历,最后轮到小雕时,它谈到自己前世是个善良的人,在世时起早贪黑割草卖给国王,换回谷子,把大米留给父母,自己只吃谷糠,反被父母辱骂,这都是心毒手辣的姐姐引起的。后来她做了国王的妻子,当自己去看父母时,反被父母和姐姐害死。

国王听了,知道这小雕是妻子的转世。他悄悄来到老大娘身旁向老大娘问道:"老阿加[①],刚才那只小雕原来是我的妻子,请问我该怎样做才能使她复生?"

老大娘告诉他:"你扯根腰带上的细须,把小雕的脚拴在那根橡子上,等天亮了我再教你办法。"国王照着做了。

---

① 阿加:藏语,意为奶奶。

第二天天刚亮，除小雕外，其他的雕全都飞走了。国王一起床就向老大娘求教。老大娘见国王救妻心切，便把怎样使小雕复生的办法交给了他。

国王回到家里，按老大娘教给的办法，亲自做个精致的木箱，用一块绣有八宝图案的绸子把那只小雕包了个严严实实后放进木箱，并盖好箱盖。之后，国王不吃不喝不睡地在箱子旁焚香祷告了七个昼夜方才打开箱盖，只见妻子如刚刚睡醒过来似的，慢慢地起来走出了箱子，深情地看着丈夫。一对恩爱的夫妻团聚了。

讲 述：阿主玛

整 理：斯那农布

流传地区：云岭乡

壁巴①的故事

古时候,有母子俩,儿子生性贪睡,已经十五六岁了,可他吃了便睡,醒了又吃,从来没离开过床铺。村里的人给他取了个绰号叫"壁巴"。母亲知道乡亲们看不起她儿子,一是儿子不争气,二是自己没教养好儿子。因而,母亲感到内疚。

这一天,她悄悄在儿子的毯子上插了一根针后,对儿子说:"我的心肝宝贝,人们说睡着不如坐着,你就坐会儿吧。"儿子坐起来时,发现毯子上有根针,他把针拾起来拿给母亲。母亲笑着道:"瞧,真是坐着比睡着好,看来你以后不能天天睡觉了。"

第二天一大早,母亲在马帮烧茶的地方放了一饼酥油和一坨圆茶,回到家对儿子说:"能干的儿子,人们说坐着要比睡着好,坐着不如走着好。今天你起来出去走走,顺便到我们家房背后看看,昨晚有一队马帮在那儿过夜,说不定会有什么东西遗忘。"儿子起来到房背后看,果真见昨晚马帮停宿的地方,有一饼酥油和一坨茶。真是睡着不如坐着,坐着不如走着。从此,儿子把贪睡的习惯改了,他请母亲买了只火枪天天去打猎。

有一天,他骑在马背上扛着火枪、领着猎狗去打猎。在一个山坡上,他发现一只狐狸进了山洞,于是下马独自进山洞追狐狸。可他从洞这头进去,狐狸从洞那头出来,追呀追呀,总是追不到狐狸。这时他想出了一个办法,把自己的楚巴和狐皮帽脱下后堵死这头洞口,把马缰绳拴在猎狗脖子上,自己从另一头洞口进去追狐狸。然而狐狸却掀开洞口堵着的楚巴,戴上狐皮帽了走了。那猎狗见狐狸逃了,便跟着追,可脖子上被套上马缰绳,任它再凶也奈何不得。就这样,狐狸在猎狗前面大摇大摆地开路,猎狗"汪汪"地叫着"牵"起马跟

---

① 壁巴:藏语,意为青蛙。

在后面。等壁巴从这头洞口出来时，狐狸、猎狗和马都不见了。

于是，壁巴就去找他的马和狗，他逢人便问："过路的客商，你是否看到一只头戴帽子的狐狸？你是否看到一只狗牵着一匹马？"可别人都讥笑说："你是不是疯了？世上哪有狐狸戴帽、猎狗牵马的怪事？"他一边走一边哭，哭自己猎取不到狐狸，反而赔了狗和马。

这天，他哭着来到一个村庄，谁知这村子里有一家正办喜事。主人见他唔唔大哭便劈头盖脸地骂起来："你这可恶的家伙，我们全村老少皆大欢喜，而你却哭哭啼啼，显然是与我们作对。乡亲们，替我出出这口气！"顿时人们蜂拥而上，一顿拳脚，他被打得全身是伤，一股凄凉，酸楚涌上心头，真想放声大哭一场。可他又不敢哭，只得忍痛"嘿嘿"笑着离开了这个村子。他想：一个人丢失了东西看来是不能哭，应该高兴得"哈哈"大笑。但是，由此又遭到了一顿毒打。原来这村里死去了一个德高望重的老人，人们都沉浸在悲痛之中，可他却哈哈大笑，人们当然不会轻饶他了。这时，他真的哭了，可这哭并不是为村中那死去的人哭，而是被毒打得实在忍不住哭了。出村后，他犯难了，欲哭不能、欲笑不得，看来只好又哭又笑了。因此，他哭一阵笑一阵，有时简直看不出是在笑还是在哭。

就这样，壁巴走呀走，来到国王的家里。他见国王圈里一只黑头绵羊和一头白额母猪在打架，便扒在栅栏上看。羊和猪在圈里打得不可开交，把地刨得灰尘四起，突然壁巴眼前闪过一道耀眼的光亮，他仔细一看，原来是一枚金戒指被羊和猪刨起来甩在一堆牛屎里。他跨过栅栏拾起包着牛屎的戒指，然后把牛屎甩在国王家的墙壁上，那包着戒指的牛屎便紧紧粘在墙上了。

再说国王家里的公主丢失了金戒指后，在家里翻箱倒柜，找遍屋里所有角落都未找到。国王还请来了卜卦的，仍是一无所获。这天，一佣人禀告国王说有个穷小子自称卜卦先生，口口声声说能卜出公主的金戒指在什么地方。国王大喜，立即召见卜卦先生。卜卦先生叩见国王后却说："我要在王爷家逗留七天，七天后你们把那只黑头绵羊赶到东山上放生，然后把那头白额母猪杀了割下猪头送到我这儿来，到时我替你们把金戒指找出来。如果找不出，国王可以把我杀了。"国王见他口气不小，想必有来头，便热情款待了他。

七天后，国王府内外聚集了许多人，纷纷来看卜卦先生施展本领。国王照卜卦先生说的那样，请喇嘛焚香念经，把那只黑头绵羊赶到东山放了生，又命人把那白额母猪杀后割下猪头拿给卜卦先生。卜卦先生口里依里瓦啦念着连他自己也不知道是什么的"经"，只见他双手合十，然后抬起猪头指向众人，说猪头指向哪里那金戒指就在那里。众人见他把猪头指了过来，个个怕得像在筛糠一样发抖。因为这时候，即使自己很清白也难免一场灭顶之灾。好在算命先生说道："诸位请看，那壁上的牛屎里藏着公主的金戒指。"有人拿来一根竹竿把牛屎挑下来，掰开一看，金戒指真的在里面。人们不约而同地伸出舌头感到惊讶，继而欢呼雀跃起来，称他为至高的活佛。国王设宴款待他，给了他许多钱财。这卜卦先生正是壁巴冒充的。他带着国王给他的钱财回到了家，母亲也在楼上为他准备了坐席，把他当神一样来供养。弄得他不知所措。

不久，国王家王后的银腰带被人盗了，国王派人来请壁巴，请他卜卜是谁偷的。这可把他吓坏了，他想这一回可要把命丢了，他后悔前次不该自作聪明，装神弄鬼。现在国王又找上门来，能敢不去吗？于是对母亲说："母亲，我现在就去替国王卜卦，这次去恐怕凶多吉少。"说完便到国王家去了。

来到国王家后，他对国王说："七天之后可见分晓。"国王对他礼宾相待。三天后，他突然慌慌张张对国王说："王爷啊，不得了啦，我的坐床已经吊在屋檐下了，如果不赶快把它迎下来，坐床飞走了，我也就失去了生存的意义，当然也就不能再为你占卦了。"国王问他如何把坐床迎下来。他说应在屋檐下垫上一百床褥子，才能把坐床迎下来。于是国王派人带上一百床褥子跟"活佛"一起去迎坐床。

回到家，壁巴连家门也未跨进，便把一百床褥子一层一层垫在屋檐下，然后仰望坐床，双手合十大声疾呼："我的宾坐啊，你可不能飞走，你慢慢下来吧！"母亲在屋里听到儿子的喊叫，便把拉着的绳子慢慢放松。坐床稳稳当当地停在100床褥子上。来人把褥子和坐床安置在壁巴家里，便领着壁巴活佛返回国王家。壁巴在出门时悄悄告诉母亲，在三天后要把家里的东西藏好，然后一把火把房子烧掉。

返回国王家三天后,壁巴又哭哭啼啼地对国王说:"王爷呀!灾难为何像影子一样追随着我,我家已发生火灾,母亲这会儿正坐在房子背后哭泣。"国王速命人去查看,果见房子已燃成灰烬,活佛的老母正在房子的废墟旁哭得死去活来。这时,国王对"活佛"更加佩服得五体投地,立即派人召集百姓几天内就帮"活佛"盖了一栋房子。当母亲搬进新房时,壁巴说:"亲爱的母亲,儿子再也不能孝敬您老人家了,那一百床褥子除留下自己够垫的外都卖掉来度过你的晚年吧。"说完便向母亲磕了三次头后返回国王家去了。

在路上壁巴不由悲哀起来,自己根本不会卜卦,更不是活佛,怎么会知道王后的银腰带在哪里,自己无疑逃不过碎尸万段,还不如在路上寻死。可他又想,总归一死,可要留个清白,要告诉国王自己不会卜卦,更不是什么"活佛",只不过是碰巧。便自语道:"等十天半月,告诉了国王后去死。"突然,国王派给他的两个随从一骨碌跌下马来,向他磕头求饶说银腰带是他们偷的,请"活佛"别告诉国王。这一想不到的变化连壁巴自己也吓了一跳,弄不清他们到底在干啥,过了一会儿才明白他们是偷腰带的人。原来偷腰带的正是这两个随从,一个叫尼玛,另一个叫达瓦。他俩做贼心虚,一直注意"活佛"的神态,刚才他俩把"活佛"说的话稀里糊涂听成:"尼玛、达瓦,你们等着,让我告诉给国王处死你们。"他们以为"活佛"知道了他们偷盗的事,便连忙向他求饶。壁巴对他俩说:"你们别怕,回去后你们趁夜深人静的时候,把腰带放在国王家门前那棵柏树上的喜鹊窝里,我可以免你俩一死。"尼玛和达瓦向"活佛"连连磕头致谢。

第二天,壁巴向国王要了一副弓箭,并说他的箭射中的地方是窝藏腰带的地方,其主人便是偷盗银腰带的人。他带着弓箭来到国王家门口,拉弓一箭射向那门前柏树上的喜鹊窝,国王立即派人上去看,腰带果真在喜鹊窝里。壁巴对国王说:"那晚上王后睡熟后,是喜鹊从天窗飞进屋去叼走了腰带。"就这样避免了一场灾祸。

这时国王觉得"活佛"是世界上最有本事的,既年轻又神通广大,于是决定招他为自己的女婿。在此之前,国王把一只青蛙关进糌粑盒里,要"活佛"说出里面是啥。壁巴看着糌粑盒,想着自己快要死了,便哀叹道:"你这壁巴呀，已经到死……"还未说完，人们欢呼起来。等壁巴清醒过来，已经是堂堂皇皇的国王女婿了。

讲　　述：斯那品初
整　　理：斯那农布
流传地区：奔子栏乡

跳　锚

很久以前，有兄妹四个，即一个哥哥、三个妹妹。父母去世后，他们仍然生活在一起。不久，哥哥毕得格成了婚，娶回媳妇萨多斯。

按理，三个妹妹都是要嫁出去的，但大妹都勒追和二妹思勒追都不想离家，舍不得放弃父母留下的家产；三妹玉勒追不懂事，还没有姐姐那样的心思。

一天，哥哥到很远的地方去做生意了，把媳妇留在家里。大妹、二妹商量说："我们要待在老家，得把哥哥嫂嫂除掉，不然我们还得去嫁人。"于是她俩把嫂子萨多斯害死了。三姑娘见嫂嫂不明不白地死了，就说："不要先埋人，在楼梯上放三天，楼梯下放三天，等哥哥回来料理吧！"

再说哥哥毕得格做完生意，赶着马帮回来，半路上碰见一只狐狸。那狐狸忽然口吐人言，说："毕得格，你的媳妇托我来找你，她被你大妹和二妹害死了，埋在我的山洞边上。她托梦给我，求我快快喊你回来。"

毕得格一听，悲伤地哭了起来。他想到："分别时曾把一颗宝珠交给她，如遇难时含在嘴里，如果是那样，她还会活下来。我得赶快回去。"于是，两天的路程一天赶，回到了家里。

都勒追捧了一杯酒，去接哥哥，唱道："这趟生意可好？路上顺利不顺利？"

毕得格唱道："生意很好，路上平安，只是不见我媳妇，房子是空的，她死了吗？"

都勒追说："她没有死，在家的，你先喝了这杯酒吧！"

毕得格见大妹无情无义说假话，端起酒来没有喝，倒在地面的石头上，石头顿时裂成了九块。呵，原来是一杯毒酒呀！

思勒追又端一杯酒来唱道："哥哥这次生意可好？路上可平安？先喝一杯

酒吧！"

毕得格也把酒接来倒在石头上，石头裂成了九块。呵，也是一杯毒酒呀！

三妹玉勒追提了一桶水来迎接："哥哥，请喝小妹一碗清水，解解乏……你可不要着急，嫂嫂不明不白地死了，等了六天才葬下，可是等不着你回来。"

哥哥知道三妹是好心人，喝了她送来的九大碗水，接着说："三妹，你就带我到你嫂子坟上去吧！"

哥妹俩来到草坝，挖开新坟，见萨多斯面色红润，就像没有死一样，只是不会说话，不会动。毕得格撬开萨多斯的嘴，嘴里果然有一颗宝珠，原来是这个宝珠保住了命根。毕得格又用从外地找来的灵药，灌进萨多斯的嘴里，不一会儿，她就慢慢动起来了，睁眼睛了，说话了。

萨多斯把一切都告诉了兄妹俩，三妹大吃一惊："想不到大姐、二姐是这么狠毒！"

三妹和哥嫂回到家里，都勒追和思勒追以为白日见鬼，都吓得躲进房里去。哥哥毕得格说："大妹、二妹，你们不要躲了，你嫂子没有死，她嘴里含着宝珠，现在又吃了灵药，活过来了，你们不用怕。"

大妹、二妹非常羞愧，慢慢地走出来，向哥嫂讨饶。毕得格说："我们来看天意吧：小河里插着一支锚，跳得过锚，谁就留在家里；谁跳不过去，谁就出去寻找幸福！"

哥哥刚说完，大妹、二妹就争着去跳，可是一个连一个扎在尖尖的铁锚上死了。只有三妹和兄嫂顺利跳了过去。毕得格叹口气说："真是天意让坏心肠的人这样下场，我又有什么办法！"

从此，三妹玉勒追和兄嫂和睦幸福地生活在一起。

搜　　集：李兆吉
整　　理：阳关
流传地区：升平镇

梦 卜

有一家夫妇两人，男的叫咱斯顶汝，女的叫者格拉姆。有一天，者格拉姆做了七个馍馍，她自言自语地说："他三个，我三个，剩下一个我吃掉。"

丈夫睡在旁边，她以为睡着了，所以这么说。但她说的全被丈夫听到了。咱斯顶汝"醒"来对她说："我今天做了一个梦！"

"什么梦？"老婆问。

"你做了七个馍馍，你三个，我三个，剩下一个被你吃掉！"

他老婆听了，大为惊奇，说："你做的梦真怪，确实是这样！"以后她将这些话传了出去，大家都知道了。

一天，有一家丢了一口母猪，找了三天也未找到，就来请咱斯顶汝做梦打卦。他勉强答应了。回来时埋怨老婆多嘴。没有办法，那就向失主询问丢猪的时间地点，每天晚上不睡觉，都去找猪，结果找到了，母猪生了八口小猪。

第二天，他将丢猪人找来，告诉他说："我梦见了你家的母猪在某处，还生了八口小猪。"失主一找果然如此，就送他一半小猪为礼物。

这件事又很快传开了。

又有一天，一家丢失了匹马，找了三天三夜也找不到，又来请他。这下他可着急了，也只好硬着头皮，问清失马的地点和情由，每晚上都去找马，结果在大山上找到了，原来马夹在两棵树中间动不得。第二天，他又对失主说："你的马我昨晚上梦见了，在大山上，夹在两棵树中间。所以，它出不来。"

失主照他说的去找，也找到了。

从此，咱斯顶汝会梦卜的事，到处流传。刚好，这时皇帝的算命先生丢失了，听说咱斯顶汝很会梦卜，就派大臣来接他进宫。

来接他的人说:"如果梦着了,皇帝的江山分一半给你。"这下子他更急了,这可不比一般的玩笑,就只好照直说了:"我不会梦卜,过去猪打失①、马打失都是我亲自去找来的。"接的人哪管这些,用"滑竿"抬他去。他急得哭了,埋怨他老婆:"这都是你多嘴,这一去,我们永远见不着了,我的命也完了。"

他被官家抬走,心里想着如何逃走,到半路上就说:"我尿急了。"他下来后,到树边解小便,接的人跟着他,他逃不成,哀叹地说:"树的根根是一个,只见叶子不见根。"接的人听了,暗自吃惊,想到这个家伙了不得,他知道皇帝的算命先生是我藏的:根根一个是指皇帝,叶子就是指我,如果他对皇帝说了,我岂不是难保性命吗?于是对咱斯顶汝说:"你刚才说的,不要传出去,有什么事咱们好好商量。"又将藏算命先生的一切告诉他,请他先别对皇帝说。二人计议已定。

到了皇帝面前,他向皇帝请准他用七天时间睡觉做梦。七天后,他对皇帝说:"陛下的算命先生藏在第三道宫门的门槛地下。"派人去果然找到。

皇帝以为咱斯顶汝真是个会梦卜的神人,便把江山给了他一半,他却无可奈何地笑了。

翻　　译:李兆吉
记　　录:李荣文
搜集地点:德钦县

---

① 打失:本地方言,"丢失"的意思。

憨兄弟与好朋友

有两兄弟，哥哥聪明，弟弟憨厚。哥哥认为弟弟没出息，便交了个挚友，有事都找这个朋友商量，从不跟弟弟说起。

一天，哥哥上山打猎，打死了一只虎。由于虎太重，他无法弄回，便返回家来。回途中他想："今天我打死了老虎，朋友一定很高兴。我要好好设宴招待一下朋友。对，最好把虎皮送给他。"这时他又想到了弟弟："唉，憨弟弟，见了他就厌烦，打他骂他吧，又觉得他可怜；不打骂他呢，又常常叫人气愤。他一点也不争气。"但到底是朋友好还是弟弟好，他想了又想，也想不出。于是，他想试探一下。

他先来到朋友家。一进门就哭丧着脸说："朋友，我倒了个大霉，我把一个无辜的人打死在山上了，求你帮一把忙把那尸体埋了。"

朋友听后大惊："唉呀呀，以往你有什么难处我都帮了。可这伤天害理的事，我无论如何也不会帮忙的。要是把我也牵连进去，我怎么办！"

哥哥再三请求，朋友始终不肯帮忙，只好回家。他又弟弟说误伤了人，要弟弟帮忙。弟弟伤心地哭了起来："你不该杀人，杀人是要偿命的。我以后没有一个亲人，该要怎样生活？我又笨又憨，倒不如替你去偿命。"

哥哥安慰弟弟，让他先别急，等埋了尸体后再说。弟弟扛着锄头，一边哭一边跟着哥哥上山了。来到虎尸旁，哥哥抱着弟弟说："以前都怪我不好，我看不起你，把你当做没出息的人。唉，若能患难与共，哪怕仇敌也不妨；若不同甘共苦，就是亲朋也无益。我现在才真正明白了这个道理。"

讲　　述：格茸
搜　　集：燕门文化站
整　　理：斯那农布
流传地区：燕门乡雨功村

爱情故事

一只靴子的姻缘

古时候,有母子俩,生活过得十分清苦,儿子旦巴每天上山砍柴卖钱来供养母亲。

一天,旦巴上山去砍柴,砍好一背柴后,就在山头的一块草地上躺下来休息,不知不觉地就睡着了。不知过了多久,一阵风声怪响,他从梦中惊醒过来。旦巴抬起头,睁开眼睛向四周看时,只见远处天空涌来一片黑云,近处山林里刮起了狂风。那风刮过的地方,卷起漫天灰尘,顿时天昏地暗。他以为要下雨了,正想背柴回家,可他刚从地上爬起来,一团黑云便向他头上飘来。他隐约看见那黑云里裹着一个怪物,直向他头上掠来,吓得他连忙举起斧头向上一挥,似乎砍着什么东西。抬头一看,那黑云依旧托着怪物飘过去了。可是天上掉下来一件东西,他把那东西拣起来一看,原来是一只制作精巧、用珍珠宝石镶嵌着的金丝锦绣的靴子。他翻来覆去看了又看,越看越觉得奇怪。刚才那一团黑云里,到底裹着什么怪物?而且又怎么会从那黑云里掉下这只珍贵的靴子来?看这靴子做得这般精美,真是世上少有的奇珍异宝,虽然只有一只,不能拿来穿,但是这靴上的珍宝却是值钱的东西,拿回去卖了钱,也够我母子俩过上几年的好日子呢!他又想:这靴子一定是那怪物从人家屋里偷窃来的,妖怪路过时,被我那一斧头吓慌了,不小心掉落下来一只吧?那失去靴子的人一定在着急得到处寻找,我不能昧着良心,受用不花力气得来的财物。这是人家的东西,我得还给失主才对,可是不知道谁丢失的,到哪里去找失主呢?他想了一会儿,心有了主意:"不如我且把这靴子拿回去,挂在门口,让来往的人看到,那失主见了就会来认领的。只要他把另一只靴子拿来对,对上了就还给他算了。"他回到家里就把靴子挂在了门口。

每天,总有来往的人站在门口看见那只靴子,纷纷称奇。这件事一传十,十传百，到处传开了。

有一天，来了几个骑马的人，他们见了那只靴子立刻跳下来，进门来问旦巴："这靴子你是在什么地方拾到的。"

旦巴把拾到靴子的情况说了，那些人说："这是我们公主的靴子。前几天，公主失踪了，我们就是国王派来找公主的。现在你要带我们去拾到靴子的地方找回公主，要是找到了，你就可以得到国王的奖赏。"

原来，国王的公主长得非常美丽。有一天，公主在草地上拾野花玩，妖怪鲁得南布架着黑风从天空经过，看见了她，就把她拖走了。在经过旦巴睡着的地方时，旦巴被惊醒了，向黑云一挥斧头，碰巧把妖怪的脚砍伤了，并削断了公主的靴带，公主的靴子便掉了下来。鲁得南布的脚受了伤，一路流着鲜血，带着公主飞回妖洞去了。

旦巴带着国王派来的人，来到砍柴的山头上曾睡过的地方，看见路上滴着几滴血，他们便顺着血迹，一路找去。当他们来到一个山洞口时，那血迹突然不见了。他们想：公主一定是被什么妖怪拖进洞去了。要找回公主非进洞不可，但是那些人谁也不敢进去。旦巴想：假若公主真是被妖怪拖进洞去了，我哪能见死不救？可是不冒点险，又怎能把公主救出来呢？便自告奋勇地说道："让我进去看看吧。"于是，几个人用很长的绳子拴在旦巴的腰上，把旦巴吊下洞去。旦巴到了洞底，里面黑洞洞的，什么也看不见。他解开绳子摸索着走着，过了一会儿他摸到了一道石门。他把门推开，只见里面一片光亮，他惊喜地进去一看，里面竟是一个有山有水，有树木花草的地方。他走到一个水池边，正想坐下来休息一下，忽然见一个俊美的年轻女子背着木桶走到水池边上来背水。那女子看见了他，便很惊奇地问道："你是什么人呀？怎么也来到这个地方？"

旦巴把他来这里的原因说了，那女子高兴地一把拉住旦巴的手说："我就是国王的公主啊，我被妖怪鲁得南布带到这里，要我做他的妻子。原来是你在途中砍了一斧头，把他的脚砍伤了。他现在正在屋里睡觉，你要救我出去，就得把他杀掉。要不然我们是没法出洞去的。"公主说着犯起愁来。

旦巴想了想说："这样吧，我不能同他硬拼，要想办法制服他。现在他不是因为脚上负了伤而躺着吗，我就装作医生，去给他治伤，只要我能接近他的身边，趁他睡着的时候，把他杀了。但你知道他的致命点在什么地方吗？"

公主连忙说："这办法太好了，他的致命点在脑门后。"

于是旦巴把斧头藏在衣服里。跟着公主走进妖怪的房间。公主走到妖怪的身边说道："大王，今天不知从哪里来了一位医生，听说你受了伤，特地赶来给你治病。大王，请你允许他给你看伤吧。"

鲁得南布听见公主这话，心里非常高兴。他因为伤痛难忍，正愁没人为他医治，现在听说来了医生，连忙抬起头说："好极了，快请进来！"

旦巴见那妖怪长相十分难看，那庞大的身躯足有一丈多长，头上长着一对黑亮锐利的角，两只眼睛像碗口一样圆，眼珠里闪着清幽幽的光，心里不觉有点害怕。但他还是壮着胆子，走进妖怪身旁。那妖怪躺在铺着兽皮的床上，因为伤势很重，头也抬不起来。旦巴从容对妖怪说："大王，我是有名的医生，听说你病了，特地来为你医治，请你让我看看你的伤势。"

那妖怪看了看他，伸出那只受伤的脚，感激地说："谢谢你，给我治治吧！治好了，我会重重酬谢你的！"

旦巴装模作样地在伤口上敷了一点酥油，再撒上一把灶灰，然后说："好了，不要紧了。我已经涂上药了，很快就会好的。现在请大王好好睡一觉，醒来时你的伤就会好了。"

妖怪真的闭上眼睛睡着了。

旦巴等妖怪睡熟后，提起斧头，照准妖怪的脑后猛力砍去。那妖怪怪叫一声便死去了。

他们杀死了妖怪鲁得南布后，公主把妖怪的一串钥匙拿了出来，对旦巴说："现在妖怪已经被杀死了，我们什么也不用怕了，我带你去看看他的财产。"说着就带着旦巴走进一个山洞，这儿又是一个处所，一排排的房间都锁着门。公主先开了一个房间，只见这房间里满是金银宝贝，那些东西都闪着灿烂的光，叫人眼花缭乱。他们又开了另一间房的门，只见里面堆满了绫罗绸缎。第三个房间里装着各种用具和兵器。而最后一个房间里则堆满了骨头和死尸。旦巴被这惨不忍睹的情景吓坏了，连忙退了出来。他们又走到一处，这里用铁栏关着各种野兽。那些老虎、豹子、老熊和鹿、麂、兔，都在那铁栏里冲撞吼叫。看见了他们，更骚闹起来，仿佛是在向他们求救。他们走过一排排的铁栏，走到一个湖边，看见湖边一棵老榆树上用铁链拴着一条黑龙。那龙见了他们，就对他们说起话来："好心的人呀！请你救救我吧，妖怪鲁得南布把我拴在这里已经三年了，现在碰上你们就是我的幸运，我可以得救了。"

旦巴立刻答应道："好吧，我要搭救你们所有被囚的生灵。"说着，就要用斧头去砍铁链。而黑龙却说："请你别忙砍掉铁链，我现在还不能上天，要到明年二月间，才是我升天的时辰。不知你能不能等我几个月？"

"好吧，我就等你几个月吧。"旦巴不假思索就答应了。

旦巴对公主说："现在我先把你送回地面上去，洞口还有人等我们呢。"

公主说："我不能先回去，让你一个人在这里，我怎么能放心？你救了我，你又留在这里，这不是反害了你吗？"

"你不要为我担心，你一定要先回去。我不要紧，等几个月我把黑龙和所有被关着的生灵救出来后，我就可以回去了。"

公主听旦巴这么一说，只好从怀里摸出一把金钥匙，折为两截，把一截递给旦巴说："好心的人，你救了我，我没有什么可以报答你的，你要是不嫌弃，我愿以终身相许，让我做你忠实的妻子，为你做饭烧茶；做你的茶妇，同你永远相伴。请你收下这半截金钥匙，把它作为我们订婚的信物。当你离开这里后，就带上这半截金钥匙子到王宫里向我父王求婚。我等着你的到来，不管等到哪年哪月，我永远是你的未婚妻。"

旦巴听公主说出这样的话来，心里又惊又喜，他激动地说："公主啊，感谢你对我真诚的心意，你看得起我这个穷苦人，是我莫大的幸运。可你是尊贵的公主，我哪有这样的福气同你相配？再说，你父王也不一定会同意把你嫁给我，我不能冒昧地接受你的爱情啊。"

公主说："你不要说这样的话，不管我的身份多么高贵，要是没有你的搭救，我这辈子也只能永远在魔窟里同妖怪做伴，成为与世隔绝的鬼魂了。我父王只要知道你是我的救命恩人，就一定会答应我们的要求，让我们成为终身伴侣的，现在你又为搭救黑龙和许多生灵，不能与我一起回去，我支持你这种舍己为人的行为。但愿你平安度过这些日子，早日回到家中与我相会。"

且巴接过半截金匙子藏在怀里，送公主到出洞口的下面，摸到了绳子，把绳拴在公主腰间，叫公主抓紧绳子，然后把绳子用力一拉，通知地面上的人往上拉。守在洞口的那几个人见绳子动了，连忙抓起绳子往上猛拉，那几个人见拉上来的是公主，不禁惊喜万分地欢呼起来。他们原来以为公主肯定被妖怪吃掉了。他们望着公主活生生站在面前，立刻想起那一千两白花花的银子，同时也在心里计算着每人应该分到多少。这时公主说话了，她说："我这次得救，多亏你们不辞苦来找我，我回到宫后要请父王好好赏赐你们。尤其是那个还在洞里的年轻人，他机智勇敢，把妖怪杀了，我才被他救出来。可他还要在洞里一些日子，他要救出一条黑龙和许多生灵，等他回来的时候，我要请父王给他最大的赏赐。"

那几个人一听公主这话，心里都不禁一动，生怕国王把一千两的赏钱大部分给他，于是，他们互相使了个眼色。其中一个年纪大些的人对公主说："啊，公主！那个年轻人还要把黑龙救出来吗？这可不得了，你可知道，那黑龙也是个凶恶的精怪，鲁得南布捉住锁在洞里。现在虽然鲁得南布已经被杀掉了，但是又把黑龙放出来，咱们这世上又要遭殃了。我看不能让黑龙出洞来，趁早把这洞堵掉……"

"啊，什么？"公主没等那人说完便大声地惊叫道："要堵掉洞口？可洞里有救我的那个年轻人，你们把洞口堵了，不就要把他也关死在洞里吗？不能堵掉洞口，要留下他的生路。"

"唉！公主，你不能为了那个人而让千千万万的人受难，黑龙出了洞，恐怕连国王和公主你也要遭灾呢！"

"那可怎么办？"公主焦急地说："我不能让他死在洞里，他救了我，我哪能反而害了他？而且我已经同他订下了终身。要不，你们就进洞去把他带出来。"

"啊呀！公主"，那个年纪大的人说："你不能只顾救他，就不管我们的死活，我们可不敢进洞去，兴许他和黑龙串通好了，要不，他哪能留在洞里不出来？要是我们进去，准会被黑龙害了的。"

一只靴子的姻缘·173

另一个人劝公主道:"公主,你何苦为那个人挂心啊?他不过是一个穷光棍,没了他,你照样是尊贵的公主。你同他订了终身,国王陛下会同意吗?你是贵人,哪能同一个贱民相配?别再为他挂心了,咱们把洞堵了,这是为世上的生灵做的一件好事。公主你也该想想,哪能为一个人而害了千万人的性命啊!"

公主被他们说得没话对答,只好低下头呜呜痛哭起来。

那几个人也不管公主怎样伤心哭泣,抬起大块大块的石头就往洞里塞,把洞口堵得严严的,然后带上公主走了。

旦巴在洞里听见洞口塞石头的声音,心里很着急,他立刻知道那些人没安好心,想把他关死在洞里,让他们自己假冒救公主的功劳。他只好来到黑龙跟前,把洞口被堵的事说了。黑龙说:"不要紧,你放心好了,到时候,我会有办法带你出去的。"

旦巴这才放心下来,安心地在妖洞里住了几个月,在这些日子里,他时常想起家里年老的母亲,恨不得马上回到家里去。可是他又想到要放黑龙和那些野兽的事,便又耐着性子度过了煎熬的时光。到了第二年的春天,雪山上的冰雪融化了,山林里的桃花开了,天气渐渐暖和起来了。有一天,黑龙对旦巴说:"现在,我们上天的日子已经到了,你可以砍掉这铁链了。"

旦巴高兴地答应一声,立刻举起斧头,对准铁链猛力砍去。只见斧头一砍在铁链上,便迸射出耀眼的火花,"啃啃"脆响的声音震天撼地。他连砍了几百下,把斧头也砍钝了,手也砍酸了,这才把铁链砍断。

黑龙感激地说:"谢谢你,恩人,要不是你的善心帮助,我将永远出不了这个妖洞。现在,我们可以走了,你就骑在我身上,抓紧我的角,我驮着你飞出洞去吧。"

旦巴说:"请你等一等,等我把关着的生灵都放出来,咱们再走吧。"

旦巴走到那一排排关着各种野兽的铁栏前,举起斧头把锁都砸开了,开了栏门,把那些野兽都放了出来。野兽们感激地向他点头摆尾。他对野兽们说:"现在我把你们放出来了,可是洞口被坏人堵死了,幸亏黑龙能开洞口,你们就跟黑龙走吧。从今后,你们回到山林,不要再危害人类,各自安分守己过日子吧。"

黑龙驮着旦巴来到出口，向洞口喷出一股气来，那股气像一阵狂风，又像一道雷电发出刺眼亮光和震天的巨响，直冲向洞口，把堵在洞口上的大大小小石头都吹上天空，洞口顿时大开，露出一个大口子。黑龙驮着旦巴飞出洞口，一直飞到了天空。那些野兽跟着出了洞，各自四散走了。

黑龙带着旦巴来到龙宫门口，便让旦巴下了背，然后一抖身子，变成一个英俊的青年。旦巴惊奇地对他说："啊，原来你是个英俊漂亮的小伙子啊！"黑龙微笑着拉起他的手走进金碧辉煌的龙宫。老龙王和龙母见龙子回来了，既高兴又伤感，立刻抱住龙子问道："孩子啊，自从你被鲁得南布捉去后，到现在已经三年了，你阿爸阿妈因为想念你，把眼泪也哭干了。现在你是怎么回来的啊？"

龙子指着旦巴说："阿爸阿妈，是他把我救出来的。"接着把旦巴到妖洞后的情形说了。

龙王和龙母感激地说："啊，恩人，你真是我们孩子的再生父母，你救了我们的孩子，我们要报答你的恩情，请你在这里多住上些日子让我们好好款待你。"

旦巴说："谢谢殿下的盛情。我不能在这里多耽搁，家里老母一定在想念我，我要早点回去侍奉母亲。"

"那么你就住几天吧，在这里舒舒服服玩几天，也好让我们尽一点对你的感激之情。"

旦巴不好再推辞，只好答应了，龙王和龙母十分高兴。

几天里，旦巴在龙宫里享受了从来没有享受过的豪华舒适的生活，可是他总在想念着年老的母亲，无论龙子怎样引他欢心，也不能从他脸上看到一点愉快的神色。龙子便问道："旦巴哥，你这样愁闷的样子，你真不想在这里住下去了吗？"旦巴说："我离开母亲已经有好几个月了，她年过花甲，家里又没有人服侍她，我在这里日子过得再舒服，心里也是不会感到愉快的。我想早点回家去，你对父王说一声，送我回家去吧。"

"啊！是呀，这也难怪你心里不愉快，谁不想自己的父母呢？既然你一定要回去，我也不能强留你，但我要报答你的救命之恩。你回去时，我要送你一件最珍贵的东西作为纪念，父王也会给你礼物。龙王如果问你要什么，你就说要金瓶和金筷子。那金瓶里的圣水可以医治百病，你可以拿去给你的母亲和乡亲们治病。那金筷子能变出你所想吃的任何东西。"

他们见了龙王后，旦巴向龙王提出了回家的要求。龙王见他归心似箭，再也留不住了，便对他说："我原想留你在这里多住些日子，可你丢不下你的母亲，执意要回家去。那么，让龙子送你回去吧！为了表达我们全家的心意，我想送给你件礼物，但不知你想要的是什么？你可以自己提出来，你要什么，我们都会给你。"

旦巴说："感谢殿下，我已经领受了你们的盛情招待，本来不应该再要什么礼物，但为了不负你们的盛意，我也只好接受你们的馈赠。那就让我要一个金瓶和一双金筷子吧。"

龙王答应了，叫龙子从宝库里拿出一个金瓶和一双金筷子给了旦巴。

龙子说："我没有什么东西送你，我把我的一只角给你，当你碰到困难的时候，只要用指头在角上轻轻弹三下，你就会得到你所想要的东西。"旦巴接过那只龙角，向龙王父子道了谢。于是，龙子驮着旦巴，飞出龙宫，来到地上的一个高山顶上。这里离旦巴的家乡不远，下了山便是旦巴家居住的村庄。龙子放下旦巴，俩人依依不舍地分开了。

旦巴找到一条路，慢慢走下山来，走了不多时，便来到他以前砍柴的地方，又在那次遇见妖怪时睡过的草地上坐了下来。他坐在草地上远望山下的村庄和周围的群山，不禁回想起遇到妖怪，拾到靴子后的经历，心里感到了一丝惬意。但又想起年老的母亲，又觉得自己太对不起她老人家了。于是立即起身就往山下跑。才跑到半路，见前面走着个老人，背着一背柴，挂着拐杖，一步步慢慢走着。他大步赶上那老人，一看原来是邻居那位孤老头。他走上前招呼道："大叔，你这大年纪还上山砍柴吗？我是旦巴，现在回来了。"

老头子仔细打量了旦巴，惊喜地说："啊！你是旦巴？我这眼睛可不行了。你不说，我还看不出是你呀！这几个月你是到哪里去了？怎么现在才回来呀？"

旦巴便把经过的事说了，老头听了非常惊奇。旦巴问到他阿妈现在怎么样了。老头说："你阿妈现在还活着，可是因为时常想你，把眼睛哭瞎了。我看她实在可怜，所以每天上山捡野菜或拾柴卖了来供养她呢。"

旦巴十分感动地说："大叔，真太感谢你了，我绝不忘记你的恩情，让我以后好好报答你。"

他们回到家时，天已经黑了。旦巴敲了敲门喊道："阿妈，我回来了，快开门呀！"

"谁呀？你是谁呀？"母亲在屋里一边问一边打开了门。

"阿妈，我是旦巴，你的儿子回来了。"

母亲听见是儿子的声音，惊喜地伸出双手，想摸到儿子。旦巴一把抱住母亲说："阿妈，我让你受苦了！"

"啊！孩子，你回来了吗？这不会是做梦吧？我的孩子！"母亲又高兴又伤心地哭了起来。

旦巴安慰道："阿妈，你别再哭了。现在我回来了，你应该高兴啊！"

"是的，孩子，你回来了，我怎么不高兴，只因为阿妈为想你哭瞎了这双眼睛，看不见你怎么能不伤心啊！"

"阿妈用不着伤心，我从龙宫里带来了圣水，那是医治百病的仙药，让我给你点在眼睛里试试看吧。"说着便拿出金瓶来，从瓶里滴出几滴圣水，点在母亲的眼睛里，顿时，母亲的眼睛亮了，看得见面前的儿子了。母亲高兴地笑起来说："孩子，你这是从哪里得来的仙药啊？阿妈这回看见你了。"

旦巴说："这是从龙宫里带来的，是龙王送我给阿妈和乡亲们治病的仙药。"

"啊，你怎么会到龙宫去了？这可是真的？"母亲不相信儿子会到龙宫里去。

"是这样，阿妈，我把经过情形讲给你听。"旦巴把他经历的事详细讲了一遍。母亲听完他的叙述，万分感慨地说："好孩子，你做得对，就因为你有一颗善良的心，处处为别人做好事，所以菩萨保佑让你得到好报应，阿妈也跟着你有了福气。"

第二天早上,旦巴拿出龙角来,用指头轻轻弹了三下,立刻就见地上出现一大堆新衣服。旦巴让母亲换上了新衣服。然后又拿出金筷子来,在桌上轻轻敲了三下,桌上立刻摆出了热气腾腾的饭菜。母子俩正准备坐下来好好地吃上一顿饭,旦巴忽然想起了隔壁大叔,就把老大叔请来说:"大叔,你是我的恩人,当我不在家的日子,你细心照看了我的母亲,我母子俩才有相见的日子。从今后,你不要再去捡野菜了,我愿供养你,让你度过幸福的晚年。"大叔呵呵地笑着说:"啊!真是好样的!谢谢你孩子!"他又转向母亲说:"大姐,你有这样一个好儿子,叫我也沾了你的光呢。"

他们一边说着,一边吃着饭。从此,旦巴就供养着母亲和大叔,日子过得很幸福。旦巴还为村里的穷乡亲们做了不少好事,没吃的人,他就用金筷变出吃的给他们;没穿的人,他就用龙角变出衣服来给他们;有病的人,就用金瓶里的圣水为他们治病。乡亲们非常感激他,说他是世上最好的人。人们见他家里日子过得好了,可是见他还没有娶媳妇,就劝他找个好媳妇,让母亲心里高兴,早晚也有个服侍的人。旦巴听了笑着说:"谢谢你们的关心,我已经订婚了,我就要去接我的媳妇。请乡亲们在我回来以前,替我照看我阿妈和大叔,我就感激不尽了。"

于是,旦巴骑上了一匹马,带上公主给他的半截匙子,告别了母亲和乡亲们,向王府的路上走去。王府离家乡有几千里路,要走几个月才能走到。旦巴一路上经受了不少风餐露宿、跋山涉水的辛劳,才来到了王宫。他走到王宫门前,向守门的说要见国王。守门卫士进去通报,不一会儿出来说:"国王问你有什么要紧的?要是没有什么要紧事,他不能随便见你。"

旦巴说:"请禀告国王,就说我是来求婚的,我和公主已经订下了婚,现在有半截匙子为证,要求国王让我进去参见。"说拿出金匙子给门卫看了。

守门卫士看了金匙了,知道他是个有来头的人,便又进去向国王禀告了旦巴说的话和有半截金匙子作证的情况。国王听了,还有一点不信,便问公主有没有这回事。公主听说有人带着半截金匙子来求婚了,知道是旦巴来了,她惊喜地想:我还以为他被那些人堵死在妖洞里永远出不来了,没料到他会活着来找我。啊!真是天神保佑善心人!她高兴地对国王说:"父王,快把那个人请进来吧,他就是救我的那个年轻人。"

国王诧异地说:"会是他呢?你不是说他和一条黑龙已经堵死在洞里出不来了吗?现在怎么又会到这里来?"

"那我也不知道,也许他有别的什么办法,或是从别的出口钻出来的。是不是他,让他进来就知道了。"

国王问:"那么,他拿着半截金匙子来求婚这又是怎么回事?"

公主说:"父王,因为他救了我的命,是我的救命恩人。为报答他的恩情,我把金匙子折一半给了他做信物,同他订了婚。他是好人,父王,如果来的人真是他,你就答应他的请求,把我许配给他吧!"

"唔,他是什么身份?叫什么名字?"

"他叫旦巴,是个种地的庄稼人。"

"哦!是庄稼人?他这样低贱的人,那能同你相配?这不就侮辱了我们王宫的声誉吗?"

"父王啊!世上的人同样都是父母所生,都同样是穿衣吃饭的人,有什么贵贱之分?他虽然是个庄稼汉,但是一来是我的救命恩人,二来我也爱他人品端正。假若父王不允许我们成婚,那我决定终身不嫁别人,甘愿削发为尼,进寺庙去修行。"

国王见她执意要嫁给他还从没见过的人,便说:"好吧,先传他进来,让我看看再说吧。"

门卫应声出去了,公主也跟着走出宫门,只见旦巴身穿华丽的服装,牵着一匹骏马站在门前。她惊喜地望着旦巴那仪表堂堂、英俊潇洒的神态,心里更加涌上爱慕的热流。她立刻奔过去拉住旦巴的双手说:"我心上的人呀,你可真来了,快进来吧,父王要见你呢。"

旦巴把马交给门卫,就同公主手挽手走进宫去。旦巴一见国王,便向国王下拜道:"小民旦巴拜见国王陛下!"

国王见旦巴一表人才,心里已经有点儿喜欢了,便让他坐在下首的坐垫上,开始同他谈起话来。国王向他提出了许多问题,他都一一回答了。当他谈起了进妖洞救出公主后,洞口被堵,以及黑龙驮着他冲出洞口,飞到龙宫去的情形时,国王气愤地说:"堵洞口的那几个人回来时还说,那黑龙是条妖龙,你要救他出来是想残害人世,所以他们才把洞堵死了。想不到他们原来是为了多分赏钱,才做出这种伤天害理的事来。太可恶了!这样的人留在世上总要害人,我非把他们杀掉不可!"

旦巴接着讲起了到龙宫后的情形,国王听着既惊奇又羡慕,不免激动地问道:"你可真有福气,还到龙宫里去过哩!那龙宫是个什么样子?可比我的这宝殿好吗?""陛下,不瞒你说,那龙宫可比咱人间的宫殿好多了,那龙宫的殿堂房舍以及门楼台阶都是金银玉石造成的,到处是晶莹闪亮、灿烂辉煌。龙宫里不分昼夜都是光彩明亮,尤其那龙宫园林风景,更是美不胜收,园林里百花争艳,五光十色,那花儿都是四季不谢之花,绿树掩映,碧水清澈,直叫人流连忘返。我自从到龙宫里,龙王父子待我如亲人,叫我这庄稼人享尽了人间无法享到的幸福。要不是我时时想念我的母亲和公主,我可不会谢绝龙王父子留我永远住下的情意。当我决意要离开龙宫回家的时候,他们还送我几件绝世的宝贝,现在我为了不辜负公主对我的深情,才远道前来向陛下求婚。但愿陛下念我与公主的前世姻缘和今生的幸遇,允许我们的婚事。我将衷心感谢陛下的圣恩。"

国王听了旦巴这席话,脸上露出满意的微笑。他点着头赞许地说:"啊!想不到你一个庄稼人还有那样神奇的经历,竟然遨游天庭龙宫,得到龙王的优厚待遇。如此看来,你并非凡夫俗人,一定是位有仙缘的贵人。要不然,世间凡人谁有这样的福分被天神龙王待为贵客!好吧,我把女儿嫁给你,也不算辱没了我王室高贵的门庭了。"国王说到这里,停了一下想了想说:"不过,我身边没有别的子女,就只有这个女儿,要是你把她娶走了,将来我归天后,就没有继承王位的人了。所以,我想要你做我的驸马,你们成婚后你就留在我的身边,等到我年老不能理事的时候,就要由你继承我的王位,替我治理国家。你想,这不就两全其美吗?"

"陛下,请容我启禀我的苦衷,我家里只有老母一人,没有人服侍她,还有邻居的一位老人,也要我来供养。我不能留在宫里,丢下两位老人让他们受苦,恕我不能遵旨,还请陛下见谅。"

国王满不在乎地说:"那好办,你把母亲和邻居老人也带来宫里住,让他们也享享宫里的清福,不是更好吗?"

"可是我们村里还有许多穷苦人,都要靠我帮助才能过日子,我不能离开他们,还是让我回去吧!"

国王为难了,他又想了想说:"也罢,为了成全你和我女儿的婚姻大事,我得破点财了。这样吧,我带些钱粮布匹去,发给穷苦的人,我再下令当地官员减免穷人的捐税。这下,你该没有什么顾虑了吧?好了,就这样定了,我请人择个吉日,早日给你们完婚。然后你就回家去把母亲和大叔接到宫里来。"

旦巴这才满意地谢了恩,同公主一起高高兴兴地走进后宫去了。

搜集整理:泽旺仁增

流传地区:云岭乡央宗村

王子与贫女

相传在很久很久以前,澜沧江边的山沟里住着母女二人。姑娘名叫桑格那吉,她勤劳贤惠,容貌秀美。只因母亲双目失明,加之在荒山僻岭之间,土地贫瘠,难以度日,桑格那吉只好带着可怜的母亲离家出走,过着流浪乞讨的生活。

再说离她家很远很远的王宫里,有一位忠厚善良的王子,名叫古取。他嫉恶安良、念佛行善,当时不吝。这天,桑格那吉扶着双目失明的母亲,一路行乞来到了这里。姑娘站在高大巍峨的王宫前,想起人们常常讲到的善良的王子,不禁悲伤地唱起歌来。

这时,王子古取正在楼上歇息,突然听到窗外传来哀婉的歌声,他站在窗口向下一看,只见一个姑娘和一位老妈妈站在宫门外。于是,他便下楼走出王宫,来到母女俩的身边问道:"唱歌的姑娘啊你叫什么名字?站在你身旁的可是你的母亲,你们从哪里来又要到何处去?你为何在这里悲伤地歌唱?"桑格那吉见来人衣着华丽,仪表端庄,一副真诚的面孔,便认定是王子古取来了。她便忙把双手合在胸前回答道:"尊敬的王子啊,我叫桑格那吉,身边是我不见天日的阿妈。我们无田无地也无家可归,只为养活我这可怜的母亲,才从遥远的澜沧江边一路讨饭来到这里,不想我的歌声惊扰了古取王子,望王子恕罪。"

王子听了桑格那吉的叙述后,便仔细打量起她来。王子见姑娘长得端庄秀丽,楚楚动人,尽管贫困使得她面容瘦弱,但是一双明亮的眼睛仍显出迷人的光彩。看到这一切,王子不禁对她们母女俩产生了怜悯之情。他说:"桑格那吉姑娘啊,外面无遮无挡烈日当空,快带上你可怜的母亲随我进宫歇口气吧,让她喝碗热茶解解渴。"姑娘听了王子的话后,感慨地说:"尊敬的王子啊，我是个出身卑贱的贫女，没有资格跨进神圣的王宫，更不敢有劳王子大驾，只求王子略施恩惠，救救我可怜的母亲。"

王子见桑格那吉姑娘不敢随他入宫，又深情地说道："姑娘啊，你的脸庞像满弦的明月，乞丐不是你的本分；你的眼睛像明净的深潭，贫穷不是你的归宿。你如果愿意留在我的身边，我会叫你摆脱流浪的凄苦和贫困的艰辛。"姑娘急忙答道："尊敬的王子啊，不是我不愿做你的仆人，只是我可怜的母亲两眼不见天日，无依无靠，我怎能忍心抛下她老人家独自入宫呢？"

王子听了姑娘的话后，动情地说："姑娘啊，请你仔细想想，你可怜的母亲已饱经风霜，再也经不起饥饿和艰难奔波的折磨了，你难道还忍心让她倒在流浪的途中吗？如果你能留在我身边，你的母亲我自有安排，绝不会再让她受冻挨饿的。"姑娘见王子一片诚心，不禁想起了四方流浪、饥寒交迫的日子。长此下去，母亲不是真的要像王子所说的那样，倒在讨饭的途中了吗？不如自己留在王宫，让年迈的母亲也有个安身之处。她终于答应了王子，留在了宫中。于是，王子便叫人在远处盖了一幢房子，并派了一个女仆，专门服侍她的母亲。

从此，桑格那吉姑娘陪着王子在宫中度日。转眼两年过去了，他们一直过着和睦美满的生活，只是姑娘长期见不到自己的母亲，心中总是郁郁不乐。

这天，她站在窗前梳头，当看到宫外流向远方的河水时，更加思念起母亲来。她对王子说："尊敬的王子啊，我离开可怜的母亲已是两度春秋了，还不知道她老人家是否安康，请王子恩准我去看看她吧！"王子答应了她的请求，并提出要和她一同前去。可是，就在临行前的一天，桑格那吉姑娘突然患了一场大病，不几日便离开了人世。

姑娘死后，王子古取悲痛万分，他选择了良辰吉日，为姑娘举行了隆重的葬礼。他把姑娘的遗体抬到王宫外的小河边，点燃了长明灯，摆好了各种祭品。就在即将火化的时候，突然飞来一只白鹰在他的头顶上空盘旋起来。王子望着空中的白鹰虔诚地说道："白鹰啊白鹰，你是不是可怜桑格那吉姑娘。如果你是她的化身，就请喝一口放在碗里的水吧；如果你不是她的化身，就请快些飞走。"

王子的话刚刚说完,只见那只白鹰一个俯冲,扑进了他的怀抱,王子猛然省悟,他抱紧白鹰,转身跳进了面前的河里。

慢慢地,河面浮出了一对美丽的红鲤鱼,相互追逐着,向远方游去。

讲　　述:阿东尼玛
搜　　集:泽仁尼玛
整　　理:李力能
流传地区:德钦阿东乡

格桑洛顶和东鲁祝玛

很久很久以前,有四个古老的王国。其中一个国王,膝下有三个美丽、聪明、能干的公主:老大叫桑鲁祝玛,老二叫恩鲁祝玛,老三叫东鲁祝玛。

有一天,三姐妹去背水,老大走在前面,老二走在中间,老三走在后面。她们走到半路,见一个身穿破羊皮袄、蓬头垢面、满身爬着虱子的汉子,横躺在路上,挡住她们的去路。

老大桑鲁祝玛走到那人身边,说:"啊!你这叫花子,不要挡住我的去路,快起来!让我过去!"那个汉子翻了个身,躺在原地不动,面带哀求的神色说:"好姑娘,你要是可怜我,我请你绕着走,你要是没有怜悯的心意,那就跨过去吧!"

桑鲁祝玛:"呸!谁愿意可怜你这叫花子,我没有功夫绕着你走。"说着,就从那汉子身上跨过去了。

恩鲁祝玛走近那汉子身边说:"啊!你这流浪汉,不要挡住我的路,快起来,让我过去!"

那汉子翻了个身,仍旧躺着不动,用不卑不亢的口气说:"好姑娘,你要是愿意,就请你绕着我走;你若不愿,那就跨过去吧!"

恩鲁祝玛说:"呸!你这流浪汉真不知耻,谁愿意绕着你走,我要跨过去。"说着从那汉子身上跨过去了。

东鲁祝玛走近那汉子身边,说:"啊,可怜的大哥,你怎么躺在路上?请不要挡住我,让我过去吧!"

那汉子翻了个身,依然躺着不动,用满含深情的眼睛,望着姑娘的脸说道:"好姑娘,你要是对我有情意,就请你绕着走;要是看不起我这穷苦人,那就跨过去吧!"

东鲁祝玛望着他亲切地说:"尊敬的大哥,我从来没有从别人身上跨着走过,我还是绕道而行吧!"说着就从那汉子旁边绕着走了。

三姐妹来到河边,她们各自舀起一瓢水,向河水祷告道:"河水啊,河水!你是我父亲的烧茶水,是我母亲的煮酒水,是我自己的洗头水,祝愿我父母像河水一样长寿,愿我的爱情像河水一样纯洁!"

两位姐姐背着水走了。东鲁祝玛刚把水桶舀满,河边的树影投在她的桶里,她看见倒影在桶里的树枝上,挂着一个金戒指。她惊奇地抬头望望树上,那金戒指高高地挂在树上闪着耀眼的光。她正要背上水桶走了,没想到水桶突然裂开一条缝,桶里的水全都流光了。她看看无法背水回家,伤心地哭了起来。

这时候,那汉子来到她跟前,对她说:"姑娘,你别哭了,如果你能答应嫁给我,我有办法替你把它修好。"

东鲁祝玛犹豫着仔细打量面前的这汉子,他虽然穿着破烂的羊皮袄,一身肮脏的样子,但是他那英俊的面庞和那深情的眼神,使她动了爱慕的心,她羞怯地点头答应了她的要求。那汉子就从树枝上取下那个金戒指,放进桶里。说也奇怪,那木桶的裂缝合拢了,就像原来一样完好。

后来,有两个毗邻国的国王向三位公主求婚。在一个吉祥的日子里,王宫里举行了盛大的订婚宴会。在订婚仪式上,三位公主要把自己认为最珍贵的东西作为礼物,放在一个自己喜欢的国王怀里,表明自己愿意嫁给他,愿意和他永远生活在一起。

大公主桑鲁祝玛走过去,看着客位上的两位国王说:"汉地国王和印度国王都来了,只有格桑洛顶国王还没来。"就把礼品放在汉地国王怀里。

二公主恩鲁祝玛走过去,看着客位上的两位国王说:"汉地国王和印度国王都来了,只有格桑洛顶国王还没有来。"说着就把礼品放在印度国王的怀里。

东鲁祝玛走过去,看着客位上的两个国王,心想:"汉地国王和印度国王都来了,两位姐姐已经把礼品赠送给他们,和他们订了婚。可格桑洛顶的国王还没有来,我要把礼品送给谁好呢?"她拿着礼品,心慌意乱。谁知不小心，绊在什么东西上跌了一跤，手里的礼品掉进一个坐在下首客位上穿着破皮袄的汉子怀里。她仔细一看，这正是前几天倒在路上、曾经为她修好水桶、送过她一枚金戒指的那个汉子。她心里暗暗高兴，满意地走回到自己的座位上。

两位姐姐见这情景，都笑了起来，说她要嫁给这样一个穷汉，太没福气了。

订婚宴会散后，父亲和母亲问三个女儿各自把礼物送给了哪位国王。桑鲁祝玛说："我把礼物送给了汉地国王，我要嫁给他。"恩鲁祝玛说："我把礼物送给了印度国王，我要嫁给他。"

东鲁祝玛不声不响，低着头，当父亲和母亲一再追问她把礼物送给了谁时，她这才回答道："我把礼物送给一个流浪汉了，我愿意嫁给他。"

父母亲一听她的回答，气得浑身发抖，骂她没出息，是个傻子，说她没福气，活该一辈子过苦日子。他们把宴会后丢在地上的骨头都收起来，装进一个口袋里，拿给她做嫁妆，让她跟着那汉子离开了家门。

那汉子对她说："姑娘，假如你真心实意爱我，毫不后悔的话，那么你就得不怕吃苦，不论要走多长的路，你也要沿着我用棍子划的路线，一直走到画线的尽头，那你就会到我家，和我见面的。"说罢他就径直先走了。

东鲁祝玛背着一袋骨头，顺着他划的路线走了不知多少天。路上遇见一位放牛人，她问："放牛的阿爸，请向您打听一下，你可曾看见一个穿破皮袄的汉子，从这里走过？"

放牧人说："我天天都在这里放牛，刚才没有看见穿破皮袄的人走过，可我看见国王格桑洛顶，骑马刚从这里走过。"

她又沿着地上的画线继续赶路，又不知走了几天几夜，来到一个山坡上，遇见一个放马的人。她问："放马的大哥，请问你一下，你可曾看见一个穿破皮袄的人从这里走过？"

放马的人说："我天天在这里放马，没有看见穿破皮袄的人走过，我只看见国王格桑洛顶，骑着马从这里走过去了。"

她依旧顺着地上的画线继续赶路，筋疲力尽地来到一个湖边，遇见一个放猪的人。她问："放猪的老阿妈，请问你老人家，可曾看见一个穿破皮袄的人从这里走过？"

放猪人说:"我天天在这里放猪,没有看见穿破皮袄的人走过,我只看见国王格桑洛顶,骑着马从这里走过去了。"

东鲁祝玛不知走了多少天,一路上风餐露宿,跋山涉水,受尽了饥寒劳累,终于来到一个地方。只见不远处有一座城堡,城里有许多高大的楼房,一片繁荣昌盛的景象,这就是格桑洛顶国王的都城。

东鲁祝玛走到王宫外,看见很多狗守着一件破羊皮袄蹲着。认出那皮袄正是她未婚夫的,以为他被这些狗咬死了,只剩下皮袄丢在那里,便伤心地抱着皮袄放声大哭起来。这时从宫门走出一个人来,她看见那人正是她亲爱的那个穿破皮袄的流浪汉,现在却身穿华丽的衣服,头戴王冠,仪表堂堂。她不相信这是真的,以为是自己在做梦,忽听那人说道:"东鲁祝玛,你不要再哭了,现在你已经到家了。你快把那些骨头丢给狗吃吧!"

东鲁祝玛被格桑洛顶国王扶着走进宫门。她看见那宫殿里金碧辉煌的殿堂和许多金银珠宝的陈设,不时停下脚步站着。格桑洛顶说:"进去吧,你不要害怕,现在你已经是这宫殿的主人了。"

当天晚上,东鲁祝玛和格桑洛顶国王举行了隆重的婚礼。

过了两天,东鲁祝玛要回娘家去看望父母,格桑洛顶国王为她准备了行装和许多礼物,还派了一些随从,跟着她回娘家去了。

到家那天,两个姐姐也正好都回娘家来了。大姐拿出一块松明子,拜见父母亲说:"阿爸阿妈,我这次回家来,没有带来什么礼物给你们,就带来点松明子,表表我的心意,报答阿爸阿妈的养育之恩。"

二姐来拜见父母亲,她也拿出一块松明子说:"阿爸阿妈,我这次回家来,没有给你们带来什么礼物,就带来一些松明子,表表我的心意,报答阿爸阿妈的养育之恩。"

东鲁祝玛上前拜见父母亲,她说:"阿爸阿妈,自从我离开你们,无时无刻不在想念你们,为了报答你们生我养我的恩情,我给阿爸阿妈带来一些礼物,请阿妈借给我一个簸箕。"

妈妈生气地说:"你这个没出息的孩子,跟着一个流浪汉到处要饭,你能有什么东西用簸箕来装呀?"

东鲁祝玛说:"阿妈,你老人家不要生气,请把簸箕借给我,你就会知道我带来什么礼物。"妈妈不耐烦地拿了个簸箕给她。只见她拿出一袋东西,倒在簸箕里。阿爸阿妈和两个姐姐都被惊呆了,他们看见倒满一簸箕的都是黄澄澄的金子。两个姐姐想:"自己嫁给的是国王,带回给父母的是一些松明子,可妹妹嫁给一个流浪汉,却给父母带回来那么多的金子,这叫我们还有什么脸面见人啊?"她们想着,羞得抬不起头来。

搜集整理:降巴

流传地区:羊拉乡

祥巴和龙女

很久以前，有户很穷的人家，只有一个瞎眼老妈妈和她的儿子祥巴。母子俩相依为命，生活全靠儿子养几头牛来维持。每天，祥巴挤完牛奶，吃过饭，又给阿妈做好下午饭，放在伸手就能摸到的火塘边，然后吆喝着牛到远处湖边的草滩放牧。

祥巴放牧的地方可好啦，平平的草滩上，邦锦花儿怒放，中央有个碧蓝碧蓝的湖，一条银链般的小溪弯来拐去，静静地流向湖里。每天，牛群吃饱了草，喝够了泉水，就安详地卧在湖边咀嚼着。这时祥巴掏出牧笛，吹上几支牧歌，然后在湖边美美地睡上一觉。醒来时刚好到了吆牛回家的时辰。

这天，他又来到湖边放牛，吃过一点糌粑，吹了一阵牧笛后就睡着了。不久，他在朦胧中听到一种怪异的声音，坐起来一看，发现湖中有一黑一白两条蛇在追逐、斗打。只见那黑蛇正在紧紧追赶白蛇，白蛇浑身被咬得血淋淋的，拼命挣扎。祥巴动了慈心，挥动牧鞭，"叭叭"两下打死了黑蛇。白蛇脱离了危险，潜入湖中不见了。

吃晚饭时，祥巴把湖边的事告诉了阿妈。妈妈听了很高兴，说："我听老人们说过，黑蛇是妖精变的，白蛇是好人变的。你今天打死了黑蛇，救了白蛇，将来菩萨会保佑我们的。"

第二天，祥巴照常到湖边放牛，刚在湖边睡下，有个人轻轻抓住他的胳膊喊道："阿哥，你醒醒，你醒醒。"

祥巴睁眼一看，原来是个很英俊的小伙子在呼唤他。他努力回想着，但怎么也想不起这个小伙子是哪个村寨的，因为他从来没有见过这个人。于是，祥巴问道："喂，朋友，你是什么人，找我有事吗？"

"我来请你到我家玩。"小伙子恭敬而认真地回答。

祥巴越发觉得奇怪,心想:我从来不曾认识他,不知他家住在何处,他怎么来请我?便不解地问:"你是哪个村子的?"

小伙子说:"我父亲是龙王,我是从龙宫里来的,我家就在那下边。"他指了指湖水。

祥巴听了大吃一惊,忙说:"不去不去,我是凡人,你是龙子,我怎么能跟你去龙宫呢?再说我也走不开呵!"

龙子看出了他的难处,安慰说:"你放心,阿哥。放牛、照顾你阿妈的事,都会有人帮做的。今天你无论如何也要跟我去龙宫一转,我是奉父母之命特意来请你的。"

祥巴只得答应。龙子让他闭上眼,把他背到自己身上,就走进湖中。不一会儿,两人到了水下的龙宫。祥巴睁开眼时被眼前的景象惊呆了:这龙宫是金子做的房头板,银子建的墙,珊瑚做的柱子,玉石做的家具,水晶石铺的地板。处处金碧辉煌,珠光宝气,使人眼花缭乱。

龙王让他坐到金子搭的座位上,并摆上了丰盛的美酒佳肴,请他享用。龙王对他说:"昨天,我让儿子到人间去玩,不料刚到湖面,就碰到妖精变的黑蛇,差点丢了性命,多亏你打死了妖精,救了我儿子。我们一家要重谢你呀!"

龙母也说:"我们请你来,是为了报答你的救子之恩。从今天起,你就住在我家,住上十二年,再慢慢回到人间去。我们一定好好侍候你。"

祥巴忙说:"不行不行,我家里上有瞎眼阿妈,下有七八头牛。我住在这里,就没有人照顾母亲和看护牛群了。"

龙王说:"如果住十二年不行,就是八年吧。"祥巴仍不答应。龙王又叫他住三年,祥巴还是不愿。最后,在龙王一家的苦苦要求下,祥巴答应住三天。

祥巴住在龙宫的时候,龙王派了个龙子到祥巴家去放牛、服侍瞎眼阿妈,从挤奶、放牛到做饭,一切都照料得很周到。瞎眼老阿妈很奇怪,就问:"你是哪里人?怎么像我儿子一样服侍我?"

龙子说:"我是赶马人,路过这里时,有匹马生了病,在你家住几天,顺便照顾一下你。"

祥巴在龙宫里不觉过去了三天。这天傍晚，龙子回到了龙宫。吃晚饭时，龙子悄悄对祥巴说："你向我的父亲要求一下，今晚上让你跟我睡在一起，我有重要事情告诉你。"

祥巴照办，龙王爽快地答应了。晚上，龙子把嘴巴凑在祥巴耳朵上，悄悄地说："我家有万贯财产，最宝贵的东西就有几十种，几百个箱子。明天你走时，我父母一定会送你几箱金银、珊瑚之类，但你不要这些东西。我家还有个宝贝箱子，你想吃什么饭，只需用筷子敲两下这箱子，饭就做好了。如果我父母把这个宝箱送给你，你也不要收下。"

祥巴试探地问："为什么不能要这些东西呢？"

"这些东西虽然贵重、有用，但是吃完用完也就完了，不能管你一辈子。我家还有一样更宝贵的东西，如果我父母问你要什么东西时，你就说只要那只拴在手磨底下的大黄母狗。祥巴哥，你千万照我的话去说。"

果然，第二天祥巴临走时，龙王和龙母送来几大箱金银，祥巴不肯要。他们又送来那个会自动做饭的宝箱，祥巴还是不要。最后，龙王说："恩人，你若要空身回去，今天我们就不放你走。这样吧，你要什么东西就直管说，我们一定给你。"

祥巴用手指指手磨底下的大黄狗，嗫嚅着说："我只喜欢那只大黄狗，今后放牧好做伴。"

龙母听了双手合十，掉下了眼泪。龙王却慷慨地说："好，既然你喜欢，就送给你吧。"

临分手时，龙王拉着祥巴的手说："好孩子，我们永远忘不了你的救命之恩。往后，你有什么难处和急事，就到湖边喊我们，我们会帮你排忧解难的。"

龙母流着泪，对黄狗说："我的宝贝，你要好好操持家务，好好服侍祥巴和他的妈妈，不要嫌弃贫穷。"

龙子也嘱咐祥巴说："恩人，你要把这条狗当做一个人对待。你吃什么就给它什么；你住什么就给她住什么。千万别虐待它。"说完掉下了泪。

黄狗摇了摇尾巴，望着龙王、龙母和龙子，掉下了几颗晶亮的泪。

祥巴走了，龙子一直把他送到湖边。这时，牛群像往常那样吃饱草、喝足水，躺在湖边，半闭着眼咀嚼着。

太阳落下西边草滩的尽头时，祥巴牵着狗，吆着牛群，高高兴兴回到了家。母亲听到儿子回来，高兴地叫起来："祥巴啊祥巴，这三天你到底上哪儿去了？"

祥巴把到龙宫去玩的经过说了一遍，母亲听了越发高兴说："都说水下有龙宫，但谁也没见过。今天你到了龙宫，见了龙王，我们真有福气呵！孩儿，快看看你带来的东西。"

祥巴把牵狗绳递给母亲，告诉她要来了这只大黄狗。

阿妈听说要来一只狗，心想自己家里这么穷，再添一张狗嘴巴，往后日子就更紧了，心中有些担忧。但这是龙宫里带来的狗，心想是个有用的宝贝，便没有再说什么。

这以后，祥巴把大黄狗拴在手磨下，他们吃什么，就给黄狗吃什么。每天早晨出牧前，他把午饭分成三份，其中一份自己带走、一份留给母亲、一份留给黄狗。晚上回来时，奇怪的事发生了：灶里烧着火，桌上摆着热气腾腾的饭菜。他问母亲是怎么回事，母亲说来了个姑娘，是她帮做饭菜。一连几天都是如此。这几天晚上，祥巴简直睡不着，心中一直想着白天发生的奇怪事情，他想探究一下真相。最后，终于想出一个主意。

这天早上，祥巴起了个早，挤完奶，就出去放牧了。走到半路，他悄悄转回来，爬上房顶，从天窗里往下偷看。只见那黄狗从手磨下站起来，脱下了狗皮，变成了一个漂亮的姑娘，开始扫地、烧火、做饭。

"呀，原来是大黄狗做的饭菜。"祥巴惊奇得差点叫出了声来。"怪不得龙土子说要把它当做人对待，还好是个姑娘啊！"

他迅速跳下墙，飞快地跑进门去，紧紧拉住了姑娘的手，那姑娘见祥巴突然出现，想穿上狗皮已来不及了。她挣开被拉到手，朝门冲去，无奈祥巴死守住门，不让她跑掉。姑娘见实在跑不脱，倾诉了实情："既然你已经明白了一切，我就告诉你吧。我是龙王的独生女儿，就是你救过的那个龙子的姐姐。为了报答你救龙子之恩，父母答应了你的要求，把我送给你，要我悄悄帮助你家,让你们母子过上好日子。"

祥巴半信半疑,问:"那你为什么变成一只黄狗,住在手磨底下呢?"姑娘伤心地说:"只因我是龙女,相貌出众,可是世道不平,坏人当道,怕被他们见了起邪念,才变成了一只黄狗。"

祥巴怕龙女再变成狗,一把拿过狗皮要烧掉。龙女赶紧说:"你要烧掉狗皮,我答应,但不能在这里烧。你要把它拿到最高的山尖上去烧,并且要边烧边念:'愿天下没有高山平坝之分,到处是平原,人间没有穷富之分,人人安康,吉祥如意。'"

祥巴高兴极了,根本没有听清楚龙女的话,抱起狗皮就跳出去,才跑到大门外,就烧起火,把狗皮扔进火里,颠三倒四地念道:"天下有高山平坝,人间有富人穷人……"据说天下地势高低不平,人间有穷富之差,就是那次祥巴烧错了狗皮、念错了咒词的缘故。

龙女知道祥巴在门口烧狗皮的事,悔之莫及,十分伤心地说:"唉,再高兴也不该在门口烧了狗皮、念错了咒词,事到如今无法补救了。以后我们就结为夫妻,相依为命,好好过日子吧!"

从此,龙女在家纺毛织布,操持家务,照看母亲。祥巴照样早出晚归,到湖边放牧。两口子相亲相爱,辛勤劳动,房子四周的荒野上青梨飘香,湖边的草滩上牛羊遍地。过了几年,妈妈去世了,小两口越发勤俭操劳,生活过得十分美满。

好心的祥巴想道:我妻子这样漂亮、善良、勤劳,总不能让她一辈子住在草皮和石头砌的窝棚里,应该盖一栋宽敞的新房让她住,才对得起她。他把想法告诉了妻子,龙女说:"树大招风,房大惹眼,有好日子过就行了,不必盖什么新房。"但祥巴是个老实而又固执的人,龙女只好依从他。她拿给祥巴一把炒过的青稞花,让他砍一根通直溜圆、没有节疤的木料,砍好后把青稞花撒向森林,使绿树常青,世世代代砍伐不尽。

祥巴照着妻子说的做了。傍晚,当他把木料拉到家时,门口早堆起一堆堆的柱子、房梁和房板了。

第二天开始盖房,祥巴想去远处请几个木匠,龙女说:"不必去请人,也不用你动手,我自有办法。"她让祥巴在家睡上七天七夜,等造好新房再出来。

祥巴睡下后,听到屋外有斧砍声、锯木声、敲石声,响成一片,昼夜不停。原来这是龙女跑回龙宫请来的神匠在忙乎哩,祥巴哪里知道其中的奥妙!

房子盖好后,龙女舀了一瓢水,洒在房子四周,顿时,四处鲜花盛开,柳树垂青,百鸟啁啾。龙女又洒了一瓢水,花园四周立即出现了一片湖水。新房子成了水上的琼阁。

过了七天之夜,祥巴出来一看,立即被新房子的光彩闪得眼花缭乱。搬进新房子的第二天,祥巴高兴地对妻子说:"要按藏族古老的规矩,请四乡的穷人们来做客,跳热巴锅庄,热闹几天。"妻子拗不过丈夫,之后叫他去请客,自己在家里准备酒席。为了预防不测,龙女穿上最破烂的衣服,满脸涂上酥油和灰尘,变成一个丑陋不堪的女人。

祥巴请客庆贺新房落成的消息,一传十,十传百,最后传到皇帝耳里。皇帝见一个穷光棍走村串寨,要大请大吃,觉得蹊跷,便不请自去。皇帝见祥巴的房子比皇宫还华丽,饭菜都是不曾见过的山珍海味,就追问祥巴,祥巴把妻子盖房的事告诉给皇帝。

皇帝听罢,忙到灶房看那个手艺非凡的女人。这时,皇帝见一个衣着褴褛却非常漂亮的年轻女人坐在火塘边炒青稞,不禁垂涎三尺。原来,龙女因为忙着做饭,汗水冲净脸上的烟灰,恢复了原来的美貌。

回到楼上,皇帝拍打着桌子,对祥巴吹胡子瞪眼睛地说:"我找了一千五百个妻妾,都没有一个漂亮的,原来是你把最漂亮的女人娶走了。你一个穷骨头,怎么能配这么漂亮的女人,她应当嫁给我!"

祥巴一听着急了,苦苦要求皇帝,千万不要夺走自己的妻子。皇帝怒睁双眼,吼道:"我是一国之主,天下的漂亮女人都是我的!限你在七天之内,把你女人送到皇宫。如有违抗,小心贱命!"说完扬长而去。

皇帝走后,祥巴又急又气,一筹莫展。后来,他听从妻子的主意,带上七坨茶叶、七条哈达到皇帝那里说情,但除一顿鞭打之外,一无所获。皇帝一心想霸占龙女,想出个鬼主意,要祥巴与他赛马,看谁渡过江到对面山头上烧上香,龙女就归谁。

祥巴急得一口气往回跑,把事情告诉了妻子。龙女说:"不要着急,我已经有办法了,明天你到湖边喊阿爸阿妈,把这事告诉他们,借来神马和装着红、黑、白三色经幡的宝箱。"

祥巴立即跑到湖边喊岳父母,借来了神马和宝箱。

第三天,比赛开始了。皇帝放了三响炮后,骑上骏马冲向江对面。龙女不慌不忙地来到神马前,架好鞍子,拴好肚带,摸摸马头说:"宝贝,你一定要得胜归来!"说完拍了一下马。那神马突然伸出一双银翅,载着祥巴,一眨眼渡过江,飞到了对面山头。祥巴打开宝箱,取出三色经幡,轻轻在香台上抖了三下,香炉上便冒出了青烟。这时,皇帝还没有到半山腰呢。

皇帝见一计不成,又生一计,蛮横地对祥巴说:"明天我们分别把一斗蔓菁籽撒在草坝上,谁能把它一颗不剩地捡回来,龙女就归谁!"

祥巴又把皇帝的话告诉了妻子,龙女叫祥巴把箱子和神马,送回湖边,另借来有关神鸟神鸡的三个宝箱。

第二天,比赛捡蔓菁籽时,皇帝派来所有的兵将、奴隶、百姓,要他们每人捡回十万颗籽,多捡一颗籽奖一两银子。龙女打开箱子,念了几句,吹了三口气,顿时,从三个箱子里跳出来无数只大鸡、小鸡、小雀,铺天盖地涌向草坝。只见一只鸡又变成十只鸡,一只雀变成三只雀,每只鸡和雀的脖子上挂着个篾箩,不到喝一顿茶的工夫,就捡完了蔓菁籽。龙女一声吆喝,所有的鸡雀跳进箱子里不见了。而皇帝家人山人海,折腾了半天,才捡到两三升。

皇帝输了两次,恼羞成怒,又说:"楚巴上的带子要转三圈才算男子汉,摔跤场上要比三次才分胜负。明天再比一次打仗:你若杀了我,算我倒霉;我杀了你,你的妻子就归我!"

听说要打仗,祥巴有些害怕,愁得吃不下饭。龙女让他到湖边喊父母,送还装鸡的宝箱,又借来装兵器的宝箱,嘱咐他无论听到什么声响,都不能在半路打开箱子。

祥巴按照妻子的吩咐，借来了兵将兵器箱。走到半路，箱子里传出呐喊声、兵器碰撞声，声响越下越大。他一慌，忘了龙女的话，便把箱子开了一条缝，想看看里面究竟有些什么东西。不料，从里面跳出来几千几万个持枪拿刀的铁人，个个瞪着眼，大声问道："听说要去打仗，在哪里打？在哪里打？"祥巴惊骇地说不出一句话，忙乱中用手指了指对面的山崖。于是，那些铁人一窝蜂冲向对面山崖，用枪打，用刀砍，用锤敲。忽然一声巨响，整座山峰倒下来，砸死了所有的铁人。

龙女知道铁人被砸死后，难过地大哭起来。她抓起一把青稞花，撒向坍塌的山崖，又吹了几声口哨，想换回铁人和武器，但是没有成功。

损失了铁人，龙女再也不能靠神物神力对付皇帝了，她决定用自己的智慧战胜皇帝。这天晚上，她含着眼泪对祥巴说："为了免遭战争带来的痛苦，为了我们今后的幸福，我决定暂时答应皇帝的要求，明天到宫里去。这回，我们要分别九年才能团聚。我走后，你要用三年时间学拉弦子、吹笛子；用三年时间学跳热巴舞、锅庄舞；再用三年时间学打猎。等打到几千只白山鸡后，用白鸡皮缝制成衣裳、裤子、楚巴、鞋子和帽子。到第十个藏历新年初一早上，你就穿上白鸡皮做的衣裤，带上弦子、笛子、拨浪鼓，到皇宫门口跳热巴舞和弦子舞，那时我自有办法收拾皇帝。"

第二天，皇帝抓走了龙女。在皇宫里，龙女整天愁眉苦脸，不思茶饭，不吭一声，更不埋睬皇帝。皇帝为了讨好龙女的欢心，命奴仆用山珍海味服侍她，让她一天换三次衣服，但龙女仍闷闷不乐，哭丧着脸。

再说祥巴在妻子走后，用三年的时间学会了拉弦子、吹笛子，用三年的时间学会了跳热巴舞和锅庄舞，又用三年时间学会了打猎，并缝制了一套十分漂亮奇特的白鸡皮服装。他成了地道的卖艺人，一切都准备就绪。

新年到了。初一那天大清早，皇帝家的门口来了个十分奇特的流浪艺人，他身着洁白羽服，手拉弦子、口唱吉祥如意歌，翩翩起舞，吸引了皇宫里的男女老少。人们涌向门口，争先观看流浪艺人的精湛表演。皇帝知道了，也带着龙女夹在人群中观看。龙女见到祥巴来了，第一次露出了笑脸。

皇帝见龙女高兴，命令奴仆用酒肉招待卖艺人。祥巴跳啊唱啊，跳得龙女心花怒放。皇帝想,既然龙女这样喜欢看艺人的打扮和锅庄,我何不借用流浪汉的衣服跳它一番,使她更为高兴?于是,皇帝把流浪汉喊到暗处,交换了服装。等到皇帝像发疯一般跳起来,龙女大声对大家说:"大家看啊,今天是大年初一,岂能让流浪汉乱叫乱跳,这种伤风败俗的事出现在皇宫里,是个不祥之兆,大家来除掉他!"

话音刚落,人们涌向前去,把皇帝当成流浪艺人,一阵乱刀砍死了皇帝。

祥巴和龙女终于团圆了。夫妻俩把皇宫里的财产和被皇帝占去的土地、牛羊,分给了乡亲们。

搜集整理:曹达传
流传地区:燕门乡茨中村

白蛇姑娘

很久很久以前，有母子俩，生活十分贫困。母亲为了节约口粮，一天只吃一坨糌粑，常常饿得头昏眼花。这天，眼看家里快要揭不开锅了，儿子对母亲说："阿妈啦，你就让我出去打几天短工换点糌粑回来，要不然我们都得饿死啊！"母亲想：自己饿死倒无所谓，反正活在世上的日子不多了，可儿子死了，那这火塘就没有后人来烧了，怎么能断子绝孙呢？便答应儿子去打短工。

儿子来到一个老头家找活干，老头也并不是什么富裕人家，只养了一群牛。老头孤身一个，就以牧羊为生。老头看孩子怪可怜的，便让他放羊，答应几天后卖了羊换成糌粑送给他。

那儿子把羊赶到青草茂盛的山坡上，不一会儿羊吃饱后便睡在草丛中，牧羊儿子也躺在山坡的草丛里睡着了。

这时，一阵冷风吹来，牧羊儿子醒了过来，一看时辰已是日落西山，该要归牧了。他翻身起来准备把羊群聚集起来赶回时，却连只羊的影子也不见了。他举目四望寻找羊群，突然一条碗口粗的白蛇在离他不远的地方立起了身子。牧羊儿子差点被吓昏过去。

这时，白蛇说起话来："大哥别怕，我不会伤害你，我是极乐世界仙女达瓦拉姆的化身，欲想投身人世和一位善良的人结为夫妻，我见你心地善良，想和你结为夫妻，你能答应我吗？"

牧羊儿子果断地对白蛇说："我不能娶你为妻，我是替别人放羊的，现在羊群不见了，我得去找羊群。如果我找不到羊群，我怎么赔得起呢！"

"实话告诉你，你的羊群都被我藏起来了。如果你答应与我做夫妻，我不仅还你的羊群，并且可以多给你五十只羊。"

牧羊儿子想了想，对白蛇说："容我回去好好想想，过几天再回答你。"

白蛇说了声:"你好好清点一下羊。"便不见了。羊群立即出现在牧羊儿子身旁。他反复清点了三次,发现已多出来了五十只羊。牧羊儿子把他们全部赶回来,并把山上发生的事原原本本地告诉了老头。老头把五十只羊换成银元全部给牧羊儿子,牧羊儿子只要了一半,买了点吃的,托人给母亲送去了。

这天,牧羊儿子又把羊赶到山坡上,羊吃饱后又睡在草丛里。可他没睡着,因为他想看白蛇是怎样把羊群藏起来的。他等呀等,太阳快要落山了,还不见白蛇的踪影。他想,白蛇说要和自己做夫妻,可我等了一天却不见她来,也许是嫌我家穷。于是他准备把羊群赶回去。正当这时,一股冷风吹来,眼前的羊群像钻进地底下似地不见了,白蛇笔直地站在他面前,问他想好了没有。

牧羊儿子对白蛇说:"我想了好久好久,但还是不能答应你。因为我有一个快要饿死的母亲,我连自己的一个母亲也难赡养,如果再把你领回家,那你得和我母子一起饿死,这不害了你吗?"

白蛇说:"这个不必担心,我做你的妻子并不要你来供养。我有双手,我会纺线织布,烧火做饭,我可以和你一起来赡养母亲。"

牧羊儿子听了白蛇的话后,欣然答应把她娶为妻子。可他继续又担忧起来:如果把白蛇领回家,母亲见了它一定会被吓死,这怎么行呢?

白蛇好像理解牧羊儿子的心思一样,对他说道:"你别再担忧,我这就变成一只小蚂蚁扒在你身上跟你回去。现在我把你的羊群还给你,再多给你五十只,你把这五十只羊全部送给那老头做答谢。然后我们回家,回家后你先别对母亲说你已娶来妻子。否则,她老人家一定被气死的。"

白蛇说完便变作一只小蚂蚁爬在牧羊儿子身上。羊群立刻出现在牧羊儿子身旁,他清点了一下,羊群中果真又多出了五十只羊。于是他按说的那样,把全部羊给了老头。老头给了他一袋糌粑和十个大洋。牧羊儿子向老头告别后返回家中。

母亲见儿子带回来一袋糌粑和十个大洋,躺在床上高兴得一夜没合眼。半夜时,她突然看见儿子的床旁坐着一个比十五的月亮还要美丽的姑娘,正在为儿子缝补衣裳。母亲心想:这姑娘难道是儿子这几天外出时结识的情人?

等她想要细看时,那姑娘却不见了。

第二天,母亲把这事告诉了儿子,问他是不是有了相好的。儿子看了看身上补好的衣裳,明白这是白蛇姑娘替他补的,但他装作惊奇的样子对母亲说:"母亲,我这几天外出替人放羊,起早贪黑和羊打交道,不曾碰到一个人,怎么会有相好呢?这衣服恐怕是你补的了。"

母亲见儿子矢口否认,也就以为昨晚上也许是自己年老眼花,产生了幻觉。可到了第二天晚上,母亲又看到了那姑娘正在洗母子俩的衣服。于是母亲跑过去抱住了那姑娘,乞求道:"好心的姑娘,就做我家的儿媳妇吧!"

这时儿子也醒了,那姑娘把母亲扶了起来说:"阿妈啦,我几天前就做了你的儿媳妇了。"

儿子这才向母亲讲了自己和白蛇姑娘达瓦拉姆结为夫妻的经过。母亲欢喜的眼泪都流了出来。

母亲来到国王家请求国王允许儿子和达瓦拉姆姑娘婚配。国王得知达瓦拉姆姑娘是个美女,想占为己有,便说:"你儿子要娶达瓦拉姆倒可以,但你们必须在明天上午以前,把我房背后的那片石山开垦出来,种出青稞,并酿出酒后送来。否则,就把达瓦拉姆乖乖地送到这儿来。"要在一夜之内在石山上种出青稞酿出酒来,就像要人用手走路,用脚揉糌粑。这分明是拒绝婚配。母亲想到儿媳达瓦拉姆眼看就要被国王夺去,伤心地哭着回到了家。

达瓦拉姆却对母子俩说:"你们别忧伤,我自有办法。"

达瓦拉姆来到东山顶上向爱神白度母祈祷:"大慈大悲的爱神哟,我乃是极乐世界之神达瓦拉姆,现已投身于人世,想做一名良家媳妇,可国王不允许,要我夫妻俩一夜之内在石山上种出青稞并酿出酒送去。可我投身人世后不能再施展本事了,看在过去的份上,请你搭救一下我这多情而可怜的姑娘。"爱神白度母告诉她明天一大早就去石山上拿酒。

第二天,达瓦拉姆夫妻俩来到石山,只见石山已变成肥沃的良田,田里还竖着刚割不久的青稞茬子,田中央放着一张雕花折叠方桌,桌上有两罐醇美的青稞酒。他俩把酒和折桌背回来后,背一罐酒给国王送去。国王揭开酒罐盖子,一股浓烈的纯美的酒气飘溢了整个房子,国王没来得及尝一口便有点飘飘然了。

国王问他这酒是从哪儿弄来的。达瓦拉姆抢先回答:"昨天国王要我们在石山上种青稞并酿出酒送来,这酒是我们昨夜开垦石山种青稞后酿出来的,算是我们敬献给你的喜酒。"国王怎么也不信,亲自骑马来到石山,果真见怪石嶙峋的山坡已变成肥沃的良田。国王话已说,只好答应了他俩的婚配,并把这块良田做礼品赐给了他俩。白蛇姑娘和牧羊儿子终于结成了眷属。

讲　　述:阿主玛
搜　　集:斯那品初

龙　女

从前，有一对弟兄，哥哥对待弟弟很不好，动不动就打骂弟弟，后来还把弟弟赶出家门。弟弟无家可归，只好在一个破庙里安身。他想凭自己的力气干活，可是没有土地，只得天天到海边钓鱼，把钓来的鱼拿去集市上换钱换粮来维持自己的生活。

有一次，他整整花了一天的时间，却只钓着一条大鱼。他舍不得把它卖掉，就把它带回家放进水缸里。从那以后，下了几天雪了，他再也没有钓着鱼。但他不甘心，还是天天坐在海边钓鱼。可是仍旧没有什么收获。没有鱼就换不来一文钱，也换不来一粒粮，肚子饿得咕咕叫。

这天，他钓不着鱼，灰心丧气的回到家，一推门，屋里弥漫着一股香喷喷的饭菜味，他睁大眼睛往屋里看，只见火塘边摆着热乎乎的饭菜。这时，他已饿得支持不住了，也不管这饭菜是怎么来的，几下子把饭菜全送进了肚里。吃完后，他才开始猜想这饭菜的来历：家里除了自己就没有第二个人，是谁为他做下这饭呢？难道是村里有人发了善心，见他没饭吃送来给他的吗？要是这样，我不能白吃了人家的，至少也要向人家道个谢。他决定第二天不去钓鱼了，在家等送饭的人来，好感谢他的救助之恩。

然后，他在家等了半天，却不见有人进来。他在心里打了个转，忽然想出个办法：他扛上钓鱼竿走出门去，顺手把门拉上，然后躲在门外等待着。忽然听见屋里"啪啪"一声响，他连忙从门缝往里一看，只见自己钓来的那条大鱼跳出水缸，脱掉鱼皮，转眼间变成一个美丽的姑娘。他惊喜地继续看她的举动，只见那姑娘走到火塘边忙着烧水做饭了。这个发现真把他乐坏了，他急忙推开门冲过去，一把抓起鱼皮往火塘里一甩，鱼皮立即被烧成灰烬。那姑娘见他进来，先是惊诧地望着他，后来见他把鱼皮烧了，脸上立即显出惋惜而忧伤的神色，说："啊呀，你把我的皮烧早了三天，你得照我的吩咐办一件事，才能消除我们的灾难。"

"啊！是吗？我错了，我不该把你的皮烧掉。你说吧，你要我办什么事，我马上去办。"

姑娘把烧过鱼皮的灰烬撮起来放进盆子里，然后说："你把这盆灰拿到最高的山头上，一边撒灰，一边祷告：'愿天下的山都一样平，不要这山高来那山低；愿世间的人都一样平等，不要穷的穷来富的富。'你要好好记住，不要把话说错。"

他马上拿起灰盆就往外跑，跑到半路，不小心跌了一跤，把盆里的灰也撒在了地上。这一跤把他跌蒙了，把姑娘嘱咐他的话乱说一气："愿天下的山，高的高来低的低；愿世间的人，富的富来穷的穷。"

他回到家里，姑娘问他："你是不是照我的嘱咐说了？"

他回答："没有。"

"那你是怎么说的？"姑娘焦急地问。

"我说愿天下的山，高的高来低的低；愿世间的人，富的富来穷的穷。"

姑娘叹口气说："唉！你不应该把话说错呀，现在说过的话再也收不回来了。"

原来姑娘是海龙王的公主，为了报答他对自己的救命之恩，便嫁给他做终身伴侣。自从他们成亲之后，家里渐渐富了起来，他原来住的破房，也突然变成一座九层楼的铁房子。家里牛羊成群，也不缺什么了，加上夫妻俩相亲相爱，生活一直过得很幸福。

哥哥得知被自己赶出家门的弟弟，娶了龙王的公主，家里比任何人都富裕后，很不服气。他想赶走弟弟的媳妇，然后占有弟弟的财产。他来到弟弟的家，当着弟媳的面，把弟弟大骂了一场。他说："你这不知好歹的东西，怎么娶了个来路不明的女人做老婆。成亲是终身大事，你也不来问问我，就自作主张娶了她，你连一点规矩礼节都没有。不是明媒正娶的女人哪能留在家里做媳妇？这要被人笑话，你明白吗？我不许你和她在一起，叫她快快离开这里。你要娶媳妇，咱们村里有多少姑娘，还愁找不到一个。只要你听我的话,把她赶出去,做哥哥的给你找一个比她漂亮的媳妇,让你满意就是了。"哥哥一口气说完就走了。

弟弟被哥哥这些话弄得不知怎么办才好,低着头,只是叹气。姑娘看出他的心事,安慰他说:"不要难过,我可以现在就离开这里,你要多保重。"他流着眼泪,依依不舍地送走了妻子。当他回到家时,九层楼房不见了,又变成原来那个破庙;圈里的牲畜也不见了,家里空空荡荡的。他变得一无所有。他只好去求哥哥。可是哥哥不但不欢迎他回家,反而把他大骂了一场,说:"活该!这不是你的家,你回来干什么?你想娶老婆?哈哈!谁家的姑娘愿意和你这穷光蛋在一起?你滚吧!不要再上我的门。"

他又恨又气,垂头丧气回到家里痛哭了一场。然后又来到海边钓鱼的地方坐了一天,他的眼泪哭干了,喉咙哭哑了,后悔不该听从哥哥的话,做了一件蠢事。他面前突然出现一位白发苍苍的老人。老人问他:"你有什么伤心事,为什么坐在海边哭啊!"他把自己的遭遇都讲给老人听,老人安慰他说:"不要难过,我有办法帮助你。明天当太阳出山时,你就到这里来,我在这里等你。"

第二天,他早早来到海边。当东方火红的太阳一出时,老人突然出现在他面前,对他说:"你从我手指的方向望下去,看哪一个是你的妻子。"

他顺着老人指的方向一看,只见海里有十八个美丽的姑娘,正排成一行在织布。仔细一看,排在前面的那个就是他的妻子。他高兴地对老人说:"老爷爷,最前面的那个就是我的妻子。"

老人把她从海里喊出来,夫妻俩团聚了。他正准备向老人道谢,转身一看,老人却不见了。夫妻俩高高兴兴地回到家后,请了哥哥来家里吃饭。哥哥吃饱喝足后,就开始大骂起来:"我叫你把她赶出家门,你怎么又把她找回来,你还听不听我的话?"

他回答道:"我就是听了你的话,口了才过不下去了。我再也不会听你的话了,无论你怎样骂我,我也要和她在一起。"

哥哥见他不听自己的话,气愤地走了。他去向皇帝告弟弟的状,说弟弟不听他的话,娶了个来路不明的女人做老婆,破坏了老祖宗的规矩。皇帝听信了他的诬告,便传下圣旨,把弟弟和他的妻子都带上宫殿来。

当他们夫妻俩到宫殿时,皇帝被龙王公主的美貌迷住了。皇帝企图霸占她做自己的皇妃,也不问什么情由,就下旨要他们断绝夫妻关系。穷兄弟听后大声回答说:"我宁愿粉身碎骨也不和她分离。"皇帝听他的口气坚定,想了想说:"你一定要和她在一起,那你就得答应我一个条件。"

"什么条件?"

"赛马!谁家得胜,她就归谁家。你敢比吗?"皇帝问道。

这时只听龙王公主小声对丈夫说:"你就答应他赛吧,我有办法让你得胜。"于是,他答应了皇帝提出的条件,愿意跟他赛马。

回到家,穷弟弟心里很不踏实,怕自己的马赛不过皇家的马。妻子见他愁眉不展的样子,就对他说:"你不要愁,我去跟我父亲借马来,父王的龙马一定能够赛过皇家的马。"

第二天,他骑着龙马来到皇宫赛马场上。皇帝宣布赛马的规则:赛马场的起跑线上,两家各放一只宝碗,碗里倒满热茶,看谁家的骑士跑马绕城一周,回到原地时,碗里的茶还没有凉,谁家就算得胜。

赛马开始了,他骑的龙马和皇家骑手的战马,像箭出弦一般飞奔在跑道上,它们争先恐后奋力奔驰着。不一会龙马冲到了前头,把皇家的马落得远远的。龙马很快绕城一周回到了原地,那宝碗里的茶还冒着气。他跳下马,端起宝碗,走到皇帝面前说:"尊贵的皇上,请看这碗茶还没有凉呢!"

皇帝仍不服气地说:"这次算你赢了,可我还有一个条件,你若做不到,就休想同你的妻子在一起。你要在一夜之间,把这块空地变成鲜花盛开的果园,并且要有各种树木,树上要有各种鸟雀,还要在果园中间造出一个牛奶湖。"

他听了皇帝的话心里很着急,这可怎么办?一夜之间怎么能造出个果园和一个牛奶湖呢?他回到家里,妻子见他愁眉不展,问他皇帝又说什么了?他说:"皇帝要我在一夜间造出个开满鲜花,还有各种雀鸟鸣叫的果园和一个盛满牛奶的湖泊。这可怎么办?一夜之间咱们能造出来吗?"

妻子安慰他:"你先别着急,我去找父王帮助。"她说着就到海龙王那里去了。海龙王给她三根鸡毛和一小盆牛奶，嘱咐说："那些鸡毛插在那块空地周围，然后把牛奶倒在中间。"她回到家把父王的嘱咐告诉了丈夫。

于是，在当天夜里，他带上那三根鸡毛和一小盆牛奶，来到皇家门前的空地上，照妻子的吩咐做了。

当夜三更时分，皇帝睡梦中被各种动听的鸟雀吵醒了。早上天刚亮时，他从窗口往外望，只见宫门外那块空地已经变成一个果园和一个牛奶湖。公园里长满各种果树，树上开满了花，各种鸟雀在树上飞来飞去，唱着各种动听的歌，果园中间的牛奶湖里，洁白的牛奶闪着粼粼波光，他惊奇地望着面前的景色，叹口气说："我又输了！"

皇帝在他们夫妻手下连输了两次，但他仍不服气。他想：要得到这个美女，看来没有希望，什么难办的事他都做得出来，她又这样爱着她的丈夫，没有把我这皇帝放在眼里，只有把他们毁了，才解我心头之恨。皇帝召集了很多臣民，准备了七天的木炭和柴草，然后，把这些柴灰都堆在他们夫妻的住房周围，下令放火烧起来。那熊熊大火烧了三天三夜，铁房烧红了。面对这种处境，妻子说："我们不能就这样等着烧死，我得去父王那里求救。"于是，她摇身变作一只小鸟，飞到海里，向父王诉说了自己的遭遇，要求父王解救。海龙王给她一个簸箕，并教她用簸箕筛起来。霎时间，天空乌云弥漫，电光闪闪，雷声隆隆，大雨倾盆而下，大雨把正在燃烧的火扑灭了。九层铁房没有被烧毁，地上却发起洪水。滔滔滚滚的洪水，越来越汹涌，直向皇宫冲去，把皇帝和他的大臣，兵马都冲进大海里去了。

从此，夫妻俩过着平静而幸福的生活。

搜集整理：降巴
流传地区：羊拉乡

白天鹅的故事

古时候，有母子俩，母亲叫拉姆，儿子叫顿主。母子俩就靠狩猎为生。

一天，顿主又上山狩猎去了。在经过一个湖边时，他看到一只大雕正和白天鹅搏斗。眼看白天鹅就要被老雕抓去，顿主急忙取出弓箭，一箭射死了老雕。而白天鹅瞬间不见踪影了。

这时，从湖那边走来一个头发雪白的老太婆，问顿主在这里干什么。顿主回答道："长寿的阿加，我狩猎路过这儿，见一只老雕捕捉白天鹅，于是我把老雕射死了，可白天鹅也不见了。我担心射出去的箭是不是也伤着了白天鹅。"

老太婆向顿主竖起大拇指称赞道："路见不平，惩强助弱，这是高尚的行为。如果你还想见到白天鹅，你闭眼睛，我带你到一个神奇而美丽的地方去。"

顿主照老太婆说的那样，闭上了眼睛，当睁开时，眼前出现的是一个五彩斑斓的神秘世界。顿主惊呆了，眼皮也没有眨一下。

这时，老太婆对顿主说："世间的英雄，这儿是龙宫。今天你搭救了龙王的掌上明珠，龙王会热情款待你的。如果问你要什么东西时，你就说只要那只白天鹅。"老太婆说完便离去了。

顿主径自来到了内宫，叩见了龙王，果真受到龙王的热情款待。龙王对顿主说："小伙子，你救了我的白天鹅性命，我要用金银财宝来酬谢，报答你对白天鹅的救命之恩。"顿主回答说："感谢龙王的恩赐，但我不想要金子银子，只请求大王送我那只白天鹅。"

龙王一听他要自己心爱的白天鹅，就像别人要在自己身上割去一块肉那样，实在是舍不得。可对于这个小伙子，如果说不给又在情面上过不去。

龙王想：自己心爱的小公主白天鹅已经到了妙龄芳年，也应该为她找个称心如意的丈夫了。眼前这个小伙子现在看来很英俊，很能干，品性好。但作为父亲的，在为爱女选择配偶时不敢草率做出决定。龙王苦想冥思，想出一条计策，打算试试小伙子有没有诚心。于是，对顿主说："小伙子，如果你要我的白天鹅，那你必须穿破一双铁鞋、一双白铜鞋和一双黄铜鞋后，才能领着我的白天鹅回到你的家乡去。"顿主欣然同意了。

顿主用了三年的时间穿通了铁鞋子，又用了三年的时间穿通了白铜鞋，再用三年的时间穿通了黄铜鞋，便领着白天鹅回到了家乡。

母亲拉姆与儿子失散已整整九年，早以为儿子不在人世了。今天突然见到了儿子，还以为是儿子的亡灵再现，便惊叫道："鬼来了！鬼来了！"顿主紧紧拉住阿妈的手，把九年的经历讲给了她，母亲这才转惊为喜。

顿主回家后的第二天，正值国王家为公主完婚。国王邀请四方锅庄、弦子艺人欢歌起舞，庆祝婚礼，顿主母子二人也去观看。他们回家时，发现牛圈里堆满了叶子，屋里已摆好热腾腾、香喷喷的饭菜。一连几天都是如此。

这天，顿主母子二人又去观看跳锅庄、弦子了。到半路，顿主转回来，从窗子向屋里窥探，只见那只白天鹅把羽绒脱去，变成一位妙龄少女，做起饭来。看到这情景，顿主急忙跳进屋里把白天鹅的羽绒扔进火塘里烧了。

白天鹅姑娘见羽绒被烧，惋惜地对顿主说道："哎呀，顿主，我原来是想给人们指出一条通往没有高贵与卑贱，没有贫穷与富裕的道路，但你把我的羽绒早烧了三天，迫使我提前三天转身人世，因而再也不可能得到实现意愿的秘密了。现在你把我的羽绒灰烬倒在东边那高山上，然后对着太阳祷告说：'人世间最公正的神啊，请恩赐人类众生平等自由的生活。'"

顿主高兴地用香铲铲起羽绒的灰烬向东山跑去。他忘情地奔跑，到一座桥边时跌了一跤，白天鹅羽绒的灰烬连同香铲一起掉落河里。

顿主沮丧地回到家把情况告诉了白天鹅姑娘。白天鹅姑娘对顿主说："算了我也怀疑太阳神能否赐予人类众生平等和自由，就别去管它了。从今天起，我们就做一对恩爱夫妻，用我们自己的双手去开创幸福的生活吧！"

讲　　述：斯朵都烈
搜集整理：斯那农布
流传地区：燕门乡一带

阿古顿巴的故事

机智的法官

一天,阿古顿巴兴致勃勃地来到江边钓鱼,可钓了半天才钓了两条鱼,他顺手把钓到的鱼放在身后的大石头上。这时飞来一只乌鸦,把阿古顿巴放在石头上的鱼吃掉一条,把另一条含在嘴里,飞到另一块大石头上。阿古顿巴发现自己费了半天劲才钓来的鱼,被乌鸦吃了,心里很气愤,顺手拿起一块石头打去,把乌鸦打死了。

这时,突然从大石头后面站出一个人来。那人说:"这乌鸦是我的父亲,你打死了我的父亲,今天非要叫你赔我五十两银子不可。"阿古顿巴说:"好哇,我的父母都是鱼,你的父亲吃了我的父亲,嘴里含着的是我的母亲。我的父亲已被吃进肚里了,不信你看。"说着就把乌鸦的肚子剖开,里面果然有一条鱼。阿古顿巴说:"现在父亲与父亲相抵,我母亲就算五十两银子,你该赔我了吧?"那人无话可说,只好输给阿古顿巴五十两银子。

阿古顿巴得了五十两银子,高兴地回到街上。只见迎面走来一个独眼人,那独眼人走到他跟前说:"今天才遇到你,你父亲很早以前就借去我的一只眼睛,今天就请你把我的一只眼睛还给我,再给上一点银两。"阿古顿巴灵机一转说:"我父亲叫我把你剩下的眼睛也带去给他,先把你的独眼也挖出来,我再给你按上新眼睛吧。"说着就拔出刀子摆出挖眼睛的架势。那独眼人吓得连忙道歉。

阿古顿巴斗败独眼人后,信步来到国王的花园外边,只见国王正在园子里考他的文武官员。国王说:"我要考的第一个问题是:世界上最宝贵的是什么?最好吃的是什么?最肥美的又是什么?"一个文官回答说:"世界上最宝贵的是金银财宝,最好吃的是酥油,最肥的是猪肉。"国王摇了摇头说:"不对。我考的第二个问题是:世界上最长的是什么,最短的是什么?最白的、最黑的、最弯的又是什么?"这时,又有一个人站起来回答:"世界上最长的是水,最短的是针,最白的是牛奶,世上最黑的是乌鸦,最弯的是牛角。"国王又摇了摇头说:"不对。"这时在外面的阿古顿巴笑出声来。国王见有人在笑,就说:"你不必笑了,你来回答我刚才提出的两个问题。"阿古顿巴回答说:"世上最好吃的是盐,如果没有盐,再好吃的饭菜也就没有味了;世上最肥的是土地,因为人要生活在土地上,动植物都要生长在土地上;世界上最宝贵的是粮食,因为没有粮食你有金银财宝也无用。这是国王提出的第一个问题。国王提出的第二个问题也很简单,世上最长的、最短的、最白的、最黑的等,都是人心。因为你认为这是长的那就是长的,你认为牛奶是白的那它就是白的……"国王听了阿古顿巴的回答很满意,便把他的文武官员臭骂了一顿,马上任命阿古顿巴做了他的法官。

有一天,从外地来了一个聪本,他初到此地,人生地不熟,想借一间房子住下来。可是他从街头到街尾也没有人愿意给他借宿,他只好来到一棵大树下,随便躺了下来,并取下钱包压在头下作枕头。夜间,一个小偷转悠着来到大树旁,见一个聪本头枕钱袋睡在这里,就悄悄地摸到聪本身旁准备偷他的钱袋。其实,这个聪本并没有真正入睡,当小偷摸到他的枕头下准备偷钱袋时,聪本一把抓住小偷的手,大叫道:"有小偷,有小偷。"当聪本把小偷带到法官阿古顿巴面前时,那小偷反而说聪本是小偷。聪本说:"真正的小偷是他。"正当两人争执不休时,阿古顿巴说:"你们不必多说了,这事我会公正处理的。"并叫他俩在大家面前摔一跤。围观的人们感到奇怪,一声不响地看着他俩摔跤。没多久,聪本就轻易把小偷摔倒了。法官马上叫士兵把摔倒的人抓起来。人们议论纷纷,有的甚至叫起来:"哪有这样判决的道理?这还是第一次见到。"阿古顿巴见众人不服,便说道:"这个道理很简单,如果聪本力气小,还能逮住小偷吗?"人们这才对法官的判决感到心服口服了。

又有一回,有一户很穷的人家,家中有母亲和两个兄弟,两兄弟为了生活,到远处去淘金。过了些日子,弟弟突然病倒了。哥哥就在淘到的半袋金子里装了半袋干鱼,寄放在离江边不远的一对夫妻家里,说:"大哥、大嫂,因我弟弟生了病,我要背他回家,这袋干鱼就寄在你们这里了,等弟弟病好了，我再来取。"过了几天，哥哥就去取那金子，结果那嫂子还给他的却只有一袋干鱼。哥哥说："大嫂，我的袋里还有半袋金子。"那嫂子说："当初你寄的时候说是一袋干鱼嘛，现在我还你的也是一袋干鱼，你怎么要我还你金子呀？"哥哥见有理难辩，便对她说："我们在这里讲不清，还是去找法官评理去。"他们就来到阿古顿巴跟前，阿古顿巴问明情况后说："这事等五天再讲，五天后，你两弟兄也来这里，你两口子也来。"

到了第五天，他们都来了。阿古顿巴把做好的两个大鼓摆在门口，对他们说："你两口子把这个鼓从东门抬出，再从南门抬进来。你两兄弟从西门抬出，再从北门抬进来。现在开始。"兄弟俩把鼓抬了一段路，弟弟说："真不知法官搞什么名堂，评理得抬那么重的鼓。"哥哥说："还是先把鼓抬走吧，法官一定会公正处理的。"再说那两口子，把鼓抬了一程后，那女人说："为了一点金子把我累坏了，你自己抬着走吧。"丈夫说："还是坚持抬吧。等把鼓抬到法官面前，金子就是我们的了，我把金子藏在房后的桃树底下，他再有本事也找不到的。"

等四个人把鼓抬回来放在院子中时，旁边的人们也挤满了院子，阿古顿巴说："这件事很简单，现在请大家看看该怎样判决。"说着便叫两个士兵把鼓划开。鼓被划破了，从鼓里走出两个人来，他俩各自拿着笔和纸把它们所听到的话都记得一清二楚。法官拿起纸当着大家念了起来，那丈夫挨了重重的五十大板，被关了起来。阿古顿巴派士兵把桃树底下的金子挖出来还给兄弟俩。

偷金的事就这样巧妙地解决了。

讲　　述：和松树
搜集整理：赵四九
流传地区：升平镇

将计就计

近来，阿古顿巴发现为土司老爷做工的奴隶常常一无所获，有的甚至被无辜打伤。于是，他为了惩治一下歹毒的土司老爷，就扮作一个打短工的，来到土司家里找活干。

土司见来了个打工的，就上前问道："你一年要多少报酬呀？"

阿古顿巴答："少要些，五十个银元吧！"

"那好，就依你吧，不过我们应当定下一个规矩：谁要是骂了人，就得挨一顿痛打。"

阿古顿巴同意了。

第二天，土司叫他把青稞驮到街上卖。阿古顿巴卖了粮，又把七匹马也卖了，然后把钱分给百姓，回去见土司。土司很诧异："我的七匹马呢？"

阿古顿巴漫不经心地说："卖给路上一客商了。"

"那钱呢？"

"我把它分给那些被你打伤的奴隶了。"

"怎么，你这奴才竟敢私自破我的财么？"

"哦，老爷，你可是在骂人啦！"

土司哭笑不得："呵，我怎么会骂人呢？算了，不骂，不骂，不骂。"

土司气得半死，他对老婆说："我得派他驮运大石头，这种石头只有在雪山上才能找到，他是没法驮回来的，那时他就会骂人……看我收拾他！"

阿古顿巴又赶着七匹马走了，像上次一样，他把七匹马卖了。土司气了："这是怎么回事？石头没有驮来，马呢！"

"它们陷进雪坑里了，出不来！"

土司目瞪口呆，土司老婆却在一旁大哭大叫了起来："说谎的家伙，七匹马怎么会陷进雪坑？一定是你偷了……"

阿古顿巴赶忙说："女主人，你是在骂人吧？你不知道，我和老爷订了个规矩，谁要是骂人，另一个人就痛打他一顿。"

土司老婆一听，气鼓鼓地辩解："呵，我还没想骂人呢！"

这件事，土司又没占着便宜，他对阿古顿巴恨得牙痒痒的。有天打麦子，土司一家没有招呼他吃饭，让他饿着肚子干下去。可是土司家人刚走，阿古顿巴就背了一袋打好的麦子到街上卖了，在饭店里饱餐了一顿。土司发现了，审问道："你究竟把我的粮食扛到哪里了？"

阿古顿巴委屈地说："你们没招呼我吃饭，我饿不住了，扛了一袋麦子去换饭吃了。"

土司气坏了，说："你怎么这样无法无天呵！"

阿古顿巴马上说："老爷在骂人吗？你可知道……"

土司发觉失了口，马上变调："我没想骂人！"

土司老婆看着丈夫受气，便出谋道："应该叫他去雪山牧场放羊，受受苦。"土司点了点头。

阿古顿巴把羊赶出去，卖了几只，在牧场上又杀了吃一只。回来时，他对土司说："老爷，这次可不是我卖羊，是有一头大野兽把羊拖走了。"

土司半信半疑，想发脾气，又怕犯了"规矩"，只好忍气吞声。他老婆不甘心，对丈夫说："明天我先到牧场灌木丛林躲着，看他把羊弄到哪里去，抓着把柄就好办了。"

不料，她的话被阿古顿巴听见了。第二天去牧场前，阿古顿巴把土司家的弓箭拿到手里，然后对土司说："今天要是有大野兽来，我就射死它。"

到了牧场，阿古顿巴发现土司老婆躲在灌木丛林里，正监视他。于是，他把弓拉开，搭上箭，"嗖"一声朝灌木丛里射去。只听女人的一声惨叫，就没有动静了。

不一会儿，土司骑着马来了，远远就问："野兽打着了没有？它在哪里？"

阿古顿巴指指灌木丛："大概在那里。"

土司跑进灌木丛，突然大声吼叫起来："你这个混蛋，竟敢打死我老婆，我跟你没完……"

阿古顿巴装作惊奇的样子说:"是吗?我可不知道呀!她怎么会到那里去呢?不管怎么说,我打死的是一只大野兽,而老爷你是不是骂人了?"

土司本来要抓阿古顿巴杀人的把柄,结果反而赔了老婆一条命,再也憋不住了,骂道:"你这狗东西,我就要骂你,怎么样?"

阿古顿巴大声地说:"那好,照规矩办吧!"说罢狠狠地揍了土司一顿,然后哼着曲子回到了家里。

土司哼哼唧唧地回到家里,马上派家丁去捉拿阿古顿巴,可是连阿古顿巴的影子也没有见到。

搜集整理:徐祖德
流传地区:燕门乡

灵丹妙药

有一天,街上来了个卖西瓜的老头儿。他把圆圆的西瓜切成几块摆在摊子上,瓜瓤彤红鲜嫩,使人即使看上一眼也会垂涎三尺。

不一会儿,西瓜卖出去了不少,只剩下了几块。这时,西瓜摊旁来了位尊贵的老爷。他问老头一块西瓜多少钱?老头恭恭敬敬地说:"一角五,刚摘来。"

老爷说要尝尝味儿,就拿起西瓜大口吃起来,但一块儿西瓜只被他咬了一口就丢了。老头儿见了却敢怒而不敢言,眼睁睁地看老爷"尝"西瓜。老爷说这几块不好吃,要老头再切几块尝尝。老头儿又忍怒给他切西瓜。老爷好像三天没吃过饭似的,狼吞虎咽把剩下的西瓜都"尝"光了。老头儿心平气和地说:"老爷,你吃了四个大洋价钱的瓜,请付钱吧。"

"付钱,你这瓜是在我租给你的田里,还要我付钱,这像什么话?"

老头儿说:"不错,西瓜田是你租的,可我已经给你交了地租,现在你必须付给我西瓜钱,这才公平合理。"

"什么公平不公平,我就不付。"

老头儿忍无可忍,指着老爷骂道:"老爷,你不要欺人太甚了!我们家喝的茶连影子都可以照出来,吃的糌粑得从口袋缝里抖,全家人等着我把西瓜卖了,去买回酥油糌粑。可你吃了西瓜不给钱,你还有良心吗?"

"你这下贱的奴婢,竟敢辱骂老爷。来人,狠狠地给这个不想活的死老头四十马鞭,就算我赏他四个大洋的西瓜钱!"

老爷的话音刚落,两个满脸横肉的随从便立刻把卖西瓜的老头儿按倒,举起马鞭就要抽打。

"住手!"

两个打手怔住了,回头一看,原来是爱打抱不平的阿古顿巴来了。

阿古顿巴对老爷说:"尊贵的老爷,你是金钱万贯的富贵人,为何吃了人家的西瓜不付钱，还要打人？罪过啊罪过，老天爷会惩罚你的，你还是把钱付了吧。"

老爷听了阿古顿巴的话怒不可遏地说："哼，爱管闲事的阿古顿巴，你真是狗咬耗子，管起老爷的闲事来。来人，把爱管闲事的阿古顿巴给我捆起来。"

两个打手丢下那老头儿，把阿古顿巴用带子捆起来。

阿古顿巴"嘿嘿"一声冷笑后，轻蔑地说："顿巴我巡游四方，吃的盐要比你吃的粮多，还怕你把我捆起来？令我高兴的是你恐怕过不了明天就要升天了。"

老爷听后更加不快，恶狠狠地对阿古顿巴说："你这个不祥的灾星，是不是活得厌烦啦？"

阿古顿巴十分认真地说："实话告诉你，你刚才吃西瓜时吞下的西瓜籽，会在你的肚子里长出来的。刚才那些吃了瓜的人，我已经给他们服了药。本来我还想给你服药，可是你反要害我。哈哈！害我吧！天地不容，等你的肚子里长出瓜藤，我看你还能活几天。"

那老爷听后，仿佛吞下的西瓜籽真的在发芽，觉得肚子一阵疼痛。于是急忙命随从给阿古顿巴松绑，装出十分可怜而又痛心的样子对阿古顿巴说："聪明的阿古顿巴，我的眼睛被屎糊住了，分不出善恶，差点把好人当恶狗打，请你饶恕我。哎哟哟，我肚子里像擂鼓一样响，疼死我了，尽快给我几颗灵丹妙药。"阿古顿巴说："你先把老头的瓜钱付了。"

老爷一面点头，一面把钱如数付给了卖西瓜的老头。

等卖西瓜的老头儿高兴地走远了，阿古顿巴才对老爷说："尊贵的老爷，只要你不再干残害百姓、损人利己的事，那你肚里的瓜子不会长出来。如果你不改邪归正，那西瓜籽就会长出藤把你绞死，请你记住并一定要照我说的去做，这就是我要赐给你的灵丹妙药。药钱嘛我一个大洋也不要。嘻嘻，失陪了！"说罢便扬长而去。

搜集整理：扎史尼玛
流传地区：云岭澜沧江一带

智惩财主

从前，有一个财主，残酷剥削百姓，百姓对他恨之入骨。阿古顿巴早就想为百姓除掉这一祸害。

这天，阿古顿巴骑着毛驴来到这一财主家，请求他们允许打个晌。他们知道阿古顿巴不是好惹的，便同意了。于是忙着为他煨茶去了。

阿古顿巴把毛驴牵到财主家的牛圈里，先把他家的奶牛打死了，然后在毛驴的耳朵上涂上一些牛血，才进财主家里去打晌。阿古顿巴吃着自己带来的糌粑，一边喝茶一边和豪富两口子拉家常。突然，他马上想起什么似的对主人说："哎呀，尊贵的主人，我那畜生是会碰生牛的，麻烦你去看一看。"

"哈哈，我活了五十多岁，还从来没有听说过毛驴会碰死牛的，这简直是石头开花干树结果，阿古顿巴真会开玩笑。"财主笑着说。

阿古顿巴摇着头挺认真地说："不不不，我那畜生跟其他的毛驴不一样，它那双耳朵比牦牛的角还硬，脾气又怪，你们还是去看看好。如果碰死了你家的奶牛，我这流浪汉是无法赔偿的哟。"

财主听后将信将疑，便叫女人去圈里看个究竟。乘那女的出去的当儿，阿古顿巴一下子把那财主打死，在他的嘴里塞满了糌粑，把他的一只手放进自己的糌粑袋里。这时，只听见圈里的女人的叫喊声："阿古顿巴的毛驴真把我家的奶牛碰死了！"

阿古顿巴闻声跑到圈里来，狠狠地踢了毛驴两脚，骂道："你这牲畜真可恶，就知道谋财害命！"接着装出无可奈何的样子对那女的说："我前面就说驴会碰死牛，可你们就是不信，现在牛死了，我可没有什么东西来赔偿，只好帮你们把牛皮剥了。哎呀，你那老头怎么不见出来，一定是在偷吃我的糌粑。""呸，谁稀罕你那糌粑？""不不不，我的糌粑比任何一家的糌粑都好吃。

你那老头明知牛已死了,却直到现在都不出来看一下,一定是在偷吃我的糌粑。你快去看看,劝他别大口大口地吃,免得呛死。"那女人听阿古顿巴这么一说,也觉得有理,一边埋怨丈夫那牛都碰死了却不出来看看,一边匆忙向房里走去。一进房,只见丈夫倒在地上,嘴里塞满糌粑,一只手还放在阿古顿巴的糌粑口袋里,便认为丈夫是被阿古顿巴的糌粑呛死。于是扑在丈夫的尸体上号啕大哭起来。哭了好一阵,她才想起让阿古顿巴来料理丈夫的后事,出来一看,阿古顿巴早已无影无踪了。

讲　　述：斯那品初
整　　理：斯那农布
流传地区：云岭乡

四不会

收割的季节到了,人们都忙着做自家田里的活儿。这下可把财主急坏了,几十亩青稞地等着收割栽种,如果不抢时间抓节令,别说明年的收成将会怎样,就连眼前那几十亩青稞也会烂在地里。于是他挨家挨户去摊派徭役。来到阿古顿巴家时,阿古顿巴对财主说:"老爷,我可以给你服役,但我必须向你说明,我生来有几件事不会做,到时老爷可别怪罪。一是我不会削带刺的箭,二是不会跟着双的走,三是不会把老爷家里的东西往外运,四是不会修筑万里长城。除了这几件事别让我做,那不论什么活我都可以干。"

财主听后哈哈大笑,对阿古顿巴说:"我发誓不让你做这四件事,干完活后,我可破例给你报酬。"

阿古顿巴来到财主家服徭役。财主让他去割青稞,阿古顿巴摇摇头说:"老爷,我曾对你说过不削带刺的箭,那林立的青稞不就像带刺的箭吗?老爷请别怪罪,这事我干不了。"财主想起自己曾许下的诺言,只好让阿古顿巴干别的事去了。

收完青稞,财主又忙着派人上粪。他让阿古顿巴去背粪,阿古顿巴却说:"老爷,我曾对你说过不会把老爷家的东西往外运,这圈里的粪是老爷家里的东西,我怎敢往外拿。老爷请别怪罪,还是让我干别的活吧。"财主想起曾许下的诺言,后悔不已,但出口的话就像泼地的水难以收回,又只好让阿古顿巴干别的活了。

上完圈粪,财主又忙着派人耕地播种。他让阿古顿巴耕地。阿古顿巴却说:"老爷,你曾答应我不跟双的走,这犁田必须跟在两头牛的后面,老爷怎好反悔让我跟着双的走?请老爷别怪罪,让我干别的活吧。"财主无奈,只好依了阿古顿巴。

播种完后，财主又忙着派人去田里围篱笆。财主让阿古顿巴去，阿古顿巴却说："老爷，我曾说过不会修筑万里长城，你也曾发誓不让我干这事。如今这围篱笆不正是修万里长城？我可干不了这活儿。请老爷别怪罪，让我干其他活儿吧。"财主见阿古顿巴三番五次钻了自己的空子，气愤极了，没好气地对阿古顿巴说："你这狡猾的家伙，尽想坏主意捉弄人。既然干不了这活，你就趁早滚回家去吧。"

阿古顿巴慢条斯理地对财主说："老爷，你曾发誓要破例给我报酬。我要不要报酬倒无所谓，可是老爷你该知道，违背诺言的人是会遭到别人的唾弃的。"

财主被阿古顿巴说得瞠目结舌，只得按照许下的诺言付给了阿古顿巴报酬。

讲　　述：格茸
搜　　集：斯那泽仁
整　　理：斯那农布
流传地区：燕门乡

天上着火了

阿古顿巴来到一个村子，碰见一妇女头顶一簸箕小米。那妇女见阿古顿巴走来，便对他说："阿古顿巴，听说你智慧超能，能使人受骗，可我不信，你有没有本事骗我？"

阿古顿巴笑着说："嘎嘎嘎，我也是人间凡人，和你一样喝酥油茶、吃糌粑长大的，哪有什么能使人受骗的本事，你别听人们的瞎说。"

那妇女说："我也是这样想的，但人们偏说你本领高强。你今天就来骗我一次，我要用铁的事实告诉人们别把你当神看待。"

阿古顿巴一再拒绝，那妇女总是纠缠不休，于是阿古顿巴装着惊奇地对那妇女说："大姐你别逼我了，看你逼得连天上都着了火了！"

那妇女慌忙抬头看天，天上根本没有什么火，簸箕里的小米却撒了一地。那妇女看着阿古顿巴笑眯眯地走开，又看看泼在地上的小米，才知道自己上了阿古顿巴的当。

讲　　述：格茸
搜　　集：燕门文化站
整　　理：斯那农布
流传地区：云岭乡、燕门乡

狗咬佛锅

本来,喇嘛寺香火并不太旺,为了剥削百姓,寺里把十四尊佛像化掉,铸成一铜锅,叫"区茸",说什么在里面化油点灯还愿,可保今生消灾免邪,来世荣华富贵。因此,藏民们挤奶打出的酥油,多半都送到寺里还愿,喂肥了喇嘛。

一天,阿古顿巴来到寺里说:"家中死了母亲,要念经做道场,请借佛锅熬油点灯。"

阿古顿巴把"区茸"背回家,然后在上面钻了很多洞,过了几天,他背着去还。经过寺院养狗地方,一群恶狗向他扑来,阿古顿巴把"区茸"倒扣在地下,他自己躲在里面大叫:"恶狗咬人了,快救命呀!我是来还佛锅的,请把狗撵开一下!"

喇嘛撵开了狗,阿古顿巴从锅下面爬了出来,拍打尽身上的尘土,对管事说:"你们的狗太凶猛了,要不是佛锅保佑,我肯定被撕碎了。你看,佛锅都被狗咬通了好几个洞啦!"

百姓们听说"区茸"被狗咬通了,知道菩萨做的佛锅并不灵,也就不再送酥油来点灯还愿了。

搜集整理:李兆吉、解世毅

七天活佛

大寺里有个活佛，听说很有法道，只要在他那里修行七天，就能升天。因此，人们都尊称他为刹登（藏语，意为七天）活佛。的确，前去修行的人都没有再回来的。这样，大家都确信他们都是升到天界去了。

阿古顿巴被带到一个地窖内，在一个磨盘上参禅打坐，到第七天，活佛准备让他升天了。阿古顿巴听见一个机关响动，接着一个磨盘劈头盖了下来。阿古顿巴早有防备，一步抢了出来。活佛说他心不诚，上不了天。阿古顿巴请求延期一天，让他避除邪念，诚心祈祷。活佛应允。

第二天，阿古顿巴暗暗请人来看他升天。当看到这种谋财害命的"升天"法术后，众怒难忍，大家一齐动手，把刹登活佛打死了。

搜集整理：李兆吉、解世毅
流传地区：德钦县

动物故事

蝙蝠为王

在鸟的王国里，由于孔雀和锦鸡长得美丽而被选为国王。后来它俩在治理鸟类王国时，感到力不从心，难以统治鸟类王国。因此，它俩准备召集所有的鸟类开会，重新评选国王。然而召集了三次，都因蝙蝠未到而没把鸟王选成。

这天，孔雀和锦鸡派"哈赤谷代"①去找蝙蝠来参加会议。蝙蝠住在一个大树洞里，洞外布满密密麻麻的蜘蛛网，很不容易找到。哈赤谷代找了很久才找到蝙蝠，便向它转告了国王的旨令。蝙蝠于是随同哈赤谷代前来参加会议。

孔雀和锦鸡问蝙蝠为何三次会议都不来参加。蝙蝠禀道："我第一次没来参加会议，原因是我去推算了人间男性的多还是女性的多，因而耽误了会议。"

孔雀说："既然如此，那你说说预测的结果。"

蝙蝠回答说："从说三道四，干不了大事的人里来算，是女的多；而从说到做到，能办大事的人来算，是男的多。"

孔雀和锦鸡又问它第二次不来参加会议的原因是什么。蝙蝠回答说："我第二次不来参加会议，是因为我在数一年三百六十五天中，人世间是生者多还是死者多。"

锦鸡说："既然如此，你说是生者多还是死者多？"

蝙蝠答道："若是把瞎子、瘸子、哑巴归在生者一类的话，那就生者比死者多；反之，则是死者比生者多。"

孔雀和锦鸡又问蝙蝠为何第三次还不来参加会议，蝙蝠说："我第三次没来参加会议是因为我在计算白天和黑夜的时辰哪个长。"

---

① 哈赤谷代：藏语，是一种冠大尾短、略带花斑的鸟。

众鸟齐问："那白天和黑夜的时辰哪个长？"

蝙蝠回答说："如果把天亮之后到在太阳升起之前和太阳落山后到天黑之前的两段时辰算在白天，那白天的时辰长；反过来，则是黑夜的时辰长了。"

众鸟听后，赞叹不已，都为蝙蝠的聪明、细心所佩服。在孔雀和锦鸡的引荐下，大家一致选蝙蝠当了鸟类王国的新国王。

讲　　述：日青扎史
搜　　集：松金泽仁
整　　理：斯那农布
流传地区：云岭乡、燕门乡

小山羊比智

很久以前，绵羊和山羊是亲姐妹，在一个家庭里生活。依靠山羊的辛勤劳动，生活很是富裕。不久，山羊与绵羊各生了一个女孩儿，小山羊取名为此智，脾气温和，手勤心灵，从小帮母山羊干活儿。而母绵羊生的小绵羊格茸长得像母亲一样，娇气，整天像狗一样吃，像猪一样睡。

狡诈的老绵羊为了霸占家中的财产，让小山羊此智永远当它的奴仆，总想办法想把老山羊害死。一日，老绵羊假装慈悲地对老山羊说："我们这个家庭人口多了，以后小山羊、小绵羊各自结婚后又是多上加多，很难保证吃饱穿暖。我想了很久，总没有想出解决这个问题的良策。现在只有一条，那就是你我之间死一个，谁死了都一样。不过我觉得自从我们父母双亡至今，总是我当家做主，眼下两个女孩还没成人，需要我在它们身边，如果你去死，那我一定施舍财物，让你尽快超度。"淳朴憨厚的老山羊听了姐姐这番话，便应声说："尊敬的姐姐，为了我们全家人的幸福，只要你对我的女儿视如亲生女儿看待，我死去亦无悔。"说完便去死了，死后变成了一头老黄牛。

老山羊死后，老绵羊得意忘形，对小山羊百般欺凌，每天叫她上山去放牧。此智十分难过，就走到老黄牛身边放声大哭，黄牛用舌头舔着她的泪水问其原因。此智就把老绵羊虐待自己的事告诉了老黄牛。老黄牛对此智说："你不要难过，明天你到了山上，一切就会好的。"第二天，此智赶着羊到水草茂盛的地方放牧。这时，树上的鸟儿为她拾柴，树下的蚂蚁帮她织布纺线，母牛的奶流进了她的十罐里，母牛的粪也变成了金黄色的酥油。

随着时间的推移，此智越长越美，变得像满弦的月亮一般俏丽，而整天坐在楼房里像泥菩萨一样供奉着的小绵羊格茸却脸色青黄，枯萎无光。这可气坏了老绵羊。一日晚上，老绵羊和小绵羊问小山羊原因，小山羊就如实告诉了它们。老绵羊为了尽快让小绵羊也像小山羊一样变得美丽，决定从第二天起由小绵羊去放牧。

小绵羊格茸好不容易把牛赶到青草地，然后等待着和小山羊一样的享受，但等来的却是鸟儿从树上把屎屙在它的头上，蚂蚁爬到它的脚上，老黄牛的奶变成了灰黄色的尿。

饿了一天的小绵羊格茸跟母亲商量，决定杀掉老黄牛，小山羊伤心地把这一不幸的消息告诉了老黄牛。老黄牛说："你不必伤心，只要你不吃肉，把皮晒在麦秆上，肝肠放在房后的松树上，四肢放在你床下边就可以。"小山羊照着老黄牛的话去做了。

不久大村小寨贴出布告，要举行王子的选亲仪式。这可乐坏了老绵羊，急忙让女儿格茸梳洗打扮，打扮完后便匆匆赶往选亲场。小山羊却被留在家中做活。

村里的人们身着新装，扶老携幼去看谁家的闺女有福气被选为国王的儿媳，唯有小山羊此智在河边洗麦子。这时一对喜鹊飞到跟前，对着此智唱道：

嘎嘎，可爱的小姑娘哟，
你莫要弓着身快站起来，
你的身姿似林间的青竹，
婀娜的姿态谁不向往哟；
你不要低着头抬起头来，
粉红的色儿怎不迷人哟；
良辰吉日切莫误过，
出头之日就在今天。

此智边洗麦了边听喜鹊的歌，心想：藏族有句谚语说："喜鹊临门有喜事。"但我是一个仆人，身无衣裳，足无鞋穿，怎敢妄想去参加国王的选亲仪式。于是便对喜鹊答道：

我光着脚儿怎么去赶场，
我身无衣穿怎好去选亲，
我腰无丝带怎好去露面。

说着便低下头痛苦地哭起来。喜鹊又唱道：

嘎嘎，聪明的姑娘不要哭。
你衣服褴褛不必愁，
抬起头来看麦架；
你脚无鞋穿不必羞，
赶回家里看床下；
你腰无丝带不必急，
仰起头来看树上；
良辰吉日切莫错过，
赶快穿戴奔选亲场。

此智抬头一看，黄牛的皮变成了五光十色的绸缎衣袍；黄牛的四肢在床底下变成了鲜艳无比的彩虹般的丝腰带。此智高兴万分，赶忙着装，在喜鹊的领路下，来到了选亲场。

此智姑娘一出现在选亲场，所有在场人的目光一齐投向它："啊啧啧！这是谁家的闺女？长得这么好看，简直是仙女。""这是前世积了德。""肯定会选上她。"大家纷纷涌向它，赞叹不绝。坐在女席中的老绵羊，正在望眼欲穿地等待着国王的驾到，忽然看见此智，它咬牙切齿却又强装笑脸，连忙离开位子，推开大家说道："啊！我宝贝的姑娘，妈在这里等了半天，真是急死我了。快走！跟妈妈走。"老绵羊拉着此智的手，让她坐在自己的右边，小绵羊格茸坐在自己的左边。

国王的选亲仪式终于开始了，按照王法规定，选亲的射三次包头箭，谁中了谁被选。第一箭射到了此智的怀里，老绵羊却偷偷地把箭放在自己姑娘格茸的怀里。连射三次都射到了此智姑娘的怀里，然而却被老绵羊换到自己姑娘的怀里。最后捧箭的是绵羊格茸。国王感到奇怪，便决定把此智和格茸一齐拴在马尾上，绕场三圈，小山羊此智安然无恙，而小绵羊格卓只剩下一条腿。国王宣布此智姑娘为国王的儿媳。

就在大家锣鼓喧天、载歌载舞庆贺此智姑娘时，老绵羊绝望地倒在地上死去了。

讲　　述：阿妈永宗
搜集整理：此里尼玛
流传地区：阿东乡

兔子尾巴的故事

美丽的崩鲁雪山脚下的一片原始森林里,有一个动物王国。

一天,动物之王下旨,要宴请各种动物,为国王生日祝寿。国王要赠送给每个动物一根尾巴。

各种动物接到这一邀请,非常高兴,积极进行赴宴准备,并为将得到漂亮、别致的尾巴而激动得睡不好觉。而聪明的兔子,却思忖着:明天咱去游山,参加什么宴会,祝寿,咱不稀罕。可没有尾巴那不行,咱还得动动脑筋。

第二天一大早,小猴蹦蹦跳跳、高高兴兴地来了。兔子便迎上去说:"猴大哥,早上好!你可真有福气啊!啊哟!啊哟——"

"小兔,你可怎么啦?"小猴问道。

兔子双手捂着脑袋瓜说:"我头痛得厉害,不能去赴宴了。麻烦你帮我要一根尾巴回来。到时我将领你到一个果实累累的树林里,那里的果子足够你享受半年的。"

"一定,一定,嘻嘻——"小猴高兴地搔着头,抓着背,乐滋滋地走了。兔子心想:这小猴虽然机灵,但是做事很不把稳,不太可靠。

这时大花猪喘着粗气,摇摇晃晃地走来。兔子便对它说:"哦——猪大叔,您好!你运气真好,哎,真倒霉,我——啊哟——,啊哟——。"

"小兔,你怎么了?"

"我肚子痛得厉害,今日去不成了,劳驾你帮我要一根尾巴回来,我定找两斗包谷面给你煮上,让你痛痛快快地吃上 顿。"

馋嘴的花猪乐得直淌口水,满口答应:"好,好,你歇着吧!"说着去了。

兔子还是不太放心:哼,这老猪又笨又懒,也不能相信。

好在黄牛还没走,正慢悠悠地踱来。兔子一见好不高兴:"啊,牛大伯,辛苦了!"

"你还没走?"

白兔一瘸一瘸地走近两步说:"我真命苦,难得这么一次宴会,可我关节炎复发,去不成了。哎,求求你牛大伯,请你给我要根尾巴回来。日后我会报答你的,我知道一个青草鲜嫩的地方,你可以尽情享用几个月。"

黄牛听得直磨牙,惬意地说:"一定给你想办法,你好好躺着,把病治好。"说完就赶路去了。

兔子这下放心了,有三个去办一件事,并且牛大伯憨厚老实,这下一定会办妥的。于是它便蹦蹦跳跳去游山玩水。由于其他动物都赴宴去了,整个森林都很清静,小兔玩得非常痛快。

眼看太阳就要落山了,兔子连忙回到家里,换上痛苦的面孔,坐在路旁等待着。

小猴回来了。

"猴大哥,我的尾巴……"兔子急忙问。

"小弟,实在对不起,你看这尾巴上只有细少的毛,还说特意为我留下的长尾巴,好耍杂技,幸好我到场早,要不连自己也拿不到了。请原谅。"说完便转身走了。这时花猪摇晃着,甩着大耳朵回来了。

"大叔,我的尾巴……"

"哎呀!小兔啊,累死我了,它们让我做豆腐,忙了一天,差点连自己的这条尾巴也丢掉了,嗯!你瞧多丑,尽是肉股,只有几根毛,还说我配上这尾巴最好看。真是气死我了。"花猪说完,喘着粗气去了。

黄牛终于回来了。

"牛大伯,我的……"兔子迫不及待地问道。

"哎!很抱歉哪!他们让我推磨,说我认真、诚实,结果那些漂亮威风的尾巴都发完了,只把最后这根粗陋的、尖上才有几丛毛的尾巴给了我。还说我配上这尾巴,就更加雄壮持重了。你不要难过,以后再想办法吧。"黄牛安慰兔子几句就走了。

兔子失望了,想到别的动物都有尾巴配在身上,而我还光着屁股走路,不禁伤心地大哭起来,眼睛也哭红了。

哭着哭着,它模糊看到山坡上一只狗和猫在打架。于是,擦去眼泪跳过去看……

兔子跑到山坡上,可不见那两个家伙,它失望地一屁股坐了下来,这一坐可好,正坐在一个软绵绵的东西上,它起来一看,原来是一节被猫咬下的狗尾巴尖儿,兔子连忙把它粘在屁股上高高兴兴地回家了。从此,兔子尾巴只有那一小丁点,长不长了。

搜集整理:巴桑康主
流传地区:燕门乡巴东村

画眉鸟和斑鸠

从前，一只画眉鸟和一只斑鸠进行做窝比赛。斑鸠在核桃树上，画眉鸟在树下的刺丛里，商定太阳爬上东面山顶，比赛就开始。太阳刚露出半个脸，它俩就各自忙开了。

画眉鸟认真仔细地编织着，才编完一半，斑鸠就飞来高叫道："怎么样啊？我早就做好了。输了吧，别再编了。快去觅食吧。"说着兴奋地飞走了。画眉鸟觉得奇怪，飞去看时，只见斑鸠窝是由几根枯树枝乱搭着的，还下了只蛋。"哎！它又胡来了，做事随便，言谈又粗野，明明说好做得快、做得精致才算赢，可它……"于是画眉鸟想教训它一顿，把斑鸠窝摔下树来，回去了。

斑鸠回来时，不见了做的窝和刚下的蛋。便飞到刺蓬里去找画眉鸟，可不见画眉鸟的影子。它气得粗脖子叫道："好，好啊！该死的东西，不把你弄死决不罢休。"马上展翅去追画眉去了。

画眉鸟飞呀飞呀，飞过一道道山岭，来到一片红绿相间的辣椒地里。画眉鸟唱道：

红珊瑚绿松石般的姑娘，
在我的后面呀，
有只断尾的跟来了，
它若问你是否见到我，
请你说声没见到。

红辣椒微笑着点点头。画眉鸟谢过红辣椒便飞走了。

不一会儿，斑鸠也追到这里来了。唱道：

辣嘴辣舌的姑娘,
在我面前呀,
飞去了一只画眉,
问你见到了没有?

辣椒答道:

你叫我辣嘴辣舌,
它叫我珊瑚松石,
就是我见过它了,
也不会告诉你呀!

画眉鸟越过几重雪山,来到一块蔓菁地里。又唱道:

洁白的酥油饼,
在我身后呀,
有只断尾的在追我,
它若问你是否见到我?
请你说声没见到。

蔓菁点头答应,画眉鸟高兴地飞走了。
斑鸠又追到这里,怒气冲冲地唱:

呆头呆脑的疙瘩,
在我前面呀,
飞去了一只画眉,
我问你见到了没有?

蔓菁答道：

你叫我呆头呆脑，
它叫我洁白的酥油。
见是见到了画眉鸟，
可我不会告诉你。

画眉鸟飞过几道山川，来到瀑布边。唱道：

身着白衣的仙姑，
在我的身后呀，
有只断尾的追来了，
它若问你是否看到我？
请你说声没见到。

瀑布含笑着点了点头，画眉鸟谢过后飞走了。
斑鸠又追到这里，气势汹汹地唱道：

拖长尾的击浪水魔，
在我的前面呀，
飞去了一只画眉鸟，
我问你见到它了吗？

瀑布回答道：

你叫我击浪水魔，
它叫我白衣仙姑。
虽说见到了画眉鸟，

也不会告诉你。"

斑鸠终究没有追着画眉鸟,并且一路受气,想不通它们为什么都保护画眉鸟。

从此,斑鸠就独自住在那烂窝里,痛苦地叫着:"嘟嘟……寒冷,嘟嘟……孤独。"

搜集整理:巴桑康珠
流传地区:燕门乡

贪心的老鼠

藏地洁白、壮丽而神秘的卡瓦格博雪山脚下,流淌着奔腾咆哮的澜沧江。江的西岸住着青蛙和老鼠,它们既是最和睦的邻居,又是最要好的朋友。江的东岸住着一户很富裕的人家,他家有一颗价值连城的金珠宝。青蛙和老鼠知道后,商量着准备去偷。

它俩来到江边,青蛙对老鼠说:"你紧紧地趴在我的背上并闭上双眼,让我驮着你渡到江那边去。"老鼠按青蛙说的那样,闭上双眼紧紧趴在青蛙背上,被青蛙载到了东岸。上岸后,它俩远远看见那家人门口拴着一只又黑又大的藏狗,毫无疑问,要从门里进去是不可能了。于是它俩来到那家人的房后,钻进墙根石脚缝里躲起来,商量着如何进屋去偷金珠宝。青蛙对老鼠说:"老朋友,现在看你的身手了。你从石脚缝里钻进屋去,看看那金珠宝藏在什么地方。"

老鼠在石缝里拐来拐去终于进了屋,到处查看有没有金珠宝。又上楼去找,可刚到楼梯顶就看见仓房门口拴了一只花猫。它想,金珠宝一定是藏在仓库里了。它回到青蛙身旁,把自己看到的和想到的都说给了青蛙,要青蛙想个好主意。

青蛙想了想后对老鼠说:"既然这样,那你就先去看看他家老头儿睡在什么地方?然后等他睡熟后到他枕旁把他头上的丝绳咬烂。"老鼠又钻到屋里去查看,它看到那老头儿睡在离仓房不远的地方,此刻正"呼噜噜"地打鼾,睡得真像死猪一样。老鼠高兴地跑到那老头的枕旁,几下子就把老头子的丝绳咬得粉碎,然后又回来和青蛙一起躲在石脚缝里。

第二天早上,那老头起床时,发现头上的丝绳被咬碎,气愤地骂道:"死耗子,竟敢咬到我头上来了。今晚我把小猫拴在枕旁,让猫把你吃了!"

晚上，青蛙又让老鼠进屋到仓房里去偷金珠宝。老鼠上楼看时，见小花猫已被老头拴在枕边，便高兴地跑到仓房门口，但只见仓房门被一把大铜锁锁着，再看仓房四周，连个插针的缝都没有。它只好拿出自己的绝招，打起洞来。不一会儿，就打通仓房钻进去了。仓房里堆满粮食，那颗金珠宝放在高高的粮堆顶上。老鼠急忙爬上粮食堆就去拿金珠宝，可是还没爬上半步自己却掉下一步，不管怎样爬也爬不到粮堆顶。于是又回来请青蛙想办法。青蛙告诉老鼠到粮堆半截后就用手来扒粮食，金珠宝自己会掉下来的。老鼠又进屋按青蛙说的那样，他到粮堆半截后就四肢并用，拼命扒粮食。不一会儿，金珠宝果然自己掉下来了。老鼠欢天喜地地抱着金珠宝回到了青蛙身旁。它俩观察了一番后，便往家返了。

路上，老鼠犯愁：金珠宝是我偷来的，只要在我手里，我只分给青蛙一小半它也不会有意见，可是过江时我得紧紧趴在青蛙背上，用嘴衔着吧，我这尖而小的嘴是根本衔不成的。让青蛙拿着却始终不放心，它最担心的是金珠宝一旦到青蛙手里，就会被青蛙独吞了。

它俩来到江边，青蛙对老鼠说："老朋友，你把金珠宝放进我的嘴里来，然后趴在我的背上，记住，千万不要和我讲话。"老鼠虽然很不愿意把金珠宝交给青蛙，但是为了要渡过江去，只好把金珠宝塞在青蛙嘴里。到了江中间，多心的老鼠想看一下金珠宝是否还在青蛙口里，便睁开了眼，一看，金珠宝被青蛙衔着，这才放下心来。再看看奔腾咆哮的江水，不禁大声问青蛙："老朋友，水流那么湍急，难道你一点也不怕吗？"青蛙正费力渡江，经它这么一问，一时忘了口中的金珠宝，便回答老鼠说："不！……不好啦，金珠宝掉进江里去了！"

上岸后，青蛙责怪老鼠不听劝告，但金珠宝已掉到江里去了，责怪又有什么用呢？要紧的是得想办法找回金珠宝。最后，还是青蛙想出了一个办法。它和老鼠把江边的石头一排排竖了起来，然后自己游到江底对水中的鱼说："刚才有个金珠宝落下水了，你们当中是谁捡到还不赶快送到岸边来，否则，你们看岸上那么多兵，要来杀你们了？"说完便游回岸边。不一会儿，一条大鱼衔着那颗金珠宝从江中游到岸边，把金珠宝送了回来。

这时，老鼠见金珠宝已回到手里，便提出要把金珠宝分了。它不等青蛙点头便找来刀子砍，又用斧子剁，但始终不能把金珠宝分开。于是又想出一个主意：把金珠宝放在高山顶，明早鸡叫时一起上山，谁先到山顶金珠宝就归谁。

它俩把金珠宝放在山顶回来后，青蛙便呼呼大睡。老鼠却睡不着，它暗自高兴：在水里我得靠青蛙，想办法也得靠青蛙，但出鬼点子它可不及我，爬山就更别想和我比了。明天，金珠宝就归我的了！老鼠越想越兴奋，竟失眠了，到了鸡快叫时才入睡，一直睡到第二天太阳照到屁股上才醒来。等它到了山顶时，青蛙早已抱着金珠宝等它好久了。

讲　　述：斯那品初
翻译整理：斯那农布
流传地区：云岭乡

老山羊和狼

有一天，一只雪羊不小心掉进一个比较深的石洞里，它在洞里挣扎了几天便死了。有只狼出来找食，发现洞里有一只死雪羊，立即跳进去吃起雪羊来。三天后，雪羊的肉吃光了，这匹狼才想起该出洞了，可是石洞四周光滑而陡峭，它绞尽脑汁也想不出爬出洞的办法。狼被困在洞里，饿得两眼发红了。

到了第四天，洞口出现了一只山羊，狼像捞到一根救命草，高兴极了。它对山羊说："聪明能干的山羊兄弟，俗话说在别人危难之际，须全力相助。今天我遭了大难，请你搭救一下。"

山羊侥幸地说："你这寄生虫，平时张牙舞爪，任意残杀生灵，这就是因果报应，活该！"

狼又说："大慈大悲的山羊兄弟，佛说搭救一下临死的生灵，胜读十年经书。你我都是佛的信徒，你能眼看一个生灵这样死去吗？"

"呸，你还好意思自称佛的信徒，你不知害了多少生灵。我若搭救了你，那你一定把我吃掉，还不知有多少生灵将惨遭你毒害。你死到临头，这是罪有应得，是佛对你的惩罚。"

狼带着哭腔说："菩萨心肠的山羊兄弟，我曾经是残害生灵的罪人，但只要你搭救我，那我今后一定痛改前非，并一定报答你的救命之恩。"

狼再三哀求下，山羊心软了。它用一根树藤把狼救了出来。这时狼说："我在洞里饿了三天三夜，现在精疲力竭，生命危在旦夕。如果不马上吃点东西，恐怕就要死去。山羊兄弟，请你把你的身子赐给我，这才叫救人救到底呢，要不你不如不救我，让我舒心地躺在洞里死去。"

山羊怯怯后退道："我刚才还说你会忘恩负义，我救了你，你反要伤我，这真是好心不得好报。"

"人世间的事都不是这样吗？说什么善有善报，恶有恶报。我才不信那胡言乱语。哪有这样不变的定义。"

山羊反驳道，"人世间怎么没有这种规矩？凡做什么事都有因果报应，如果你行善，那会有善报；如果你作恶，那你将得到恶报。"

狼冷笑道，"如果你不相信，我们可以去问老马。"于是，狼和山羊就去问老马。

老马同意狼的观点，说道："主人需要我的时候，只要能驮的东西都往我背上放；用不着我的时候，却把我赶到荒凉的山坡上。"

山羊说这只是个别现象，大部分人是绝不会这样做的。狼又提出要去问问老牛。

老牛也说："主人需要我时，让我犁田驮驮；不需要我时，却把我赶上山。"

山羊仍说这也是个别现象，所有的人都不会这样。最后狼提出要再问问兔子。

兔子装聋卖哑，装作听不懂它俩说什么。狼和山羊反复把事情的原委说了几遍后，兔子说："你们说一个救一个，洞有多深，老是这样下去，又怎样被羊救起，我先看个明白，才来看狼该不该吃羊。"

他们三个来到洞边，兔子让狼跳进洞后，就对狼说："人世间有因果报应的，你作恶多端，这就是你的下场。"说完便和山羊离洞而去。

讲　　述：泽旺仁增

搜　　集：云岭乡文化站

整　　理：斯那农布

流传地区：云岭乡

负心的青蛙

猴子和青蛙为友,猴子住在高山上,青蛙住在山脚下的湖中。青蛙天天上山到猴子那儿去玩,猴子摘来各种好吃的果子,热情款待青蛙。

青蛙的妻子见丈夫天天上山找猴子玩,以为丈夫爱上了猴子,便产生了嫉妒。于是装痴病的样子对青蛙说:"我病了,吃了很多药都不见效,鱼大夫说只有吃一颗猴子的心,才能治好我的病。"

"要吃猴子的心这很容易,我现在就去给你弄来。"青蛙说完便上山去了。它来到猴子那儿,对猴子说:"我天天来你这儿玩,吃了那么多果子,真不好意思。你还没有去过我家,今天就去我家玩玩吧。"猴子高兴地接受了青蛙的邀请。

它们来到山脚湖边,青蛙对猴子说:"老朋友,你在我背上扶一下,咱俩一会儿就到我家了。"猴子在青蛙背上扶了一下便到了湖底青蛙家。青蛙拿出最好吃的来招待猴子。到了下午,猴子向青蛙告别。青蛙对猴子说:"你回去倒是可以,但请你把心留下。我妻子只有吃了你的心才能治好病。如果你不愿留下心,那你就休想回去了。"猴子听后大吃一惊,它万万没想到一向友好的青蛙,今天突然宴请自己原来是想要自己的心,它恨不得把青蛙碎尸万段,但又想到自己要走出水面还得靠青蛙,于是装出很遗憾的样子对青蛙说:"哎呀!你怎么不早说?我的心已放在山头那棵树上了,你早说我不就带来了,免得夫人受罪。现在只有你跟我回去拿了。"青蛙听了信以为真,就带猴子上了岸,上山去拿猴子的心。

它俩来到一棵大松树旁,猴子对青蛙说:"我的心,还有许多猴子的心都放在这棵树上,现在我就上树去,你在树下张大嘴接着,我上去后把心全扔下来。"

猴子爬到树顶,朝青蛙屙起屎来,青蛙以为猴子把心扔下来,马上用嘴接了起来,却有一股熏鼻的臭味,等它反应过来时,猴屎已全被自己吞了下去。

猴子在树上对青蛙说:"你这个忘恩负义的家伙,把朋友领到湖里是想吃朋友的心,亏你想得出,你只能得到朋友的屎!"

讲　　述:红坡白牛
搜　　集:斯那品初
整　　理:斯那农布
流传地区:云岭乡红坡村

跳蚤和虱子的故事

从前，跳蚤和虱子是结拜兄弟。它们玩在一起，吃在一起，住在一起。有一天，它们得到一小块新鲜酥油，兄弟俩舔嘴抹唇，都想抢先吃上这块洁白味鲜的酥油。可是谁也不好意思抢先吃酥油。它俩对视着，等了很长时间，终于跳蚤开口说话了："这酥油虽然新鲜，但是数量太少，我俩都吃，结果谁也吃不饱，这次好兄弟让给我先吃，下次得到酥油我可以让你先吃。"

虱子觉得这是跳蚤哥耍的花招，也来个讨价还价，决不示弱让步，也要抢先吃酥油。争来争去，谁也无法先吃。跳蚤又想：我会跳，这是我独特的本能，凭这一点，虱子远远不如我，难道我就不能来个速度比赛，以优胜的成绩来吃酥油就有理了。于是就对虱子说："既然你不让我先吃，那只好算了，我们干脆来个背柴比赛，谁能把柴先背回家，谁就先吃酥油，你看行不行？"

虱子答应了。它们都上山去背柴了。跳蚤很自信地捆好柴，匆匆忙忙地下了山。可是事与愿违，每一跳都要重新打整一次背子，总是无法赶在虱子前面。而虱子虽然不会跳，但是走路步子稳健，很快就把跳蚤甩在后面，先到了家，美美地把新鲜酥油吃了个饱，得意洋洋地坐在门背后抹着嘴。跳蚤由于失利而不能吃上酥油，感到十分扫兴。它恼羞成怒，气呼呼冲进屋来要打虱子。虱子把门一关，把跳蚤紧紧夹在门中间，使得跳蚤进退两难，疼痛钻心，被夹成鸡冠一样扁扁的。跳蚤使尽全身力气挣脱出来，从灶膛里抽出一根燃烧着的柴头，向虱子刺去，虱子的胸脯被烙了一大块。经过激烈的打斗，跳蚤和虱子两败俱伤，跳蚤的身体变形了，不再是溜圆的体型了，而虱子的胸脯上也永远留下了烙伤的疤痕。

搜集整理：小托丁
流传地区：羊拉乡

猫头鹰讲经

在绿荫如盖的柏树林中，住着一只老掉牙的猫头鹰。它年老体笨，耳目不灵，捉不到小鸟，找不到食物，经常饿着肚皮。它成天左思右想，最后终于想出了一个办法：以讲经来诱捉几只鸟来补补身体。于是它来到画眉鸟住的山上。画眉鸟看到这个鸟声猫头、似猫像鸟、长相古怪的家伙，吓得不由自主地打起颤来。猫头鹰对画眉鸟说："美丽的小鸟，你不必害怕，我是大慈大悲的森林大佛，常常在大森林里讲经传法，普度众生，驱走病魔，使百鸟延年益寿，长生不老；使百花盛开，四季不凋。"一边说一边拿出长长的佛珠，装得和学识很高的大活佛一样，神气十足。画眉鸟看着道貌岸然的猫头鹰，心想：既然天赐良机，无意中谒见了这位尊敬的大佛，岂能放过听经的难得机会。就以最虔诚的心情，毕恭毕敬地向猫头鹰三拜九叩，请它讲神圣的佛法经文。

猫头鹰从天南讲到地北，从古往讲到今来，讲得哆哆嗦嗦，没完没了。画眉鸟听着听着，听烦了，开始打起瞌睡来了。猫头鹰看到画眉鸟在闭目听经，认为画眉鸟被它讲得听神了，要多讲一些，等到最后进行摸顶赐福的时候再一次抓住吃下去。于是猫头鹰眯着双眼，提高了嗓门，大讲自己成佛的身世。

"我是佛祖的化身，我的头本来是鸡头，因为自小听经诵经，使鸡头变成了猫头；我的耳朵是聋的，因为我的双耳从来没有听到过诵经的声音；我的眼睛是黄的，是我经常喝酥油汤，结果把眼也变成了酥油一样黄；我的脚上有道道裂口，是因为我严守佛规戒律，口中滴油不沾……"画眉鸟越听越感到猫头鹰讲的都是胡言乱语，觉察到这是猫头鹰在耍花招施诡计。就在猫头鹰讲得飘飘然的时候，画眉鸟悄悄地飞走了。猫头鹰没有吃到画眉鸟，后悔莫及,悲哀地喊着:"小鸟、小鸟,你到哪里去了?你快出来听经。"它喊得口渴肚饥,精疲力竭,不禁眼前一黑,艰难地挣扎了一番就死了。

搜集整理:小托丁
流传地区:羊拉乡

公鸡和虱子

有一只红冠子绿尾巴的大公鸡，它以为自己是世界上最大最美的动物了。因此，不管到什么地方，它都十分傲气。

有一天，大公鸡出去游玩，发现路边有一个虱子，就想把它吃掉。它说："一个又脏又小的虱子，就让你活到今天吧。"说着就要去啄虱子。

虱子说："你别高兴得太早了。我比你长得又高又漂亮。"

公鸡不服地说："那就找一个人来评价，看到底我俩谁大谁漂亮。"

他俩走着走着，遇到一个农夫，虱子上前施礼说："大哥，你看我俩谁长得大？请你公证。"

农夫说："这只公鸡与狗一般大，而这位虱子却与我的牛一样大。"

公鸡不服地说："明明是我比它大，你怎么就能说是它大呢？"

农夫说："你不信就让我的牛踩一踩，跟牛一样大的绝对不会被牛踩着。比牛小的当然就被踩在脚下。"

它们就开始比了起来，农夫把牛牵到公鸡跟前，老牛前脚一踩，踩在公鸡的脚上，公鸡疼得叫了起来："快把我放了，是我输了。"

农夫就让老牛放开公鸡，老牛一抬脚把公鸡放了出来。

公鸡说："这回我看不把虱子踩死才不信。"

农夫又把老牛牵到虱子跟前，老牛一踩，却不见虱子的影子。公鸡以为虱子被踩死了，高兴地叫了起来："快放开，快放开。"老牛一抬脚，虱子出现在公鸡面前哈哈一笑说："是不是你输了。"公鸡只得认输了。

它俩又继续赶路，遇到一只狐狸。虱子上前行礼说："狐狸爷爷，你看我俩谁长得漂亮？请作个公证。"

狐狸看了看虱子又看了看公鸡说："公鸡的冠子红得像辣椒，虱子的肚子像彩虹一样。"

虱子说:"大公鸡,我说我漂亮你不信,证人这么一评价你还有什么话可说的。"

公鸡刚要开口反驳,却被狐狸一口叼走了。

讲　　述:翁扎
搜　　集:徐光平
整　　理:赵四九
流传地区:升平镇

猴子和蝗虫

从前,一群猴子经常来到田间,寻找食物,少不了要欺负那些小小的蝗虫。

小蝗虫受尽无辜的欺压,感到万分痛苦,决心与猴子决一死战。

一天,猴群又蹦蹦跳跳闯进了田里。小蝗虫早有准备,一蹬脚,飞到猴王前,大声宣告:"你们这群刁猴,常常来欺负我,今天我要跟你们拼了。"猴王一听却哈哈大笑:"小东西,太不自量力了,看你能有几下子。兄弟们:给我上!"群猴从命,拿着木槌、木棒,去打蝗虫。蝗虫毫无恐惧,沉着迎战。

蝗虫见猴子打来的棒要落身,飞身一跃,闪过一边。木槌击来时,蹬脚一跳,机灵地躲过袭击。猴子个个精疲力竭,打得两手发酸,可未击中蝗虫一根毫毛。

小蝗虫开始出击了,脚一蹬,跃到一个猴前额,另一个猴子大叫:"别动,别动,让我来。"拿起木槌一锤,却结束了一条同伴的生命,蝗虫却飞落在他的前额。他又叫:"快来打呀!在我这儿。"有一只猴子跑过来一棒,又同样击死了同伴一命。这样,打来打去,你被我打,我被他锤,最后一只猴子也被指挥的猴王打死了。蝗虫大声叫道:"别跑,再把你打死才能出这口气,哈哈,报应啊报应,欺压弱者的只有这样的下场。"

从此,猴子最怕蝗虫,不敢惹是生非,见到蝗虫,就敬而远之。

搜集整理:巴桑康珠
流传地区:燕门乡巴东村

狐狸狩猎

狐狸听说狩猎有无限的乐趣，就带着弓箭上山了。到了半路，它碰到了老虎。狐狸问老虎去哪里，老虎回答说去狩猎。狐狸见有了伴，就高兴地说："虎大哥，我今天是第一次去狩猎，没有经验，你带我去好吗？"

老虎同意了。它带着狐狸来到一座山顶，对狐狸说道："兄弟，你的眼力比我好，你注意看着对面山上，如果见到猎物，就说有猎物。"说完便到一旁睡大觉去了。

狐狸按老虎说的那样，睁大眼睛往对面山上观看。恰巧对面山岩脚下有岩盐，一头野牛正在吃盐。狐狸见到后，大声喊道："虎大哥，对面山上那座山岩脚下有野牛。"

老虎猛跳起来，说了声："跟我来！"便向野牛的方向跑去。等狐狸下山来到山脚，老虎已经把野牛咬死，滚下山来了。狐狸问老虎是怎样猎获野牛的，老虎得意地说："很简单，我冲上去一口就把它咬死了。"

狐狸心想：原来狩猎竟如此简单！

第二天，狐狸去约兔子狩猎。它把兔子领到昨天和老虎到过的那座山顶后，对兔子说："兔子兄弟，你的眼力比我的好，你注意看对面山上，如果看到猎物，就说有猎物。"说完又像老虎那样到旁睡大觉去了。

兔子按狐狸说的那样，睁大眼睛看着对面山上。说来也巧，对面那座山的山脚下，又有一头野牛正在舔盐吃。兔子见后大声喊道："狐狸大哥，对面山岩脚下有野牛！"

狐狸一听，猛跳起来，对兔子说了声"跟我来！"便冲下山去。来到野牛旁边，它便按老虎说的办法，直向野牛的脚扑去，准备一口咬死野牛。可是没料到，野牛一抬脚，踢在狐狸的额上，狐狸反而被踢下山去。

兔子下坡走得慢，等它来到山脚时，先前还趾高气扬的狩猎者早已断气了。

讲　　述：斯朵都烈
搜集整理：斯那农布
流传地区：燕门乡

爱浮夸的母鸡

一群水鸭在河里自由地游荡着。一只花母鸡跳跃着走过小桥,来到河边。这群水鸭招呼花母鸡来戏水。"不!不!我不是在水中游泳的凡者。"花母鸡一边回答,一边对群鸡夸口。

"我爷爷是飞禽中的王,能不停地飞行一天,可以一口气飞过大海,谁也比不上!"

"那你爸爸呢?"一只白鸭问。

"我爸爸他……哦。"母鸡更加高傲地说:"我爸爸曾在大雪天里飞行了七十七天,飞得比云高,还说见到了月亮上的小白兔呢!"

"鸡大娘,你更行了吧?给我们开开眼界。"一只小鸭想看看它飞。

"我……啊,我叔叔他昨天才去大洋彼岸,今早就带无数珍珠回来了。"

这时,一群燕子在空中飞翔,一会儿像箭一般冲向云间,一会儿似闪电般俯冲下来,多么矫健啊。母鸡神气十足地说:"那些燕子算得了啥,前天进行飞行比赛,他们哪里是我叔叔的对手,更不用说我那冠军的爸爸啦!"

母鸡越吹越得意,没看见河水在上涨,这时,群鸭很快游到了河岸。母鸡也连忙来到桥边,可双脚还未跨上桥,桥就被水冲走了。它惊吓得大叫:"哎!鸭子们,帮帮忙……"

一只大鸭说:"花鸡,你就飞过来吧!"

花鸡叫道:"我我……飞不过去呀!"声音渐渐小了,还带着哭腔。群鸭感到奇怪:"咦!这位飞行冠军的女儿,怎么就不会飞过来呢?"

搜集整理:巴桑康珠

流传地区:燕门乡

乌龟与狐狸

在一个长满杜鹃的高山上,有一个碧绿湖泊。湖畔是百鸟群兽聚集的好地方。

有一天,湖水突然干了,湖边留下一只可怜巴巴的乌龟。几只狐狸发现湖边的乌龟后,马上围拢过来,想吃掉那只乌龟。

乌龟说:"狐狸兄弟们,你们想吃掉我那可不容易,我的皮子厚而且很坚硬,再说皮上还有一层毒,你们就不怕毒死?如果你们想吃我,那只有把我背到湖边,边泡边啃。这样,既能洗掉皮上的毒素,又能将我的皮子泡软,到时候你们啃起来就不费力也不会中毒了。"

狐狸想:"这倒是一个好办法,反正这笨东西再也跑不脱了。"于是,它们就把乌龟抬到另一个湖泊边,把乌龟扔进了湖泊。

乌龟到了水中,立即游到湖中央,抬起头来对狐狸们说:"狐狸兄弟们,感谢你们把我送到故乡来,这湖就是我的家,你们再有天大的本事也甭想把我吃了。"说完对着狐狸们一笑,便钻进湖里去了。

狐狸们唉声叹气地说:"人们都说我们狡猾,看来世上比我们聪明的并不止乌龟一个。"

讲　　述:此里农布
搜集整理:赵四九
流传地区:升平镇

乌鸦羽毛变黑的缘由

一天,乌鸦、鹫鹰和孔雀梳妆打扮,首先,由乌鸦和鹫鹰来给孔雀打扮。它们调了七色颜料,精心为孔雀打扮,把孔雀的羽毛装饰得花枝招展。

轮到孔雀和鹫鹰给乌鸦打扮时,村中传来阵阵鼓声和唢呐声,乌鸦听到后,知道村中有人在做佛事。它知道每当人们焚香诵经时,往往要用糌粑做许多"朵玛"[①],一部分敬佛,一部分送与村人,传说人吃了朵玛能消灾避难。因此,谁家要是请了喇嘛来做佛事,人们都会去他家要朵玛吃。佛事做完后,这家人的方底座上会有一些被人遗落在地的零碎的朵玛,乌鸦常去捡吃。有时还会捡到几块啃剩的骨头和肉皮。

这时,村中的鼓声更急,这说明佛事快要结束了。乌鸦心急如焚,想马上去拣吃人们吃剩的朵玛,于是催孔雀和鹫鹰快快为自己打扮。孔雀和鹫鹰才给乌鸦涂上黑颜料,正准备给它装点其他颜色,可乌鸦等不及了,匆匆飞向村中去捡吃朵玛。从此以后,乌鸦的羽毛就永远变黑了。

讲　　述:仁庆扎史
搜　　集:松金泽仁
翻译整理:斯那农布
流传地区:云岭乡

[①] 朵玛:藏语译音。一种用酥油、糌粑和红糖揉制而成的供品,用于祭神或食用,是一种较为高级的食品,佛徒认为吃后能避邪免灾。

为孤儿娶亲

从前，有个依山而居的村子，村中有个叫仲永泽仁的孤儿。他年方十八，身子像狮子一样壮实，性情却像绵羊一样温顺，一向安分守己，过着清贫的日子。他在山下松坡村边开垦了一块地种豌豆，这时节正值豌豆发芽，鲜嫩极了。这天傍晚，小白兔来到田边捕食，看到鲜嫩的豌豆芽，忍不住偷吃了几株。

第二天，仲永泽仁来到豌豆地，见少了几棵豆苗，便弓下腰只是看了看，发现了小白兔留下的脚印。于是他在田边的路口子上挖了一个陷阱，而自己却躲在离陷阱不远的一株小松树下，专等小白兔的到来。他等呀等呀，口渴了也没去找水喝，肚子饿了也没回家做饭吃，一直等到晚上才见小白兔又蹦又跳地来到豌豆地边的路口旁，它踮起双脚往田里望了一眼，见田里没人便放心地走了进去。可它才向前迈进了一步，便"扑通"一声掉进了深深的陷阱里。

仲永泽仁见小白兔掉进陷阱，跑过来逮住小白兔，掏出腰刀就要往小白兔脖子上戳去。小白兔连忙说："聪明的大哥，你怎么突然糊涂起来，我的命根子是在尾巴上，你要杀我就不能像杀鸡宰牛那样把刀捅向脖颈，你只要把我的尾毛割掉，我就会马上死在你的手里。"仲永泽仁信以为真，把小白兔的尾巴割了下来，小白兔却尖叫一声逃跑了。仲永泽仁手里只拿着一截滴血的尾巴。

小白兔被割去尾巴后，好多天一直在家里养伤。后来伤口虽然好了，但是尾巴永远变短了。这天傍晚，小白兔又来到豌豆地边："呵！长得好快，豌豆都快开花了。"小白兔说着又要进田里摘豌豆尖吃，回头看看短短的尾巴，不禁又退了两步；可是望着那绿油油的豌豆尖，它又动心了。于是便试着走到陷阱旁，两脚一蹬便跃过了陷阱，可前脚才着地，却被一根细麻绳捆住，整个身子被一根有弹性的棍子提起来悬在空中。原来仲永泽仁在陷阱那边安置了"拴足扣"。就这样小白兔活活受了一夜罪。

第二天，仲永泽仁看到小白兔被扣子拴住了，得意地对小白兔说："你上次骗了我，你这次还想从我手中逃走吗？"小白兔痛心地回答说："大哥，这次我不再骗你了。正因为我上次骗了你，见利图便，你才落了个这样的下场。唉，我怎么贪馋到这地步？"小白兔一边伤叹，一边自责。接着，它又对仲永泽仁说道："大哥，你就再饶我一死吧，我可以向你保证，一定帮助你娶个既美丽又勤快的妻子。"

仲永泽仁虽然不相信小白兔的话，但是看到它被捆住的红肿的双手，心软了。于是，他把小白兔放了。小白兔磕头谢过仲永泽仁并请求他收留，仲永泽仁答应了小白兔的请求，收留了它。从此，他们成了亲密的伙伴。

日子过得很快，眼看一年一度的藏历新年就要到来了。这时小白兔想起曾对仲永泽仁说过为他做媒的事。于是提出要为他提亲求婚，仲永泽仁虽然仍不相信，但是还是让小白兔去了。

小白兔带上一条哈达，提上一坛青稞酒出门去了。它来到崩塘这个比较富饶的村庄，它向东家提亲，西家求婚，虽然有姑娘愿意嫁给仲永泽仁，但没有一家父母敢做主。原来崩塘土司不准他管辖的黑头藏民自由婚配，一切得由他来决定。土司是个十分贪色的家伙，15岁以上长得比较好看的姑娘，都得顺从他的糟蹋；否则，不是被剖掉眼睛，就是被割掉鼻子。他可以骑在别人脖子上撒尿，人们也只好对他百依百顺。

小白兔只好离开崩塘①前往别村去了。几天后，它来到叶仁村。一打听，知道这个村子有个如花似玉的姑娘，她是叶仁土司的小姐。这位小姐容貌美丽，更难得的是她心地善良，同情穷苦人，看不惯骄横奢移，荒淫无度的贵族子弟，却想嫁给一个勤劳朴实的穷苦人。土司老爷却总想把女儿嫁给一个有钱有势的富家公子，可来提亲求婚的没有一个能使他满意。

小白兔到土司家说明来意："尊贵的老爷，我是奉崩塘土司公子的旨意，

---

① 崩塘：藏语，原意为平坦辽阔的坝子，这里作地名用。

特来向老爷的公主求婚……"

"哦，崩塘，那是个美丽富饶的地方。不知你们老爷的家到底怎样？你这次来求婚带的是什么礼物？"

"尊贵的老爷，要想知道崩塘土司老爷家底，请细细听我说。崩塘草原上的牛羊像天上的星星一样多，那金山一样垒起的是黄澄澄的酥油，那银山一样堆着的是白花花的羊毛；崩塘草原上的青稞像大海的波浪一样翻滚，那雪花一样越积越厚的是甜滋滋的糌粑，那溪水一样越流越长的是香喷喷的青稞酒。啊，湛蓝的天底下，还有谁比我们土司老爷富？我这次来替公子求婚，老爷要我驮上一袋金子、一驮银子。可我说咱不能像商人那样做生意，生意亏了，还可以挽回，媳妇选错了可要一辈子倒霉，金银财宝换来的姑娘，我们的公子是不会喜欢的，等我们看中姑娘后再送去十几驮也不迟。我这样说了以后，土司老爷也觉得对，因此只让我带了一条哈达和一坛酒。"小白兔说完便拿出一条洁白的哈达双手捧向土司老爷说道："尊贵的老爷，牦牛好不好，看鼻子知道；姑娘美不美，看父母就知道。你的公主是十五的月亮，我们老爷家的公子是初升的太阳。月亮和太阳聚在天上，才会给大地带来美丽的光泽。请老爷做主，把你月亮一样的公主嫁给我们的公子吧！"

小白兔的话讲完后，土司觉得把自己的公主嫁给崩塘土司的儿子，就好像骏马配上金鞍，松耳石镶嵌在银戒指上，真是天作之合，门当户对，况且听口气对方比自家还要富贵，无可挑别。于是，土司接过哈达，喝下了定亲酒，并回赠了一条哈达。

小白兔接过哈达后对土司老爷说："感谢老爷促成了这一美满姻缘。现在我们来择个良辰吉日，把结婚的日子定下来吧。"

"这……"

土司老爷才开口，就被小白兔的话打断了："哦，藏历新年是普天黑头藏民大庆的黄道吉日，如果定在这一天举行婚礼那该有多隆重！对！新娘进新门的日子就定在除夕那天，初一举行隆重的婚礼。老爷，你看行吗？"

"这怎么行？好多仪式都还有待进行，哪能这样就送亲接亲的？"土司老爷也认为藏历年是送亲接亲的好日子，但不满意的是还没有得到对方的一点礼物，他不能在没有收到对方礼物之前轻易把公主嫁出去。

"是哟，是哟。按我们的规矩是应该在求婚以后，选定吉祥的日子举行订婚仪式，我们还要向你赠'吾仁'①然后再请算命先生占卜，择定最吉祥的日子，方可送亲接亲。可是，最吉祥的藏历年就要到来，但我们两家相隔那么远，如果按老规矩办，那恐怕到明年的藏历年，才能给这对如意情侣完婚。到那时，我们老爷家公子说不定不会再要你家公主了呢！我看还是尽早办了好，至于'吾仁'嘛，送新娘的人返回时多驮回来不就行了。"

在小白兔的引诱下，土司老爷就答应两天以后把公主嫁过去。

两天后，小白兔、公主和送亲的一行人马，雄鸡才叫第一声便出发了。

他们星夜赶路，眼看还有一天的路程就到崩塘村了。这时小白兔告诉众人自己要先走一步，说要去通报崩塘土司老爷准备迎亲。临走时，小白兔对公主和送亲的人说："明天太阳落山时，你们会来到一个不长树木的山顶，这时展现在你们眼前的是广阔的崩塘草坝。你们到山顶便放上一阵排枪，给我们报信。一会儿你们会见到一个村子里烟雾冲天。请放心记住，烟雾升起的地方就是崩塘土司老爷家，那是我们在烧香迎接你们。"

小白兔交代完毕，便挑选一匹好马，连夜马不停蹄地赶路，第二天拂晓回到了仲永泽仁家。它一下马便对仲永泽仁叙说了娶亲的经过以及下一步的计划。仲永泽仁听了后反而像是耗子听到猫来一样，感到不安。小白兔却乐呵呵地说道："大哥，应该是高兴的时候了。走，快上马，到时候都要听我的。"说着便连推带攘地请仲永泽仁上了马，自己也钻进仲永泽仁的楚巴兜里一同往崩塘村驰去。

小白兔和仲永泽仁赶到崩塘土司家时，太阳正好才落山。下马后，小白兔让仲永泽仁照料马，自己就闯进门大嚷起来："哎呀！老爷不好啦，叶仁土司官兵来抄你们家了！"崩塘土司正在啃大年三十的鸡头，一听到喊声，连鸡头都还在咬在嘴里就跑了出来，恰在这时西山顶上枪声大作。崩塘土司立即传令官兵准备抵抗。小白兔惊恐地对土司大人说："老……爷，我不是看不起

---

① "吾仁"：奶费，也即抚养费。姑娘要出嫁了，男方要送适当的礼物给女方父母，报答他们对姑娘的养育之恩。

你,这是拿鸡蛋碰石头……他们兵强马壮,个个是杀人不眨眼的魔鬼,还是躲一躲吧!哦!老天爷保佑,你们就躲在草房里,那些遭雷打的魔鬼就让我对付吧!"

崩塘有土司惊慌中听信了小白兔的话,领着全家人躲进了草房。于是,小白兔扣死草房门,一把火烧了草房。把土司一家用火烧死了。村里的人们知道后,都纷纷涌向土司家拍手叫好。

再说公主一行在山头看到村中烟雾冲天,便策马下山而来。一到村口就看到迎亲队伍的人山人海。敬酒的、献哈达的、跳迎亲舞的,从村口一直到崩塘土司家门口。新郎仲永泽仁已经戴上了"松沙"[1]穿上豹皮楚巴,腰前别了一把明晃晃的雕龙银刀,显得魁伟英俊。公主见门口的仲永泽仁如此英俊,心里高兴的就像装了只兔子,一路的疲劳忘得一干二净。

就这样,小白兔为仲永泽仁娶了个如花似玉的妻子。送亲人回去时,小白兔让仲永泽仁给他们驮了两驮茶盐,并请他们转告叶仁土司老爷说:"对黑头藏民来说,茶和盐无异于金子和银子一样贵重。"

光阴似箭,小白兔不知不觉在崩塘度过了几个春秋。这期间,小白兔见仲永泽仁夫妇相敬如宾,于是不顾他们的再三挽留,终于又回到了生它养它的大山里去了。

讲　　述:斯朵都烈
搜集整理:斯那农布
流传地区:燕门乡

---

[1] 松沙:一种精制美观,质地优良,富贵人戴的帽子。

智斗老熊（一）

有一天，小白兔在一个山坡上把一个又大又圆的马蜂窝当做鼓轻轻地敲着。它昨天在这儿差点被老熊吃了，今天想惩罚一下老熊，于是在此专等老熊的到来。日当正午，老熊来了，它凶狠地对小白兔说："昨天你从我的鼻子底下逃了出去，今天你就别再想逃出我的掌心，还是乖乖地来送死吧！"小白兔眯着眼睛傲慢地说："你好大胆子，竟敢要我来送死，你也不看看坐在你面前的是谁。我是受国王之请，来替他们打鼓念经，为天下众生能幸福安乐祷告，解救苦难生灵逃出苦海……""哦，原来是这样。可你的鼓不知是在敲还是没在敲，一点声音也听不见，我来替你敲吧。"老熊是想等小白兔念完经后再吃它，因此提出帮小白兔敲鼓。小白兔答应了老熊的请求，并告诉老熊说："你先别敲，我去山顶烧香，等听到我喊声后，你就使劲地敲。"

小白兔向山顶爬去，到了山顶，它折了些松枝烧了起来，然后向山下"啊——嘿嘿——"地叫了一声。山下的老熊见山顶青烟徐徐升起，又听到小白兔的喊叫声，便用尽全身力气敲起"鼓"来，"鼓"马上被敲得稀烂，一大群被惹怒的马蜂团团围住老熊，蜇得老熊遍体鳞伤。老熊东躲西藏，向山顶爬去。到了山顶总算摆脱了马蜂的追击，可小白兔却不见了影子。

老熊从山背往下走去，来到一个盐湖边，看见小白兔正在洗澡，便跑过去怒气冲冲地说："你这缺嘴唇的家伙，你让我敲马蜂窝，让马蜂蜇得我到处是伤。刚才你从我的鼻子底下溜走，现在你就别想再从我的掌心逃出！"说着就准备来抓小白兔。

小白兔惊讶地说："哎呀，熊大哥，山头白兔一百零单八，山脚白兔一百零单八。我今天一大早就出去捕食，可这倒霉的鬼天气热的我好苦，我在湖里洗澡快三袋烟功夫了，哪里还有闲工夫去打鼓，您恐怕是认错了。哦，刚才我见一只长得和我一样的白兔惊慌失措地跑过去了，伤害你的肯定是它。唉，算了，别去追了，还是下来痛痛快快地洗个澡来吧。"

老熊听信了小白兔的话，便下湖来洗澡，可才洗了一会儿，就感到全身钻心地辣疼。原来刚才被马蜂蜇得全身是伤，现又在盐湖里洗澡，是盐水在起作用。老熊痛得一个劲地在盐湖里直打滚。当一阵疼痛过后，才发现小白兔已不见踪影了。可老熊还是顺着小白兔的脚印追了上去，终于在一个十分陡的山坡上追上了小白兔。

小白兔鼓着红红的小眼气愤地说："山头白兔一百单八，山脚白兔一百单八，你有什么证据说是我害你的？我连替国王做'朵玛'都忙不过来，哪里还有时间去伤害你呢？你别再对着我吹胡子瞪眼睛了，赶快走开，我得赶紧做'朵玛'。如果做不完，国王怪罪下来，你担当得起吗？"

笨拙的老熊被小白兔反问的张口结舌，以为自己错怪了小白兔。于是向小白兔道歉，并说要帮小白兔做"朵玛"。

小白兔暗暗高兴，就让老熊爬在大石板上当帮手。老熊四肢并用使劲一揉，却滑下石板滚下坡去了。幸好滚到半山时被一棵大树挡住，才保得一条老命。当它又回到那块大石板旁时，小白兔已经逃走了。它又顺着小白兔的脚印追了上去，终于在一个峡谷里追上了小白兔。

小白兔正抓住一根葡萄藤在荡秋千，一晃荡到峡谷对面，一晃又荡了回来。老熊怒气冲冲地跑到小白兔跟前骂道："你这缺嘴唇的家伙，你一次又一次地害我，一次又一次地从我鼻子底下溜走，我要看看你还有多大本事从我掌心逃出。"

小白兔装出十分委屈的样子对老熊说："山头白兔一百单八，山脚白兔一百单八，我的熊大哥哟，你怎么不问青红皂白就想嫁祸于我？害你的那家伙刚刚从这里跑下去了。我喊它来荡秋千玩它都不理我，原来它是怕你追来。"

笨拙的老熊又一次听信了小白兔的话。这时，小白兔对老熊说："熊大哥，咱俩交个朋友吧，咱们先在这里玩一会儿，然后再到我家去玩。"

小白兔抓住野葡萄藤，轻悠悠地荡到峡谷对面，踩了一串酸葡萄，又脚一蹿便飞也似的荡了回来，把葡萄拿给老熊。老熊一边吃着葡萄，一边看着小白兔在峡谷间荡来荡去，高兴得忘记了全身的疼痛和路上的疲劳。它接过小白兔手中的藤子，像小白兔那样荡起秋千来，可还没荡到峡谷对面，野葡萄滕就断了，老熊被"荡"到峡谷底下了。

老熊忍着伤痛跟小白兔上小白兔家去，在路上，老熊见小白兔一手捂着眼睛，一手拿着一样东西在吃，便问它在吃什么。小白兔说是把自己的一颗眼珠挖了在吃。老熊要了一点儿吃后觉得很甜，便请小白兔把它自己的眼珠挖下来。小白兔把老熊的一只眼睛挖下来后，趁老熊捂面叫疼的当儿，把眼珠丢了，却拿一块蜂蜜给了老熊。老熊吃后忘了疼痛，又请小白兔把自己的另一颗眼珠也挖了下来。于是它什么都看不见，只好请小白兔带路。

遇上凹凸不平的路时，小白兔告诉老熊是平坦的道路，要它快走，老熊信以为真，大步快走起来，可是一脚高一脚低，跌了好几跤。当走上平坦的路时，小白兔却又说是路窄难走，要老熊慢走，老熊又信以为真，小心谨慎地移动着步子，生怕被摔倒。就这样，老熊提心吊胆地跟着小白兔走了很久。

天黑时，它俩来到一个陡峭的岩路上过夜。老熊说睡路上边，小白兔睡路下边，路中间烧了一堆火。半夜，小白兔慢慢地把火堆推向老熊。老熊热得全身发汗，就像淋了一场大雨，它拼命往后挤，可身体已紧贴着边的岩壁，只好让小白兔睡路上边，自己睡路下边。一会儿，小白兔又把火堆推向老熊。老熊热得往后退，冷不防跌下崖去了。幸好跌下不远就咬住了一棵小树，便大喊小白兔救命。小白兔向老熊喊道："熊大哥，你别招手，我就要救你。记住，我叫你一声，你答应一声。"小白兔喊了一声"熊大哥，你别说'嗯'，你应该大声回答'啊！'"小白兔又喊了一声"熊大哥"，老熊"啊"的一声便跌落下去，摔得粉身碎骨。

讲　　述：斯孕都烈
搜集整理：斯那农布
流传地区：燕门乡

智斗老熊（二）

老熊和小熊，与老兔和小兔是邻居。老熊和老兔经常结伴到邦锦坝子里去挖甜根草。有一次，它俩又结伴出门，但在回家的路上，凶残的老熊却把老兔吃掉了。

老熊到家后，小熊和小兔正在门口玩耍。小兔见老熊独自归来，便问道："我妈妈呢？她怎么还没回来？"

老熊支支吾吾："你妈妈还在邦锦坝子里挖甜根草，可能快要回来了。"

聪明的小兔心里也明白了八九分，它联想到老熊过去的所作所为，认定自己的母亲已被老熊吃掉了，又悲痛，又气愤，决心报仇。

再说老熊见小兔满怀疑虑地回家去了，想到自己做的事是不会瞒过小兔子的，便小心地告诫小熊说："明天我要出门，要是小兔约你去玩，不管是玩钻麻袋、玩舂米，还是到山坡上去玩滑木板，你都不能去。"

第二天，老熊出门后，小兔便来约小熊玩。小熊拿母亲的话回答了小兔。最后，小兔灵机一动说："好吧，既然你不愿意去玩，那我们去洗澡好吗？"

这一回，小熊终于同意了。于是，小兔把一口大锅架在火塘上，再加上水，对小熊说："我先上去洗，你先把火烧燃，盖上锅盖，我在里面叫你时，你就把火灭了，把锅盖打开。"说完自己便跑到锅里去了，小熊果然按小兔说的话做了。

小兔出来后对小熊说："太谢谢你了，里面真是太舒服了，洗澡的时候，我看到了从来未见过的稀奇事情。来，这回该你洗了，我来帮你烧火，等洗完了你再叫我。"小兔说完，把小熊扶进锅里，盖好锅盖，就在下面烧起大火来。小熊在锅里大声叫喊，小兔毫不理会，把火烧得更旺。里面的声音越来越小，小熊被煮死在锅里。小兔从锅里捞出小熊，扒下皮来披在自己身上，把小熊肉又放回锅里。

不大一会儿,老熊回来了,它望着垒起的锅灶和尚未燃尽的柴火发起愣来。这时,身披熊皮的小兔跑过来说:"今天我把小兔煮死在里边了。"

老熊信以为真,高兴地回答说:"你干的好哇,孩子,再抱几根柴来,等煮透了我们来饱餐一顿!"

小兔答应着,趁老熊不注意,把老熊留下的青梨种子全都煮到了锅里,然后一溜烟跑了。小兔跑到山坡上,见老熊正津津有味地吃着熊肉,便脱去熊皮,大声唱道:"老熊吃老兔,小兔来报仇,青稞炖熊肉,味美汤又稠……"

老熊听到歌声,大吃一惊。回头一看,见小兔站在山坡上,猛一下醒悟过来,就发疯似的向小兔追去。小兔转身便跑,一直来到山坡下的灰地上,安然地筛起土灰来。好一会儿,老熊才上气不接下气地追了过来,指着小兔的鼻子骂道:"你这兔崽子,这回看老子不活吞了你!"

小兔机灵地对老熊说:"哎呀,山上有一百只兔子,山下有一百只兔子。我是专门在这里筛灰的。刚才从这里跑过去了一只兔子,可能就是你要追赶的对手,但你追不上了……要不,你在这里替我干活,我跑得快,一定帮你把它追回来。"

老熊想了想同意了。兔子见老熊钻进了圈套,就郑重地对老熊说:"你记住,筛灰时一定要迎着风,这样粗细才能分得出来。"小兔跑走了,老熊按照小兔的吩咐,迎着风认真地筛起灰来。这时恰好刮来一阵大风,卷起满天灰尘,眼睛痛得直淌泪水,好难受。这时老熊才觉察出,小兔又欺骗了自己,于是一把甩掉筛子,揉揉眼又吃力地向前追去。

老熊接二连三上当受骗,已被折腾得精疲力竭,但还不甘心。这时,小兔正坐在一块石头上编竹篓,它看到一步一喘的老熊,立即跑过去说:"哎哟哟,看你上气不接下气的,是不是在追赶筛灰的那只兔子啊?它刚从这里逃走。你在这里歇口气,帮我编编竹篓,你往里编,我往外编,编完后我们一块去追吧。"

老熊心想:这回我再也不上你的当了,只要你不跑,看你还能逃出我的手心!于是便坐在小兔的对面动手编起来。

小兔飞快地收拢竹篓的口子,终于把老熊围在里面,动弹不得了。小兔对老熊说:"吃我阿妈的老贼,这回你的末日到了!"说着飞快地跑去叫猎人来收拾老熊。

搜　　集:赵四九
整　　理:李力能
流传地区:阿东村

老虎与"驾驾"

一天,有一只小白兔出来找食,回家时忘了早上出来的路,只好睡在山腰的岩洞里。到了半夜,狂风四起,接着下起了瓢泼大雨。雨水透过岩缝,大颗大颗地滴进正在熟睡的小白兔的耳朵里,发出"驾、驾"的声音,弄得小白兔的耳朵又痒又疼,却又什么也看不见。它以为有什么怪物在身边,撒腿就跑。

小白兔跑啊跑,直到太阳出来有一竹竿高,它实在跑不动了,心想,那个怪物一定被我甩得很远了,于是在一块石头上坐下来休息。它还没坐稳,又刮起一阵大风,接着从林中跳了一只斑斓猛虎,龇牙咧嘴地站在小白兔面前说:"你好啊,兔子,我在山里搜寻了三天,没弄到一点食物,不想你却自己送上门来了。"

小白兔急中生智,忙说:"虎大哥,你吞吃我很简单,可是还有一个比你厉害的家伙在等着剥你的皮呢!我为了躲过它,从昨晚跑到现在。"说着往脸上擦了一把汗。

老虎听了兔子话,气得跳起几丈高,咆哮起来:"什么?这世上还有比我厉害的家伙?你说它叫什么名字?住在哪里?"

小白兔从容地说."它叫驾驾、住在前面的高山顶上。"

老虎说:"快领我去找那个东西,如果找不到它,我就吃了你!"

小白兔领着老虎,翻山越岭,去找"驾驾"。

兔子边走边想着摆脱老虎的办法。中午,当它们来到高山顶上的湖水边时,小白兔终于想出了一个对付老虎的妙计。

"总算到了。"兔子一本正经地说。

"怎么不见那个'驾驾'呢?"老虎问。

小白兔眨巴了一下红眼睛，指指湖水，装作很害怕的样子，小声地说："那，那……就是驾驾！"

老虎走到湖边，向下一看，只见水中有个和自己一样的怪物。它以为那就是兔子说的"驾驾"了，便转身对小白兔说："怪不得把你吓成这个样子，原来它也有点像我。不过，你看我怎么样收拾它吧！"

老虎对着湖水，很神气地抖了抖身子，湖里的怪物也向它抖了抖身子；老虎不甘示弱，又向湖里瞪眼龇牙，毛发倒竖，湖里的怪物也向它瞪眼龇牙，竖起毛发。

小白兔在旁边说风凉话："原来虎大哥还是怕驾驾呀，不然怎么光在岸上耍威风呢！"

老虎被激怒了："谁说我怕它，我倒要看看这东西有多大本事！"

说罢，老虎朝身后的山坡退了几步，大吼三声，冲进湖边的浅水里，乱抓一阵，又上岸来看水里那个驾驾是否被征服了。这时，只见水里的"驾驾"浑身湿淋淋的，失去光泽的毛发紧贴在身上，身子变得又细又长，无精打采地向岸上看着。老虎得意地对兔子说："你看，驾驾威风扫地了，像条狗一样。"

兔子又趁机说："是啊，虎大哥。刚才你才后退几步冲进湖边，驾驾就吓得浑身出汗。如果你退到山顶上再冲下来，那个驾驾就会被你压碎。那时，我也情愿把自己献给你吃。"

老虎神气十足地从地上抓起一撮泥土，把脸擦得通红，然后大步向身后的山上退去。到山顶后，大吼三声，然后像箭一般冲下来，跳进湖心。从此再也见不到这只老虎的踪影了。

搜集整理：普达伟

教　训

　　话说有一天，在一条小路上正走着一只狼、一只狐狸和一只小兔子，与它们结伴而行的还有小黑乌鸦。乌鸦看到山脚下的大路上有一个前往拉萨朝拜的人，就对伙伴们说："喂！你们看，那人身上背的包袱真不小，里面必有不少值钱的东西。"馋嘴的狼马上说道："走，咱们快去抢！"小黑乌鸦听着心里便想，如果照狼说的一齐去抢，虽然我能飞，比它们快，但是毕竟力小没劲，必定无所收获。它就上去对狼说："狼大哥，别慌，还是请我们善于动脑子的狐狸大姐做主为好。"

　　狼觉得这话有理，迫不及待地等着狐狸出主意。这时，小白兔跑到前面的一块石头上说："咱们要吃要喝，还是靠自己的劳动为好，去抢别人的东西来填自己的肚子，迟早必有恶报。"听到小兔子的不同意见，狼龇牙咧嘴地吓唬道："你不去我先吃了你。"兔子只好不再言语。狐狸推开小白兔，坐正姿势吩咐道："狼大哥和小白兔轻步跟在朝拜人的身后，我跑到他的前面躺着，他看到一条死狐狸，心里必定高兴，就会放下包袱向我走来。当他走近我身边时，小黑乌鸦就飞走，我也马上翻身跑走。狼和小白兔应抓紧时机背走包袱快溜，这样咱们就可以互相协作，取长补短充分发挥各自的特长。""良策，良策！"狼和乌鸦连连夸赞狐狸的妙计。

　　过不了一会儿，朝拜人来了，他发现一只乌鸦正准备啄路中心的死狐狸，便高兴地祈祷道："佛爷有眼不负我转经人的虔诚之心，那张光泽斑斓的狐狸皮到了拉萨必是发财之物。"说着丢下包袱向前跑去。不料乌鸦"嘻"一声飞走，那条躺在路中心的死狐狸也马上翻身跑了。当他返回来一看，包袱也不见了。转经人垂头丧气，不知如何是好。

　　狼背着包袱和小白兔一口气来到了一个岩洞，解开一看。皮口袋里有一双铁制鞋，一串珠子，一只小铃鼓，还有一只未吃完的羊腿。狼见到羊腿早已垂涎三尺，心想独享一顿，不料狐狸和乌鸦也赶到了。小兔看出狼的贪心便上前对狐狸说："恩德的狐狸大姐，我看还是把现有的东西分配一下吧。"说着拿出铁制鞋说："这铁鞋非同一般，是汉地有名的铁匠打成的，穿上它刺荆刮不着、利石伤不着，这宝贝是佛爷赐给了大哥的，因你长年累月行走在岩石陡坡上，最需要有这么一双铁鞋。"狐狸和乌鸦觉得小兔子的分配法是有理由，便点头同意把铁鞋分给狼。狼也觉得眼前虽然失去了羊腿，但是只要有这双铁鞋，山羊、绵羊也不就由自己选择吗？便高兴地拿起了铁鞋。

兔子又拿起小铃鼓说："你们看，这铃鼓的颜色像纯金，摇起来悦耳提神，适合狐狸大姐拿回去送给孩子们玩，只要孩子听到这声音，再也不会哭着要吃的了，你就可以安心和我们一起去草坝上玩了。"狐狸拿起铃鼓一摇，高兴地走了。

小白兔又拾起串珠挂在脖子上，稀奇地赞道："啧啧！这可是一串从未见过的好珠子，你们看，珠子像碧空中的星宿一样灿烂，珠线是生活在高山密林里的獐子皮剪成的，比内地真丝还牢。这样的宝珠只有系在翱翔在空中的飞鸟脖子上才更会光彩夺目。挂上它，你不论飞到哪里，人们都将把你誉为神鸟，昔日'哇哇'的恶兆从今起就会被人们赞为吉祥的妙音，你将有享不尽的供品。如此幸福的生活谁不羡慕？这透明的珍珠，如意的极宝，只有挂在前世积德的小黑乌鸦的脖子上才算是物尽其用，让我们大家为它祝福吧！"说完把珠子挂在乌鸦的脖子上，乌鸦被小兔子的赞词说得兴奋极了。

最后，兔子拾起了剩得的一只羊腿，对着鼻子嗅了嗅说："怎么这肉又臭又酸，只能我拿去充一顿饥吧，好！诸位，现在我们已把东西分完，大家都早一点回去享受自己的乐趣吧。"于是便回家去了。

几天后，狼发现河边有一群羊，心想：今天我有轻巧又好的铁履，挑肥拣瘦完全由我而定，随即套上铁鞋跑向羊群。狼哪里知道一穿上铁鞋反而行动不便，不仅没追上羊，反被牧羊人看见，便抓起棍棒呼狗追赶，放牧人的狠打和猎狗乱咬了一顿，狼几乎丧失生命。再说狐狸拿着分给它的铃鼓在小狐狸的中间使劲一摇，狐狸从来没听过如此震耳欲聋的声音，顿时吓瘫了。

好笑的是小黑乌鸦，自以为手里有宝贝，就大胆栖在一家麦架顶上，便"呱呱"地念起经来。这家主人一听大叫起来："哪儿来的鸟，叫出来的声音那么难听，让人心慌，呸！"一边骂，一边甩出许多石子，小黑乌鸦看见事不妙想飞走，可偏偏脖子上的串珠挂在粮架顶上，挣扎了半天，才死里逃生。

小白兔看见为人做害的三个畜生受到了恶报，心里暗暗高兴。但它又想：狼、乌鸦和狐狸因受骗吃了苦，也不会轻易放过自己，定会前来复仇，而自己终究不是他们的对手。于是，就在路边捡起一块锋利的石头在自己的嘴皮上划了一道口子，蹲在路边。

狼瘸着脚遇到了狐狸，狐狸幸灾乐祸地向狼问候："狼大哥，羊肉好吃吧？"狼生气地说："这个黑心的小兔子差点把我的命弄丢了，我非找它算账不可。"狐狸也添油加醋地把它的遭遇细数了一番，怂恿狼快找小白兔报仇。

他们来到路口又遇上了乌鸦，乌鸦是流着眼泪讲述了它的遭遇。它们走着走着来到了一块有水有草的坝子里，看见兔子正在吃草。狼向前一步吼道："你这可恶的家伙，让我们吃尽苦头，今天我一定要把你活吞。"兔子看见狼龇牙咧嘴的凶相，忙对狐狸说："狐狸大姐，出了什么事了？"狐狸非常气愤地讲了它们的遭遇。兔子跳到一个石块上蹲着说："啊，原来是这样，你们受点苦来找我算账，我受了伤要找谁去！"说着张开嘴巴露出了唇伤。狐狸看着伤口问道："你也吃了羊腿被划破了？"小兔子点了点头说："依我看，我们受的痛苦都是不劳而获的报应。以后，咱们还是靠自己的劳动过日子为好。"狼、狐狸和乌鸦听完它的话，只好不声不响地走了。

讲　　述：阿东尼玛
搜集整理：泽仁尼玛
流传地区：阿东村

"钦差大臣"

以前,有一只小绵羊和一只小山羊结伴同行去背盐。它们走到半路,一只狼挡住去路。狼龇牙狞笑着说:"嘿嘿!我的运气真不错,正在饿得难受的时候,你们可到我面前来了,好哇!小乖乖,我要把你们作为一顿美餐,好好享受享受了。"

两只小羊吓得连忙跪下哀求说:"狼大叔呀!求求你饶了我们这一次,现在我们要去背盐,请等我们把盐背回来再吃吧!"

狼说:"好吧,不怕你们跑到哪里去,就让你们先去背盐,我就在这里等着你们。"

两只小羊万分悲痛地一边哭一边赶路。在回来的路上,它们遇见了一只兔子。兔子见它们这副愁苦的样子,便问道:"两位羊姐姐,你们有什么伤心事,要这样一路哭着走啊?"

"兔先生,我们怎么能不伤心啊!过不了一会儿,我们就要离开这个世界了。"

"怎么回事?你们给我讲讲,也许我能帮助你们。"

两只羊就把路上遇见饿狼的事说了。

兔子安慰它们说:"你们用不着忧愁,也不要再哭了,我有办法让你们脱离危险,走,我跟你们去。见了狼,你们别害怕,看着我的举动行事,我问你们的话,你们要大胆回答。"

兔子从路边的一棵桦树上撕下一张树皮,薄薄的桦树皮像张纸那样光滑白净,它把树皮卷成筒拿在手里,又折了竹枝插在耳根上,跟着两只羊来到离狼不远的地方。兔子找了个树桩端坐在上面,对羊说:"狼大叔,兔先生请你到那边去,它有话给你讲。"

狼想:"好哇!我真走运,两只羊再加一只兔子,今天可够我饱吃一顿了。"它高兴地三步并作两步来到兔子跟前。只见兔子端坐在树桩上,一手拿着桦树皮,一手拿着根竹枝,没等狼开口,便很威严地用竹枝点着桦树皮念道:"加纳共玛庆波①的圣旨,征派百兽王国上交天朝的贡品开列于下:虎皮一百零八张,豹皮一百零八张,熊皮一百零八张,狼皮一百零八张……现大部分已经收完,尚有狼皮一张未交完。"兔子抬眼望望狼,问两只羊道:"那缺交的一张狼皮,就是它的皮吧?"

"是啊!兔先生,就是这只狼。"

狼一听要剥掉它的皮,吓得它连忙夹着尾巴转身就逃,它慌慌张张跑了一程,迎面碰到一只老熊。那老熊见它这样惊慌奔逃,便拦住问道:"喂!狼老弟,什么事把你吓成这副模样?谁追你来了。"

狼上气不接下气地说:"啊,熊大哥,不好了,那边有一只兔子,大概是天朝皇帝派来的钦差大臣,它手里拿着一份文书,说是天朝要征派我们野兽王国的贡品,开列着我们各类野兽的皮几百张。要不是我跑得快,差点被剥掉皮了。"

老熊不相信狼的话,笑着说:"狼老弟,你别再骗我了,一只小兔子哪能当上天朝的钦差大臣?"

"咳,我骗你干啥?不信,你去看看。"

老熊见狼认真的样子,这才半信半疑地说:"好吧,那你别跑,我们一起去看看。"

"不,我不敢去,你自己去吧。"

"不要害怕,你拉着我的尾巴,躲在我后头。它要真剥你的皮,我可以保护你。"

狼只好听从老熊的话,拉着老熊的尾巴,战战兢兢跟着熊来到兔子跟前。

这时,兔了还坐在树桩上,见它们走来,便又拿起那张桦皮,用竹枝指点着桦皮念道:"加纳共玛庆波的圣旨:现征派野兽王国上交天朝贡品开列于下:虎皮一百零八张,貂皮一百零八张,狼皮一百零八张,熊皮一百零八

---

① 加纳贡玛庆波:藏语译音,意为尊敬的汉地大皇帝。

张。"兔子抬头望望老熊说："啊？这位熊先生就是来交熊皮和狼皮的吗？好哇！部下们，把这位熊先生的皮先剥下来交上吧！"那老熊听罢，吓得一跃身就往一条箐沟对岸猛跳，把拉在尾巴上的狼拖下箐沟摔死了。

搜集整理：强巴
流传地区：羊拉区

打　赌

有一天，白兔和锦鸡在山上玩耍。锦鸡对兔子说："我可以让你笑疼肚子。"兔子说："你有那么大的能耐吗？"说完便和锦鸡打赌，如果谁输了便给对方一块肉。锦鸡领着兔子来到村里。

这时，正好有户人家的爷爷和奶奶在菜地里种菜。锦鸡说："你看好。"说完便飞到那奶奶的头上。奶奶正低头挖地，突然发现自己头上飞来一只既漂亮又肥胖的锦鸡，便悄悄地对老伴说："老头子，咱俩又可以饱尝一顿野味了，你用锄头把它打死，快！不然它会飞掉的。"

老头一看，果然有只锦鸡在老伴头上，便慢慢举起锄头用力朝锦鸡砸去。那锦鸡好像是一支离弦的箭，突然拍拍翅膀飞掉了，锄头重重地落在奶奶的头上。

兔子远远看到这情景，不禁大笑起来，一直笑了三天三夜，连嘴唇都被笑破了。

兔子的嘴唇撕成三瓣后，很不服气地对锦鸡说："如果你能让我哭上三天三夜，我情愿不要这长尾巴。"说着，摆了摆它的长尾巴。

锦鸡听了便对兔子说："明天早上我俩躲在那条直通山里的小路旁。你听着，我叫声'咣当啷'你就跳到路中间。"兔子满口答应了。

第二天，兔子听到锦鸡的叫声，便急忙跑到路中间。坏了，原来眼前来了一条大猎狗和一个背枪的猎人。兔子一急便跑，一跑那狗就追来了。

兔子逃呀逃，逃到一座土丘旁，发现有一小洞，急忙钻了进去，可那小洞刚好容得下身子，尾巴却露在外面。这时，那狗已经咬住了它的尾巴。兔子忙一拉，尾巴"嘣"地断了。狗见捞着一点肉，便夹着尾巴走了。

兔子等狗走远了，便钻了出来。一看自己的尾巴不见了，便急得哭了起来,一直哭了三天三夜,眼睛都被哭红了。

现在我们看到的兔子是红眼睛、缺嘴唇、短尾巴的,这正是那次兔子跟锦鸡打赌的结果。

讲　　述:斯那拉茨
整　　理:扎史吾堆
流传地区:佛山纳古村

自食其果

在一个清澈的湖泊，住着一头大象和一只思姆①，大象居住在湖泊的东岸，思姆居住在湖泊的西岸。它们虽然东西相隔，可常常往来，十分友好。湖泊的南岸有棵变化万千的神柏树。这天柏树变成美女斯玲卓玛来到东岸对大象说："憨厚的大象哟，虽说是没有木头盖不了房子，没有邻居过不好日子，可你那忘恩负义的思姆却想要谋害你，你得先下手为强，把它杀了。"大象未经过仔细考虑，就按斯玲卓玛说的去杀思姆。

斯玲卓玛赶在大象的前面到西岸，又对思姆说："可怜的思姆，真是牲畜的花样在皮外，人的花样在心内，谁能相信你那患难与共的朋友，和睦相处的邻居现在就来杀你了。益友百人少，损友一人多，你必须尽快除掉这一损友。可是你与它硬拼是拼不过的，我教你一个办法，你钻进大象的耳朵里，把它的脑浆吸光，这样大象就会死去。"思姆也没好好想斯玲卓玛说的是不是真的，就去杀大象了。

霎时，两个兄弟般亲密的朋友变成了不共戴天的仇敌厮杀起来。当大象扇着大耳向思姆扑来的时候，思姆钻进大象的耳朵里、钻进大脑，把大象的脑浆吸光，大象立即死去了，而思姆也因吸了大象脑浆儿撑大肚皮钻不出来，也死在大象的脑袋里。

大象和思姆死后，来了七个强盗。它们见湖边死着一头大象，高兴得忘乎所以。他们把大象剖腹解肢，三人去洗肠肚，四人拾柴生火，烤起象肉来。人世间有时也会有这样的奇事，有些人看起来是同心同德的好友，但丢一根骨头给他们时，全都会变成贪心的狗。

强盗吃着香喷喷的象肉，个个心怀鬼胎，企图想害死洗肠肚的三个同伙，

---

① 思姆：藏语，指黄鼠狼。

独吞大象的肉,他们不约而同地商量起来:"先把三个同伙毒死,再把他们洗的肠肚一起炒着吃,然后每人分一只象腿。"于是他割了几块肉,搽上毒药,烤在火边。

再说那三个强盗,也在一边洗肠肚一边商量怎么害死那四个同伙,然后独吞大象肉的计策。他们在洗好的肠肚里洒下毒药,准备先把四个同伙毒死再把一只大象腿炒来吃,然后每人分一只大象腿。商量妥后,三个强盗回到杀象的地方。那四个强盗见他们回来都纷纷说道:"啊喷喷,这象肉太好吃了,我们已经给你们三人烤好了,快快趁热吃了吧。"三个强盗心想:先让我们尝尝这烤象肉味道怎么样,然后再请他们炒大象肠肚。可是三个强盗还没吃上几口,便一个个瞠目吐舌死去了。那四个强盗大喜,立即动手炒肠肚吃,可才吃下几口也一个个倒下,再也起不来了。

七个强盗死后,又来了一只狐狸,它见七具尸体旁有一堆大象肉,还以为那七个人是大象肉吃多后撑死的,便高兴地自语道:"嘎嘎嘎,那么多象肉,一定够我吃一年了。"它想:"先不能吃那四只象腿,等把七个强盗吃剩的吃了后,在慢慢躺着来吃那四只象腿。"想罢,便放开肚皮大吃起来。可还没吃上几口,它也倒下死去了。狐狸死时,嘴里还塞满半嚼的象肉。

狐狸死后,来了一个喇嘛,他见七具人的尸体、象腿和一条死狐狸横七竖八地躺在湖边,一阵叹息后,双手合十,闭目说道:"石头缝里会长出毒草,朋友当中会有人挑唆,如果轻易听信别人的话,后果就像大象和思姆;饿狗的心思在骨头上,强盗的心思在钱财上,若想谋财害命那请看那认钱不认人的七具尸体;坐享其成,唯利是图,并想贪图更多的,请看狐狸那永不知足的嘴巴。"

讲　　述:斯那品初
搜集整理:斯那农布
流传地区:奔子栏乡

狐狸的报应

几百年前,在一片茂密的树林里,居住着一只狐狸和一只雪鸡。每天当太阳出来时,雪鸡便带着它刚孵出来的七只小鸡在树林里寻食。住在隔壁的母狐狸每次看见它们从身旁自由走过,就露出一种愤恨和羡慕的心情。

一天,狐狸轻步登上雪鸡的家门说:"恭喜,恭喜!雪鸡妹妹,你真有福气,有那么多漂亮的儿女,可怜我这孤独无依,无儿无女,请妹妹收容我吧!让我当它们的干妈。只要我俩一结合,你能啄到树上的果子,我能猎获地上的动物。天上、地下一切美味不怕落不到我俩手里。亲爱的妹妹,到那时,所有的飞禽走兽都会羡慕我俩的幸福生活。"雪鸡看着它一副诚恳的表情,答应了它的要求。于是它俩拜天祭地,发誓同甘共苦,至死不分离。

几天以后,狐狸对雪鸡说:"依我看,我们在这里长期定居不迁,单靠这里的枯草烂果来充饥填腹不是长久之计。我听说在贵青草原上长着青草,那草鲜嫩可口,吃了它,常肥不衰。本应该我去采给你,但路途遥远,我又不能展翅快飞,只好劳驾你辛苦一趟。家里的事不必担心,尤其对小鸡们我一定像温和的母亲一样慈爱地关照好它们。"于是雪鸡放心地飞走了。

经过越千山渡万河的长途跋涉,雪鸡终于来到了贵青草原,却发现这里一片荒芜,根本没有什么长青草。这时它才醒悟过来,知道中了狐狸的调虎离山计。当它返回家门时,发现七只小鸡被狐狸吞食尽了。狡猾的狐狸见雪鸡回来了,便拖着尾巴向它顶礼,带着哭腔道:"尊敬的雪鸡妹妹,我本不该做这种违心的事,但自从你离去后,我重病缠身,几乎丧失生命,不能供养可爱的小鸡,它们都饿死了。我实在对不住你,请看在过去的情面上饶恕我的罪过吧?"雪鸡无言回答,只能默默寻机报仇。

一天,雪鸡对狐狸说:"狐狸姐姐,今天我在林中发现一座漂亮的房子,里面挂着鲜肉，但我体小无牙，无法叼。如果你能去叼回，我俩就可以美餐一顿了。"狐狸一听到有肉，三步并作两步钻进那房里。只听见"咚"的一声，板房塌下来。原来那是猎人盖的下扣房。

狐狸的头被门板紧紧地压着，手却不停地向雪鸡招着，示意帮忙解救它。雪鸡暗暗高兴，便对狐狸说："狐狸用不着招手求救，拿棍棒的猎人自会来。"

讲　　述：斯那此称
搜集整理：泽仁尼玛
流传地区：阿东乡

大象和老鼠

话说很久以前,在卡瓦格博的山脚下有一个绿色珍珠般的村子,居住着几百个善良的人们,老人似慈祥的神佛,年轻的妇女像美丽的天女,大家和睦相处,过着吉祥平安的生活。

在村子的下方,有一条像哈达漂游的江水,这是卡瓦格博山上的雪水汇成的澜沧江。江的西岸是一片一片的沙滩,居住着一只受人尊敬的老大象。它的对面住着一只老鼠,生了七只小鼠。为了养活小鼠,它整天东跑西奔,把它所到之处的食物找光了。它便过江去寻食,不料返回时,下了一阵倾盆大雨,江水猛涨,冲走了便桥,急得母老鼠哭泣不止。对面的小鼠也饿得乱成一团,"叽叽"直叫。大象看到这情景便过来,让老鼠钻进自己的耳朵里,把它送到了对岸,老鼠对此感恩不尽。

随着年纪的增大,老象年老体衰,行动变得越来越艰难。一天,老象如往日一样在沙滩上晒太阳时,陷进沙滩再也起不来了,只好等待死亡。这时老鼠带着小鼠们在大象前面扒出一个大坑,让老象顺着大坑的坡度站了起来,救了老象的命。从此,大象和老鼠成了彼此的救命恩人,民间有谚语讲道:

善心善事有善极,老鼠之恩救大象。

讲　　述:吉称
整　　理:此仁尼玛
流传地区:佛山乡江坡村

编后记

德钦县地处青藏高原南缘横断山脉腹心地，也是三江并流世界自然遗产地的核心地区，滇川藏结合部。境内雪岭绵延，高峰耸峙，峡谷深切，江河激流。自然风光雄奇壮美，以秀美的梅里雪山（卡瓦格博雪山）为杰出代表，这里有梅里大峡谷、白马雪山、高山杜鹃林等。延续千年的卡瓦格博朝圣之路和茶马古道蜿蜒于雪山峡谷，绚丽多姿的民族风情、底蕴深厚的民族文化氤氲绽放于这片神奇的土地之上。

近年来，德钦县委、县人民政府制定了"扮靓德钦五年行动计划"，要求用心、用情、用力、用爱，以不忘初心、砥砺奋进"讲好梅里雪山故事"。在各项举措之中，推动文化艺术和科研的工作尤见重视。落实了县文联人员配备，批准组建卡瓦格博研究中心，并给予工作和项目经费支持。卡瓦格博系列丛书就是在这样的背景之下而出的成果。卡瓦格博系列丛书将逐年推出有关德钦历史、文化、艺术、自然等方面的科研成果、田野调查报告、文学作品，同时推出音乐作品、影视作品。

现在出版的《一路向上》《德钦民间故事》《卡瓦格博史迹—德钦文物集锦》是首批推出的三本书籍。这三本书中，《德钦民间故事》是20世纪80年代国家组织的民间文艺十大集成工程的成果之一，当时作为内部资料印刷，未公开出版。这次正式出版，除删除了三则阿克顿巴的故事外，其他均于保留。本书主编对原文只做了个别字句和标点符号做了修改，尽量保持民间故事的原貌，语言的原味。有关人类起源和历史人物故事在藏区普遍流行，但德钦藏族的版本稍有差异，我们未对其进行"对号入座"，保留了这种差异性的存在，意在努力呈现德钦藏语（尽管是汉译版本，但藏语的表达方式基本保留）的特点和民间叙事方式；《卡瓦格博史迹——德钦文物集锦》为了解德钦的历史文化提供了线索和基本知识，是一本重点书籍；《一路向上》是一本散文随笔集，由七位作家的七篇作品组成，都是书写德钦风情文化的作品。

在这里，要特别感谢著名作家汤世杰先生、白郎先生，著名诗人李承翰先生、高晓涛先生，民族学专家章忠云老师，著名藏族音乐人东子先生，以及德钦本土作家陈建平先生。感谢本土文化专家斯那农布先生和此里尼玛先生的悉心指导和帮助。

编者

2017 年 8 月

图书在版编目（CIP）数据

德钦民间故事 / 德钦县文联，德钦县文物管理所编；斯那农布等收集整理. -- 北京：民族出版社，2017.8
（卡瓦格博系列丛书 / 马彩花主编）

ISBN 978-7-105-15015-1

Ⅰ. ①德… Ⅱ. ①德… ②德… ③斯… Ⅲ. ①民间故事—作品集—德钦县 Ⅳ. ① I277.3

中国版本图书馆 CIP 数据核字 (2017) 第 210510 号

德钦民间故事

策划编辑：杨蜀艳
责任编辑：杨蜀艳
出版发行：民族出版社
地　　址：北京市和平里北街 14 号
邮　　编：100013
电　　话：010—58130098（编辑室）
　　　　　010—64224782（发行部）
网　　址：http://www.mzpub.com
印　　刷：三河市华东印刷有限公司
经　　销：各地新华书店
版　　次：2017 年 12 月第 1 版　2017 年 12 月北京第 1 次印刷
开　　本：787×1092 毫米　1/16
字　　数：310 千字
印　　张：19
定　　价：70.00 元
书　　号：ISBN 978-7-105-15015-1/I · 2867（汉 2799）

该书若有印装质量问题，请与本社发行部联系退换